À PROPOS DE L'AUTRICE

Après des études commerciales et une carrière à l'université au Canada, **Ann Lethbridge** décide de vivre son rêve et se lance dans l'écriture de romans historiques. Depuis 2008, elle régale ses fans d'histoires passionnées, qu'elle situe le plus souvent dans le contexte de la Régence britannique, dont le faste et les valeurs lui inspirent ses plus belles intrigues.

La tentation du vicomte

ANN LETHBRIDGE

La tentation du vicomte

Traduction française de
FLORENCE BELLOT

Les Historiques

HARLEQUIN

Collection : LES HISTORIQUES

Titre original :
THE VISCOUNT'S RECKLESS TEMPTATION

HARPERCOLLINS FRANCE
83-85, boulevard Vincent-Auriol, 75646 PARIS CEDEX 13
Service Lectrices — Tél. : 01 45 82 47 47 - www.harlequin.fr
ISBN 978-2-2804-8918-8 — ISSN 1159-5981

Composé et édité par HarperCollins France.
Imprimé en juin 2023 par CPI Black Print (Barcelone)
en utilisant 100% d'électricité renouvelable.
Dépôt légal : juillet 2023.

FSC
www.fsc.org
MIXTE
Papier issu de sources responsables
FSC® C159065

Pour limiter l'empreinte environnementale de ses livres, HarperCollins France s'engage à n'utiliser que du papier fabriqué à partir de bois provenant de forêts gérées durablement et de manière responsable.

Alors que j'écris ce livre,
nous sortons d'une année de pandémie dévastatrice.
Je voudrais dédicacer ce récit à toutes celles et à tous ceux qui, par leur métier, ont été en première ligne et ont risqué leur vie pour nous, ainsi qu'à toutes les personnes qui sont restées masquées et confinées chez elles, contribuant ainsi au combat collectif contre le virus.

Chapitre 1

Octobre 1818

Marcus James Durst, vicomte Thorne, restait d'un calme imperturbable en dépit des sanglots de sa jeune cousine blottie contre les revers de son pardessus flambant neuf.

— C'est tellement injuste !

Bess explosa en un nouveau paroxysme de sanglots. Marcus la considérait comme une sœur depuis toujours. Elle n'était encore qu'une enfant lorsqu'il avait quitté l'Angleterre, mais était devenue une charmante jeune fille en sa longue absence.

Impuissant face à pareil désespoir, il lui tapota le dos et lança un regard de détresse vers sa tante, qui le lui rendit de même. En grand deuil, prostrée sur le sofa, celle-ci contempla sa fille d'un air désolé.

Marcus était arrivé à Thorne Manor deux heures auparavant à peine, après avoir chevauché depuis Portsmouth où il avait débarqué aux premières heures du jour.

Il avait à peine eu le temps de se changer et de descendre au salon, que déjà sa cousine Bess et la vicomtesse Thorne, mère de son défunt cousin, arrivaient.

Ces dernières avaient effectué le trajet de leur nouvelle résidence jusqu'à la maison douairière du domaine pour l'accueillir.

Francis était décédé depuis plus de trois mois.

Il avait malheureusement fallu à Marcus ce laps de temps pour mettre ses affaires en ordre à Paris : Wellington[1], tout en comprenant ses impératifs, avait insisté pour que la personne qui le remplacerait soit dûment informée de l'état de tous les dossiers avant qu'il rentre chez lui. Certes, Marcus n'était nullement pressé de faire face au chagrin de sa tante et de sa cousine. Lui-même peinait encore à surmonter le décès prématuré de Francis.

Mais il ne s'attendait pas le moins du monde à être accueilli par ce flot de larmes après toutes ces semaines.

Il tapota le dos de Bess tout en lui prodiguant des paroles apaisantes.

— Tout s'arrangera avec le temps, ma chère, dit-il. Il nous manque terriblement à tous.

Francis était mort dans un stupide accident d'équitation, laissant le titre et les membres féminins de la famille entre les mains de Marcus. Dieu du ciel ! La dernière fois qu'il avait vu son jeune cousin, ils avaient tous deux plaisanté sur le fait que Marcus serait le prochain héritier. Ce dernier s'en était moqué, et avait enjoint son cousin à se marier rapidement pour le soulager de ce fardeau éventuel.

Par malheur, Francis n'avait pas suivi ce conseil.

Il en était résulté que Marcus avait été obligé de mettre un terme à sa carrière dans les services diplomatiques

1. Célèbre général et homme d'État britannique, vainqueur de Napoléon à la bataille de Waterloo.

qui lui plaisait tant, de quitter une maîtresse française qu'il aimait beaucoup, pour devenir le chef d'un foyer constitué de sa tante Eudora et de la petite Bess, qui n'était d'ailleurs plus si petite aujourd'hui.

Marcus enfonça son mouchoir dans la main de Bess posée sur son torse.

— Allons, ma chère, Francis ne voudrait pas te voir aussi bouleversée, tu le sais fort bien.

Francis n'avait jamais été du genre à ruminer des idées noires très longtemps.

— Ma vie est brisée.

— Mais non, elle n'est pas brisée, répliqua-t-il avec une petite grimace. Je ne prétends pas remplacer Francis, mais je t'assure que ta mère et toi ne manquerez de rien tant que vous serez sous ma responsabilité.

— Ce n'est pas cela, intervint Eudora. Pas du tout, même si Dieu sait combien Francis nous manque cruellement. Je sais que tu prendras soin de nous, Marcus, comme te le dicte naturellement ton devoir. Non, le fait est que Bess a reçu une lettre d'une amie ce matin. Et pour le dire crûment, son contenu a purement et simplement anéanti ses espoirs de mariage.

Marcus fronça les sourcils. Voilà qui était inattendu. Il n'avait pas eu connaissance d'un mariage en vue.

— Viens, assieds-toi. Et explique-moi tout, dit-il à Bess d'une voix douce.

Il la conduisit à côté de sa mère sur le sofa. Après quelques instants, elle se moucha puis lui tendit son mouchoir pour le lui rendre.

— Tu peux le garder, précisa-t-il.

Bess se blottit contre sa mère, très pâle, l'air épuisée. Elle ne ressemblait en rien à la fillette heureuse qui riait sans cesse lors de son dernier séjour au domaine.

— Que s'est-il passé ? s'enquit-il.

Une lueur de colère traversa les larmes dans les yeux de Bess.

— Lady Cynthia Finch m'a volé l'homme que j'aime.

Des histoires de cœur ! Il réussit non sans mal à ne pas lever les yeux au ciel. Il ne croyait plus en l'amour.

— Je vois. Sois gentille, je te prie de tout m'expliquer depuis le début, et je verrai si je peux faire quelque chose.

Il s'installa sur une chaise en face des deux femmes, prêt à offrir une oreille compatissante.

— Je croyais que Lady Cynthia avait de la sympathie pour moi. Elle était très gentille et m'invitait à toutes sortes d'occasions. Grâce à elle, je me sentais très spéciale. Car elle est très exclusive dans ses relations, vois-tu.

Elle secoua la tête, comme si elle n'arrivait pas à mettre de l'ordre dans ses pensées.

— Algernon m'a dit qu'il m'aimait. Il allait demander ma main à Francis, mais lorsque Lady Cynthia s'est rendu compte qu'Algernon était épris de moi, elle a dû en être jalouse. J'ignore comment elle s'y est prise, mais elle l'a envoûté. À peine un frémissement de ses célèbres sourcils, et il accourait auprès d'elle. Je me sens tellement stupide aux yeux de tous mes amis. L'autre jour, Algernon et moi nous sommes querellés avec vigueur, et je lui ai intimé de choisir, elle ou moi…

Elle fit un geste de la main signifiant combien cela avait été vain.

— Ensuite nous avons appris l'accident de Francis et sommes rentrés sur-le-champ avant que je puisse lui parler plus avant et…

Ses larmes reprirent de plus belle et elle enfouit son visage dans le mouchoir de Marcus.

— … Francis est mort. Je n'ai pas revu Algernon

depuis lors, termina-t-elle avec un soupir entre ses sanglots.

Sa mère lui entoura les épaules de son bras.

— Allons, allons, murmura-t-elle.

— Ce n'est pas la fin du monde, Bess chérie, dit Marcus.

— Si, répliqua celle-ci d'une voix étouffée. Tu es un homme, tu ne peux pas comprendre.

Oh ! au contraire, il ne comprenait que trop bien ! Olga l'avait profondément blessé. Il avait été aveuglé par ce qu'il croyait être de l'amour. Elle lui avait appris une leçon d'une valeur inestimable lors d'un hiver à Saint-Pétersbourg, en réussissant presque à l'amener à divulguer des secrets du gouvernement. Découvrir que tout ce qu'elle lui avait jamais raconté était des mensonges avait convaincu Marcus de s'en tenir ensuite pour ses relations futures à un arrangement dicté par le bon sens, comme avec Nanette, une charmante veuve aristocrate dotée d'un grand sens pratique, plutôt que de s'abandonner à une passion ravageuse.

Ce qui n'empêchait pas Marcus d'avoir envie d'étrangler cette Lady Cynthia pour avoir tant bouleversé sa petite Bess. Un cœur brisé, en même temps qu'un décès tragique dans la famille. Comment s'étonner que la jeune fille soit si remuée ?

— La lettre est arrivée ce matin, expliqua sa tante. Nous allions plutôt bien jusque-là, acceptions peu à peu la situation…

Sa voix se perdit dans un marmonnement indistinct. Mais elle se reprit vite et sortit de sa rêverie.

— Lady Cynthia n'est pas seulement belle, elle est *sublime*. On la surnomme « la déesse de glace ». Du moins les jeunes gens de sa cour. Elle est aussi très aisée, précisa-t-elle.

— Elle est vieille ! se récria Bess, retrouvant quelque peu son habituel esprit caustique. Et cela ne lui a pas plu que je puisse me marier dès ma première Saison, alors qu'elle est bien partie pour devenir vieille fille.

— Enfin, Bess, ce ne sont pas là des manières ! la réprimanda sa mère. D'autant plus que ce n'est pas vrai. Lady Cynthia ne doit pas avoir plus de vingt-quatre ans. Mais je suis au regret de le dire, son caractère n'est pas à l'aune de son visage. Bon nombre de jeunes gens tombent sous son charme à chaque Saison, et elle ne semble pas leur accorder la moindre attention.

— Je veux que mon Algernon me revienne, chuchota Bess.

Cette Lady Cynthia avait toutes les apparences d'une brute, certes pas avec ses poings, mais dotée d'armes bien plus subtiles.

Marcus avait vécu son lot de brimades à l'école, étant à l'époque petit pour son âge et plutôt frêle. Il était notoire que les garçons bien bâtis étaient impitoyables envers les plus faibles, et en retiraient un pouvoir à la fois physique et mental. Lorsqu'il avait fini par grandir, il était devenu le plus costaud de l'école, et avait fait comprendre à ses anciens harceleurs ce qu'il en était de subir des sévices permanents.

Que sa chère petite Bess, l'enfant qu'il avait portée sur ses épaules lors de longues promenades pendant ses étés passés avec Francis, cette petite fille qu'il avait consolée quand elle s'égratignait les genoux, soit maltraitée par cette femme lui fit bouillir le sang.

Francis ne l'aurait pas toléré, il en était certain.

— Laissez-moi m'en occuper, conclut-il.

Récupérer son Algernon pour Bess ne serait peut-être pas dans ses cordes, mais il lui semblait qu'il était temps que quelqu'un apprenne à cette demoiselle maléfique à avoir plus de considération pour ses semblables. Et ce quelqu'un pourrait bien être lui-même.

— Je dois aussi te parler d'autre chose, dit sa tante Eudora. Le cheval qui est tombé sur mon pauvre fils lui avait coûté une petite fortune. Il s'est cassé une patte lors de sa chute et a dû être abattu. Nous voilà désormais avec un haras rempli de juments qui se chamaillent, et pas d'étalon. Pourquoi Francis ne s'en est-il pas tenu à l'agriculture, comme son père ? S'il l'avait fait…

La désolation la plus profonde se lisait sur son visage.

— Tu n'es pas encore ruiné, Marcus, mais cela ne devrait pas tarder si la situation n'est pas très vite reprise en main. Si j'étais à ta place, j'abandonnerais l'idée d'un haras d'élevage de chevaux de course.

Marcus grimaça pour lui-même. Alors qu'il avait une connaissance rudimentaire du fonctionnement du domaine Thorne, car il y avait passé la plupart des étés de sa jeunesse, il ne connaissait rien à l'élevage des pur-sang de course. Francis avait toujours été un fou des chevaux et dès qu'il avait hérité il avait englouti d'énormes sommes dans sa nouvelle entreprise.

Marcus allait devoir apprendre s'il lui fallait sauver ce qui restait ou suivre la suggestion de sa tante et abandonner l'idée avant que le domaine perde trop d'argent dans l'aventure.

Cependant, il n'était pas démuni de son côté et n'avait pas attendu d'hériter du titre. Au contraire. Il avait effectué des investissements judicieux pendant des années.

Mais il n'était pas le genre d'homme à jeter son argent par les fenêtres.

— Eh bien, il va falloir que je m'entretienne avec l'intendant et le responsable des écuries, afin de voir ce qu'il faut faire.

— Et voilà ! s'écria Bess en se levant d'un bond. Comme Francis, c'est là tout ce qui vous intéresse ! De stupides chevaux ! Et moi ?

Elle quitta la pièce en trombe.

Sa mère soupira et secoua la tête.

— Elle ne pense pas ce qu'elle a dit. Perdre Francis a été un coup terrible. J'aurais voulu attendre qu'elle ait dix-huit ans avant qu'elle fasse ses débuts en société. Mais elle a réussi à convaincre Francis de le faire plus tôt, en l'enjôlant habilement, et le résultat en est un cœur brisé. Cependant je pense que Lady Cynthia Finch s'est très mal comportée. J'en suis convaincue.

— Comme je vous l'ai dit, laissez-moi faire. Je dois me rendre à Londres pour consulter mon avocat et les banquiers. Je parlerai aussi à cet Algernon… ?

— Fortescue, répondit sa tante.

Lady Cynthia Finch ne réussit que par la force de sa volonté à ne pas dévorer des yeux le gentleman à l'incroyable prestance qui évoluait dans la salle de bal comme si celle-ci lui appartenait. Et pourtant…

Elle risqua un nouveau coup d'œil vers l'homme très brun aux yeux sombres et de haute stature qu'elle n'avait encore jamais vu.

Une infime sensation de chaleur naquit dans son ventre. Une étincelle d'intérêt, qu'elle n'avait pas éprouvée depuis très longtemps. Peut-être était-ce dû à la taille impressionnante de l'inconnu, sa carrure peu commune, ou à l'acuité avec laquelle il observait les autres invités.

Pendant un instant elle avait senti ce regard aiguisé s'attarder dans sa direction, et avait frissonné malgré elle.

Ou bien était-ce ce quelque chose de vaguement désabusé dans l'expression de ses lèvres qui transformait sa virilité insolente en autre chose de presque séduisant, et méritait qu'on lui accorde un second regard ? Certes, il ne répondait pas aux canons de beauté classiques, mais il était indéniablement attirant.

Qui était-il ? Elle était certaine de ne l'avoir jamais vu alors qu'elle se targuait de connaître chaque membre du haut du panier de la bonne société digne d'être fréquenté. Elle se détourna résolument.

— Puis-je vous demander la prochaine danse ?

Lord Vince s'inclina devant elle.

Svelte, les cheveux blonds et les yeux bleus, il était arrivé en ville l'année précédente. Elle le trouvait très jeune, et très enthousiaste.

— C'est mon tour, ajouta-t-il.

Cynthia repassa sa liste dans sa tête. Elle avait découvert que le seul moyen d'empêcher les jeunes gens suspendus à ses lèvres d'en venir aux mains pour obtenir ses faveurs était de n'en distinguer aucun. Elle avait donc inventé une liste, sur la base de laquelle chaque homme avait son tour pour passer du temps en sa compagnie, se promener au parc, danser avec elle, et ainsi de suite.

Tant qu'elle s'en tenait à son bon déroulement, il n'y avait jamais d'anicroches.

Elle lui sourit.

— Je crois que vous avez raison, dit-elle.

Il rayonna aussitôt. Et elle soupira intérieurement.

Il était vraiment temps qu'elle le congédie. Lorsqu'il était arrivé en ville, il avait fréquenté des gens peu recommandables. Il ne semblait avoir personne pour le guider. Aussi l'avait-elle intégré à sa petite troupe d'agneaux innocents, qui, s'ils étaient désœuvrés, se faisaient facilement piéger et contractaient vite des dettes considérables auprès des vauriens sans scrupule qui rôdaient autour de la haute société.

Elle avait découvert ces sinistres mécanismes parce que son frère Thomas avait failli tomber dans ce genre de filets. Cependant elle estimait que Lord Vince était désormais capable de se débrouiller seul. « Prêt à affronter tous les embruns de la ville », selon l'une des expressions favorites des jeunes gens.

Et elle ne voulait absolument pas qu'il commence à rêver d'un avenir avec elle.

Elle chercha du coin de l'œil les quatre autres qui composaient sa cour. Certains étaient là tout en sachant fort bien qu'obtenir ses faveurs était sans espoir. Mais être épris d'elle était à la mode.

L'idée qu'ils se servent d'elle pour se protéger des mères obnubilées par le mariage de leurs filles l'amusait grandement.

Fortescue en revanche était une tout autre histoire. C'était un homme du monde, décidé à trouver le meilleur parti. Il la faisait frissonner dès qu'il la regardait avec un regard censé exprimer son adoration. Mais en réalité, tout ce qu'il adorait, c'était sa fortune, et il avait été facilement détourné de l'innocente Miss Elizabeth Durst, Bess pour les intimes, en pensant avoir harponné un plus gros poisson.

D'ordinaire, elle n'aurait accordé aucune attention à ce style d'homme. Il lui donnait la chair de poule en permanence. Sachant ce qu'il faisait aux femmes dont il utilisait les services… elle en était malade.

Par malheur elle n'en avait aucune preuve. De plus, étant une lady, elle n'était pas censée avoir connaissance de ce genre de choses. Mais elle avait cru son informatrice, une femme qui vendait ses charmes à Covent Garden.

Et donc, elle avait fait la seule chose qui lui était possible. Elle l'avait éloigné de Bess en faisant mine de s'intéresser à lui. Et avait ainsi perdu l'amitié de la jeune fille.

Fortescue, qui se tenait à côté de Vince, sortit un carnet de sa poche. En tant que membre le plus âgé de sa petite cour, il avait décrété qu'il tiendrait lui-même la liste à jour et serait garant de son bon déroulement. Il la consulta et fit un signe d'assentiment. Le sourire de Vince s'élargit.

— C'est à moi que revient la danse avant le souper, ajouta Fortescue en lissant son élégante moustache blonde, sachant que de fait il dînerait à côté d'elle, selon la tradition.

Cynthia lui sourit, toujours prise de frissons. Que pouvait-elle faire d'autre, si ce n'était le garder à ses côtés, en le laissant supposer qu'elle accepterait sa demande, jusqu'à ce que Bess trouve un homme correct qui lui fasse la cour ?

— Ah, c'est donc à votre tour de souper à mes côtés ? Comme c'est plaisant.

Fortescue se rengorgea.

Elle lança de nouveau un coup d'œil vers l'inconnu au fond de la salle. Ce dernier bavardait avec Lady Summerfield, leur hôtesse ce soir. Voilà qui était intéressant… Mrs Maggie Willow, charmante veuve, le dévorait littéralement des yeux par-dessus son éventail peint à la main de motifs ravissants. Il avait dû s'en apercevoir, parce qu'un instant plus tard Lady Summerfield le présentait à l'unique femme de la salle plus fortunée que Cynthia.

Il devait être pauvre. Comme c'était décevant !

Elle songea à demander à Lord Vince s'il connaissait le nom de ce gentleman, mais cela n'aurait fait que donner naissance à rumeurs et commérages, si ce n'était ouvertement des jalousies.

Elle avait appris qu'en ne se montrant jamais intéressée par un quelconque parti elle pouvait éviter le piège d'une demande en mariage.

La seule qu'elle avait acceptée, celle de Lord Drax, s'était soldée par un désastre. Cet homme lui plaisait, et elle avait cru qu'il était honorable. Elle avait également pensé que c'était réciproque, et avait pris le risque de lui révéler comment elle avait été séduite par le passé.

Cornelius Hart, fils cadet d'un gentilhomme campagnard, s'était présenté comme un jeune homme de bonne famille traversant une passe difficile lorsqu'il avait sollicité un emploi auprès de son père. Mais il avait les bonnes manières d'un jeune gentleman engageant. Lorsque Cynthia avait atteint ses dix ans, il était devenu son maître de manège, ainsi que celui de Thomas. Il était si charmant, si attentif et si séduisant, à ses yeux tout du moins. À quinze ans, elle était profondément éprise. Si seulement elle avait compris qu'il la considérait seulement comme un moyen d'améliorer sa condition ! Elle avait été tant empressée de lui plaire qu'il n'avait pas fallu beaucoup de persuasion au jeune homme pour qu'elle lui accorde des rendez-vous, le laisse lui voler de petits baisers qui l'embrasaient, l'embarrassaient délicieusement et la faisaient se sentir si féminine.

Oh ! il avait été très prudent, et avait pris son temps pour l'empêtrer dans ses filets ! Quand elle avait eu dix-sept ans, elle était si folle de lui qu'il l'avait mise dans son lit, où elle avait appris comment le satisfaire. Il l'avait ensuite appelée par des noms plus que familiers, et elle en avait eu l'impression que c'était elle qui l'avait débauché.

Un an plus tard, elle avait déclaré à son père qu'elle voulait épouser Cornelius. Devant la fureur de ce dernier, elle avait manqué du courage de lui avouer l'étendue de ce qu'elle avait partagé avec lui.

Son père l'avait immédiatement envoyée à Londres pour qu'elle participe à sa première Saison en tant que débutante.

Elle avait pensé que si elle laissait à son père un peu de temps pour s'habituer à l'idée… s'il finissait par comprendre la profondeur de ses sentiments… Quelle idiote elle avait été !

À son insu, généreusement doté par son père pour cesser ses attentions, Cornelius était parti et avait épousé sa meilleure amie.

Terriblement blessée et sans savoir que faire, puisqu'elle avait perdu Cornelius, Cynthia avait gardé pour elle le secret de leur liaison illicite jusqu'à la demande en mariage de l'honorable Lord Drax. Elle lui avait raconté son histoire sans rien lui cacher.

À la suite de cette confession, horrifié à la perspective d'une épouse souillée par un autre, Drax, à sa plus grande consternation, avait immédiatement rejeté l'idée de mariage. La confiance qu'elle avait placée en sa gentillesse et sa compréhension avaient été des erreurs.

Thomas avait également été horrifié, quoique toutefois bien plus compréhensif que ce à quoi elle s'était attendue lorsqu'elle avait refusé de lui révéler l'identité de l'homme qui, selon ses termes, l'avait déshonorée. Heureusement, Drax n'avait pas été honorable au point de refuser une belle somme en compensation de ses espoirs déçus et pour garder le secret. Il avait prouvé ainsi que ce n'était pas Cynthia qui l'intéressait, mais son argent. Elle avait grâce à cela évité de justesse un scandale ruineux.

En ce qui concernait les ragots courant dans la bonne société, il se disait que la riche Lady Cynthia avait laissé tomber Drax juste avant l'autel.

On la surnommait depuis « la déesse de glace » derrière son dos, parfois même devant elle.

Pour s'occuper, elle s'était consacrée à faire avancer la carrière politique de Thomas, autant que ses projets personnels. Et avait fait de son mieux pour écarter toute demande en mariage en s'entourant de jeunes gens qui n'étaient pas prêts à s'établir.

Cynthia jeta un coup d'œil à sa dame de compagnie, Mrs Paxton, la veuve grisonnante d'un lointain cousin, qui souffrait d'hydropisie aux jambes et aux pieds. Ces derniers temps, la pauvre femme était épuisée par le moindre exercice, et n'aimait rien de plus que détailler ses soucis de santé. En cet instant, elle était plongée dans une conversation avec un couple. Cynthia reconnut le Dr Morton et son épouse. L'auditoire parfait pour Mrs Paxton.

Cette dernière ne s'occuperait donc certainement pas d'elle, et de quel homme la faisait danser. Elles en étaient venues à un arrangement très simple, peu de temps après que Mrs Paxton avait été engagée comme dame de compagnie pour faire également office de vague chaperon : Cynthia n'avait nul besoin de la permission de celle-ci pour quoi que ce soit, encore moins de sa présence, moyennant un salaire confortable.

Et jusqu'à ce jour, elles s'étaient très bien entendues.

Lord Vince la conduisit jusqu'à la piste de danse. À la surprise de Cynthia, et pour son plus grand plaisir, son mystérieux inconnu s'apprêtait aussi à danser, Maggie Willow à son bras. *Plaisir ?* Certainement pas ! Elle adressa un grand sourire à Lord Vince tandis qu'ils prenaient place.

— Vous ai-je dit combien vous êtes ravissante ce soir ? s'empressa-t-il de lui chuchoter.

— Merci, milord. Est-ce là une nouvelle redingote que vous portez ? Je suis à peu près certaine de ne l'avoir jamais vue.

Il gonfla le poitrail.

— J'espérais que vous le remarqueriez. J'ai su qu'il me la fallait dès que j'en ai vu les broderies.

Les petits motifs sur le tissu gris pâle représentaient des brins de muguet. La fleur qu'elle disait préférer. Elle l'avait choisie uniquement parce qu'on la trouvait très rarement chez les fleuristes, et pour une période très brève au printemps. Cela signifiait que sa cour n'aurait que peu d'occasions de l'ensevelir sous un déluge de fleurs.

Les fleurs lui donnaient de l'allergie, et un nez rouge ainsi que des yeux larmoyants n'étaient pas le moins du monde séduisants.

En tant que couple qui menait la danse, Vince et elle avaient peu de temps pour converser. De plus, une danse anglaise traditionnelle essoufflait trop pour bavarder. Alors qu'elle évoluait sur la piste, elle ne put s'empêcher de remarquer que l'inconnu donnait l'impression quant à lui loin d'être à bout de souffle.

Lorsque la main de ce dernier se posa sur la sienne lors d'une figure de groupe, elle sentit des picotements l'envahir. Un coup d'œil vers lui l'informa qu'il ne semblait pour sa part pas réagir du tout à ce contact.

Avec une étrange réticence, elle retira sa main et retourna à sa place. La figure suivante, une haie de danseurs, l'envoya le long des ladys, passant devant Maggie Willow, qui arborait un sourire artificiel, jusqu'à son arrivée au bout de la file où elle devait parader un instant avec son partenaire.

Lui donnant ainsi l'occasion de respirer un peu et d'observer les autres danseurs.

Le mystérieux inconnu était souple et athlétique, ses pas précis et déterminés. Et ses habits de la meilleure coupe. Chaque tailleur de Londres avait son propre style, Weston et Schultz étant les plus réputés. Mais la coupe de sa redingote, épousant parfaitement ses épaules, ressortait à un chic qu'elle ne réussissait pas à identifier.

Peut-être était-il français. Ou italien. Il était assez brun pour être originaire de l'un de ces deux pays, sans aucun doute. La guerre étant terminée, les voyages entre le continent et l'Angleterre avaient pleinement repris.

— Vous rendrez-vous à la réception au Baldwin's samedi ? demanda Vince en ajustant sa redingote.

Tellement jeune, et ne doutant de rien… Il allait tenter de lui faire sa demande incessamment, c'était certain. À la réception du Baldwin's, qui serait l'un des points culminants des événements de l'automne, ou juste après.

Tous les membres de la haute société venus pour la session du Parlement se rendraient à la soirée qui se tiendrait dans cette célèbre salle de bal.

Elle soupira en son for intérieur. Comment refroidir ses ardeurs sans trop le blesser ? Éconduire ces jeunes gens était toujours un exercice délicat. Une diversion s'imposait. Elle repéra la charmante petite Miss Caregrew à côté de l'orchestre. C'était le genre de jeune lady qui conviendrait fort bien à Lord Vince. Il fallait simplement trouver un moyen de les faire se rencontrer.

Elle regarda la piste de danse. Son mystérieux inconnu irait-il à la soirée du Baldwin's ?

— Je n'ai pas encore décidé si j'irais ou non, répondit-elle, se surprenant elle-même, car elle avait déjà accepté l'invitation.

Les jeunes gens sur lesquels elle comptait pour l'accompagner se lasseraient vite s'ils ne devaient pas s'affronter pour obtenir son attention.

Alors pourquoi aurait-elle changé d'avis ? Certainement pas pour éviter un gentleman qu'elle ne connaissait pas.

Marcus scruta la salle de bal, à la recherche de visages familiers. La raison pour laquelle son hôtesse avait insisté pour qu'il fasse la connaissance de la fringante Mrs Willow lui échappait quelque peu, mais il était certain que ce n'était pas là la femme qu'il cherchait. De toute façon, il n'aurait mentionné aucun nom devant une lady connue pour son goût des commérages.

Une fois de plus il eut le souffle coupé lorsqu'il croisa du regard la ravissante blonde au bord de la piste de danse. Vêtue d'une robe grise qui lui seyait à ravir, elle étincelait tel un diamant. Leurs mains s'étaient frôlées au cours de la danse précédente, et il avait été stupéfait d'en avoir été embrasé à un tel point.

— Marcus, vieux filou !

Il fit volte-face pour saluer le gentleman trapu, un blond aux cheveux courts, qui lui avait tapé sur l'épaule.

— John Caulfield, espèce de vaurien !

Ils avaient été les meilleurs amis du monde à l'école.

Retrouver Caulfield le fit soudain se sentir chez lui, pour la première fois depuis son retour en Angleterre. Ayant intégré le corps diplomatique au début de sa vingtaine, Marcus n'avait pas vraiment posé le pied dans son pays depuis près de quinze ans.

Et bien des choses avaient changé depuis.

Notamment en ce qui le concernait. Fils d'un simple pasteur issu de l'aristocratie, il était devenu héritier d'un titre prestigieux en raison du stupide accident ayant coûté la vie de son cousin.

Il serra vigoureusement la main de Caulfield.

— Quel plaisir de te revoir !

— Pour moi aussi ! Tu as fini par mettre ces Français au pas, j'imagine ?

Marcus hocha la tête pour s'épargner le récit détaillé de ces trois dernières années, pendant lesquelles Wellington avait commandé l'armée d'occupation en France. Louvoyer pour favoriser le retour du roi issu de la branche des Bourbons avait été plus que délicat.

— C'était intéressant, pour le moins, avoua-t-il.

— Penses-tu que la paix sera durable ?

— Les Français ne nous donneront plus de fil à retordre pendant longtemps, je crois. Je dois avouer que je ne savais pas trop qui je trouverais en ville avant la session parlementaire. Je suis heureux que tu sois là. Je ne connais plus personne !

— Mais si, tu en connais quelques-uns, même s'ils sont peu nombreux, objecta Caulfield. Nous allons discuter entre nous de plusieurs sujets avant que les deux chambres au Parlement négocient certains points de législation. J'en serai. Et tu retrouveras des connaissances au White's ; je t'emmènerai si tu en as envie.

— J'en serais ravi.

— J'ai vu que tu as retenu l'attention de Maggie Willow, reprit son ami en souriant. Elle est de charmante compagnie, et pas de souci avec elle de se retrouver piégé devant un pasteur.

C'était donc pour cela qu'on la lui avait si rapidement présentée.

— Elle est charmante. Et qui est la blonde en robe gris argenté ?

Caulfield émit un petit bruit de désapprobation.

— Si tu veux mon avis, ne t'approche pas de Lady Cynthia Finch. Elle est froide comme la glace et plus cruelle que toute femme que j'aie déjà rencontrée.

Il se sentit étrangement déçu. Ainsi cette femme ravissante était l'affreuse Lady Cynthia de Bess.

Il s'y était presque attendu, et avait à demi espéré se tromper.

Tant de beauté, gâchée chez une femme qui apparemment n'était rien d'autre qu'une vraie brute ! Ce n'était pas étonnant que sa petite cousine Bess se soit sentie complètement surpassée.

Lady Cynthia sembla sentir qu'il l'observait. Elle tourna la tête vers lui, et son regard plongea dans le sien. Même de loin, il put voir que ses yeux étaient d'un bleu d'une intensité stupéfiante. Ses lèvres pulpeuses s'entrouvrirent un instant, comme si elle reprenait son souffle.

Les battements de son cœur s'accélérèrent quand il eut l'impression d'avoir attiré son attention suffisamment longtemps pour qu'elle en soit surprise.

Il s'obligea à détourner le regard.

— Sa fortune est-elle à la hauteur de sa beauté ? demanda-t-il négligemment, alors qu'il savait déjà qu'elle était riche.

Caulfield s'assombrit.

— Elle a de l'argent. Pourquoi ? continua-t-il d'un ton légèrement agressif. Es-tu en quête d'une riche épouse ? Si tel est le cas, je ne te la recommanderais pas. Elle a déjà froidement laissé tomber un type, Drax, même s'ils ont déclaré s'être séparés d'un commun accord. Elle garde un tas de jeunes idiots sous le coude, suspendus à ses moindres volontés, jusqu'à ce qu'elle s'en lasse et les éconduise. Elle a déjà brisé quelques cœurs. On raconte qu'elle vise un titre plus élevé que celui du pauvre Drax.

— Et pourquoi la bonne société tolère-t-elle ce comportement ?

Il haussa les épaules.

— Son frère, le comte Norton, est un homme agréable, et il est très respecté. Quand il ferme les yeux sur quelque chose, tout le monde fait de même. Elle assume pour lui le rôle de maîtresse de maison quand ils séjournent en ville, et on dit qu'elle a de la conversation.

Marcus observa Lady Cynthia du coin de l'œil. Lord Liverpool, qu'il connaissait bien, s'était arrêté pour lui parler et éclata de rire à l'un de ses propos. Le sourire qu'elle offrit en retour était tout simplement somptueux.

— J'imagine que tu ne l'aimes pas ? l'interrogea Marcus.

— Je l'adore, rétorqua Caulfield en souriant, avec un petit clin d'œil malicieux. Quel homme à Londres ne l'aimerait pas ? Elle dicte la mode et règne sans partage sur les ladys depuis ces trois dernières années. Dieu merci, je suis heureux en mariage. Dois-je te présenter ? lui demanda-t-il d'un air entendu.

Marcus avait le sentiment que cette lady demanderait une approche différente, s'il voulait attirer son attention.

— Peut-être plus tard. Pouvons-nous nous retrouver au White's demain soir ? Je veux tout savoir sur ce que tu as fait ces quinze dernières années.

— Très certainement, répondit Caulfield, l'œil brillant. J'en suis impatient.

— Bien ! Je suis tellement déconnecté de la bonne société que j'ai besoin de quelqu'un qui m'en évite les écueils.

John éclata de rire.

— Je croyais que les diplomates étaient doués pour s'extraire habilement des situations délicates !

Certes, il l'était. Extrêmement, même, ce qui était la raison pour laquelle son ami n'avait pas la moindre idée que ce rendez-vous du lendemain au White's qu'il avait accepté avec empressement était surtout destiné à se faire présenter à Lord Norton.

— Maintenant, si tu veux bien m'excuser, j'ai promis à notre hôtesse que je danserais avec Miss Hart, dit Caulfield en prenant congé.

L'orchestre entama une valse.

Marcus fut surpris de remarquer que Lady Cynthia ne semblait pas avoir de partenaire. Sur une impulsion qu'il ne comprit pas tout à fait, il s'avança vers elle et s'inclina.

— Je ne crois pas avoir eu le plaisir de vous avoir été présenté. Thorne, à votre service. Puis-je solliciter cette danse, Lady Cynthia ?

Les grands yeux bleus de celle-ci s'agrandirent légèrement.

— Lord Thorne, dit-elle en tendant sa main, sur laquelle il se pencha à peine. Je ne valse pas.

Elle avait ajouté cela d'une voix légère, musicale et extrêmement froide.

— Est-ce parce que vous ne savez pas valser ? Ou que vous ne préférez pas ? Si c'est la deuxième option, permettez-moi de vous assurer que je ne vous marcherai pas sur les pieds ou n'emboutirai aucun autre danseur. Aussi n'ayez aucune crainte.

Elle gloussa discrètement et son regard se fit plus chaleureux un instant.

— Très bien, puisque vous êtes aussi expérimenté, vous pouvez me faire danser.

Les dandys superficiels autour d'elle ne purent cacher leur jalousie et faillirent le faire éclater de rire. Il fit mine de ne rien remarquer.

Elle posa la main sur sa manche, l'effleurant à peine, mais en dépit de l'étoffe de sa redingote et des gants de soirée qu'elle portait, il sentit une chaleur instantanée se diffuser sur son bras. Cette femme était dangereusement séduisante, cela ne faisait aucun doute.

Du moins, elle *aurait été* dangereuse pour un jeune homme sans expérience – ce qu'il n'était pas.

Il l'accompagna sur la piste de danse, conscient des regards surpris fixés sur lui. Les gens se demandaient sans doute quelle était son identité.

Et songeaient certainement qu'il était l'une des nouvelles victimes de Lady Cynthia.

Il entama la valse, et découvrit qu'il n'avait pas à accorder son pas, comme avec la majorité des femmes. Les leurs semblaient suivre le même rythme, sans effort. Il avait appris la valse à Paris et appréciait sa gestuelle fluide, ainsi que la proximité qu'elle offrait avec la partenaire.

Cependant, sa tante, qui l'avait vu danser à une soirée deux ans plus tôt lors d'un congé, lui avait mentionné que la bonne société londonienne avait des idées quelque peu rigides concernant la manière de danser la valse, contraires aux siennes.

Il jeta un coup d'œil à sa partenaire, et sentit la résistance qu'elle lui opposait pour garder bonne distance.

Il relâcha sa prise pour lui complaire.

— Ah, oui, je me souviens ! s'exclama-t-il. Il existe ici des règles régissant la distance convenable entre les partenaires !

— Vous n'êtes donc pas familier de Londres, répliqua-t-elle avec froideur.

Tout le monde ici semblait penser qu'il était novice. Et elle lui donna l'impression de n'être qu'un blanc-bec. Il cacha son irritation et resservit son histoire.

— La dernière fois que j'étais à Londres, vous étiez encore sur les bancs de la salle de classe à côté de votre nursery, milady. J'ai passé de nombreuses années sur le continent. Et à Paris, cette danse est bien plus joyeuse. Ici, on dirait un dur labeur.

Les yeux de Lady Cynthia s'écarquillèrent une fraction de seconde.

— Étiez-vous soldat ?

— Non.

Il la fit tournoyer dans ses bras avant de traverser les trajectoires de deux couples.

— Thorne, murmura-t-elle. C'est le nom du titre que portent les Durst. Vous êtes donc Marcus, le cousin du dernier vicomte, accidentellement décédé.

Elle avait dû apprendre par cœur le *Debrett's*, le Bottin mondain recensant les familles titrées, adoré des mères en quête d'époux pour leurs filles.

— Son cheval est tombé sur lui et lui a brisé la colonne vertébrale.

— Oui, c'est ce que l'on m'a dit. Je suis désolée.

— Le connaissiez-vous ?

— Non.

— Alors pourquoi êtes-vous désolée ?

Elle sembla hésiter un moment. Son regard bleu glacial s'attarda sur son visage. Et elle lui adressa un sourire inexpressif.

— Parce que mon frère le connaissait. Il m'a dit que c'était quelqu'un de bien, mort trop jeune. Je pense que l'on ne peut que déplorer ce genre de trépas.

— Certainement. Mais le fait-on *réellement* ?

Le rire surpris de Lady Cynthia lui fut plaisant. Parce qu'elle avait saisi son humour subtil, qui souvent échappait aux ladys de la haute société.

— Puisque c'est ce que fait mon frère, je suis son exemple.

— Suivez-vous toujours ce que fait votre frère ?

— J'ai entière confiance en son jugement.

Et que pensait ce dernier de la manière dont elle attirait le fiancé d'une autre dans ses filets ?

— Comme tel est votre devoir, puisque c'est lui, le chef de votre famille.

Elle resta impassible, mais il sentit que ses paroles lui avaient déplu.

— Comme vous le dites, marmonna-t-elle.

Elle n'aurait pu être plus laconique. De toute évidence, elle était douée pour dissimuler ses sentiments.

— Je suis impatient de rencontrer votre frère, s'il est aussi charmant que sa sœur, reprit-il.

Elle le scruta intensément, comme si elle pesait attentivement ses mots.

— Selon l'opinion générale, il est même plus charmant encore, dit-elle.

Il s'amusa intérieurement de sa présence d'esprit et de son humour désabusé. C'était là une femme qui entretenait peu d'illusions. Et cela ne cadrait absolument pas avec ce qu'il avait déjà appris sur elle.

Il était fortement intrigué malgré lui.

L'orchestre joua les dernières notes et il la reconduisit vers le groupe de jeunes gens qui le foudroyaient du regard. Qu'elle s'explique avec eux ! Il n'allait certainement pas s'attarder et risquer de se retrouver provoqué en duel ou une autre ânerie du même genre.

Pour une jeune femme apparemment intelligente, il était surpris qu'elle soit satisfaite de se retrouver en compagnie d'une telle troupe de nigauds.

Dont Fortescue.

Chapitre 2

Cynthia contempla son assiette d'œufs brouillés au lard, et se rendit compte pour le deuxième jour d'affilée qu'elle n'avait pas faim.

Elle avait à peine fermé l'œil la nuit dernière. C'était entièrement la faute de Thorne. Si elle n'avait pas dansé avec lui, ne s'était pas sentie soudain mal à l'aise et n'était pas partie juste après, sa cour n'aurait pas entamé une guerre pour changer l'ordre de la liste.

Lors de leur promenade de la veille, Fortescue avait insisté pour avoir l'honneur d'être son chevalier servant au souper du prochain événement mondain auquel ils assisteraient.

Lord Vince, qui était le suivant sur la liste, refusait de céder sa place.

Prétextant une migraine, elle les avait laissés à leurs tractations et était rentrée chez elle.

Du moins, c'était la raison pour laquelle elle se disait qu'elle n'avait pas faim. Le fait que la retenue de Lord Thorne lui faisait paraître en contraste les jeunes gens empressés de sa cour extrêmement irritants n'avait rien à voir.

Mais était-ce certain ?

Thomas pénétra dans la pièce. Cynthia aimait

profondément son frère. Il la soutenait en permanence, quoi qu'il lui arrive. Il avait essayé d'intervenir auprès de leur père quand elle avait voulu épouser Cornelius. Et heureusement n'avait pas réussi à le faire changer d'avis sur son opposition catégorique.

Il lui avait aussi prêté son épaule pour y pleurer lorsque Cornelius avait révélé sa vraie nature.

Après le décès de leur père, Thomas avait aussitôt repris les rênes de leur maisonnée avec une aisance étonnante. Il avait été le soutien absolu de Cynthia après les propos acerbes de Drax quand elle avait confessé à ce dernier qu'elle n'était plus une jeune fille innocente.

Thomas avait déclaré récemment qu'il cherchait à se marier et à fonder sa propre famille. Cynthia n'éprouvait aucun ressentiment à son égard. C'était son devoir.

Cependant, une fois que son frère aurait trouvé la perle rare, Cynthia n'avait nulle intention de rester sous son toit, à jouer les seconds couteaux aux côtés d'une épouse qui peut-être la traiterait à peine mieux qu'une domestique non payée. Et même s'il s'avérait que la femme que choisirait son frère était la personne la plus gentille qui soit, Cynthia aurait quelques difficultés à lui céder les rênes d'une maisonnée qu'elle avait dirigée depuis ses vingt ans, soit quatre longues années.

En tant que femme déchue, ses perspectives de trouver un époux étaient infimes. Elle n'avait d'autre choix que de révéler la vérité sur son passé à tout prétendant qui lui ferait sa demande. Si son sens de l'honneur l'empêchait de garder la chose secrète, quand bien même elle en aurait été tentée, de toute façon Cornelius ne se gênerait pas de son côté pour le révéler, comme il le lui avait cyniquement promis.

De plus, même s'il existait un homme sur terre qui

l'accepterait telle qu'elle était, pourquoi voudrait-elle se marier ? Elle avait rêvé pendant un certain temps d'avoir un mari et des enfants, mais elle avait perdu le droit à ce bonheur à cause de sa propre inconséquence. Et plus elle en apprenait sur les hommes, moins elle était encline à leur faire confiance. D'ailleurs, ceux qu'elle semblait attirer étaient soit des coureurs de dot, soit des jeunes gens à marier qui s'affichaient avec elle pour chercher à fuir les mères avides de leur présenter leurs filles ou des innocents qui auraient été choqués par son passé.

Non, le plan qu'elle mûrissait pour son avenir était une bien meilleure option, si seulement elle réussissait à convaincre Thomas qu'elle avait raison. Sans cela, l'année prochaine, à ses vingt-cinq ans, libre de ses choix en raison de son âge, elle s'établirait avec son argent personnel, sans demander la permission de quiconque.

Elle préférait néanmoins que son frère convienne avec elle de la sagesse de son projet.

— Bonjour, Thomas.

Les cheveux de ce dernier étaient d'un blond un peu plus foncé que le sien. Il ressemblait à leurs ancêtres vikings. C'était un homme de large carrure, plutôt jovial, qu'il était difficile de faire sortir de ses gonds. Mais si cela arrivait, attention !

Il cessa de remplir son assiette au buffet, sa cuillère remplie d'œufs brouillés en suspension devant lui, et grommela un vague salut.

Il n'était pas du genre à tenir une conversation avant d'avoir avalé une première tasse de café.

Après avoir ajouté des rognons et du lard fumé à ses œufs, il s'installa. Elle lui tendit une tasse de café exactement à son goût : avec un soupçon de crème et trois cuillerées de sucre.

Il l'avala d'un coup et la lui tendit pour être resservi.

— Il me semble que tu as rencontré un dénommé Thorne au bal des Summerfield l'autre soir ?

— En effet, répondit-elle en se raidissant.

Elle avait gardé un ton anodin, mais chaque parcelle de son corps la picotait à l'idée de ce qu'il pourrait dire.

— Nous avons dansé, ajouta-t-elle.

— Pour qui vient à peine d'obtenir un titre, c'est assez insolent, dit-il mollement avant d'ouvrir son journal.

Elle détestait qu'il lise à table, mais si elle s'en plaignait il lui dirait de prendre son petit déjeuner dans sa chambre.

Et elle n'y tenait pas. Le matin était le seul moment où elle avait l'occasion de s'entretenir en privé avec lui sur les sujets importants.

Elle songeait à tenter de nouveau de le convaincre de l'aider dans son projet.

— Insolent parce qu'il a dansé avec moi ?

Thomas baissa son journal et lui sourit.

— Mon Dieu, non ! Tous les hommes de Londres veulent danser avec toi. Non, ce n'est pas pour cela que je le dis ! Il s'est présenté à moi au White's, de son propre chef, sans la moindre introduction d'une connaissance commune. Il m'a dit qu'il avait entendu parler du succès de notre haras familial, et voulait me demander conseil pour l'achat d'un étalon.

Il fit une grimace.

— Je ne sais plus vraiment si je l'ai invité à dîner mercredi prochain, ou si c'est lui qui s'est fait inviter. Comme je viens de le dire, il est plutôt insolent.

Elle sentit les battements de son cœur s'accélérer. Il allait donc venir la voir, chez elle ? Elle fut à fois excitée et pleine d'appréhension. Que lui arrivait-il donc ? Pourquoi cet homme lui faisait-il perdre tous ses moyens et son contrôle sur elle-même ?

Elle avait éprouvé les mêmes sensations lorsqu'elle s'était entichée de Cornelius. Allait-elle de nouveau se ridiculiser ? Certainement pas ! Et si quand bien même elle le trouvait séduisant, elle n'était plus une jouvencelle innocente, des étoiles plein les yeux.

Mais elle n'était peut-être pas aussi insensible envers un homme séduisant qu'elle l'avait cru. Oh ! balivernes !

Elle ne serait jamais assez stupide pour tomber de nouveau amoureuse. Elle se faisait confiance sur ce point.

Et s'obligea à garder son calme.

— Il nous faudra donc convier d'autres invités. Quel ennui de faire la chasse aux convives, en si peu de temps !

Il la dévisagea longuement, comme s'il avait perçu que quelque chose n'allait pas dans sa réaction.

— Dis-moi, cela ne te ressemble pas, de te mettre dans tous tes états pour pareilles broutilles, s'exclama-t-il.

Pourquoi les hommes pensaient-ils *toujours* que les préoccupations des femmes étaient triviales alors que de leur côté ils passaient leur temps à fulminer sur un nœud de cravate mal fait ?

Mais elle s'était vite rendu compte qu'une grande partie du succès de ses dîners jalousés en ville était due à ses préparations minutieuses. C'était elle qui s'assurait du placement judicieux des hôtes sans jamais froisser les susceptibilités des uns et des autres, elle qui se souvenait de qui détestait tel ou tel aliment et veillait que l'on ne manque jamais de vin. Et son frère ne voyait-il donc pas comment elle dirigeait la conversation et la détournait si besoin avec un art consommé, selon les désirs de ce dernier, lorsque certains sujets devenaient sensibles ?

— Il me paraît difficile de le mêler à nos fréquentations habituelles, objecta-t-elle.

La plupart des gens que Thomas fréquentait aujourd'hui ne se souciaient que de leurs terres, de leurs troupeaux et de la quantité de pluie durant la saison.

Thorne, à l'opposé, semblait bien plus citadin. Un charmeur, plus prompt à investir son argent dans un cheval sans faire d'efforts, plutôt que travailler pour obtenir la même somme. C'était sans doute pour cela qu'il s'intéressait aux étalons et au haras.

Thomas avait toujours grand appétit le matin, et pendant les quelques minutes suivantes il s'appliqua à vider son assiette sans parler.

Il se saisit d'un morceau de toast, en grignota un coin et gesticula dans sa direction.

— Pourquoi penses-tu qu'il ne serait pas compétent dans ses nouvelles attributions ? Certes, il a quitté le pays depuis plusieurs années. Mais il se retrouve aujourd'hui avec un domaine à gérer, et a exprimé son intérêt à poursuivre les activités du haras de son cousin. Bien dirigé, on peut y faire une vraie fortune. Cela ne me gênerait pas de donner quelques conseils à ce lascar sur les lignées de pur-sang. J'ai entendu dire qu'il ne manquait pas de fonds.

L'argent, bien sûr, décidait de tout !

— Aurais-tu l'intention de lui vendre l'une de nos juments, ou un poulain ?

— Il semble avoir assez de juments. Il lui faut un étalon. Rufus serait parfait.

Rufus était le préféré de Cynthia. Leur père avait promis qu'il ne serait jamais vendu. Thomas leva la main au moment où elle ouvrait la bouche pour objecter.

— Je ne me propose pas de le lui vendre, mais de

le lui louer pour des saillies jusqu'à ce qu'il trouve l'étalon qu'il désire.

— Et cela, à bon prix, je l'espère.

— Bien sûr.

— Cela me paraît sensé, s'il ne fait rien de stupide, comme son cousin.

Thomas plongea le nez dans son assiette, et la contempla comme s'il était surpris de la trouver vide.

Il se leva, alla se servir de nouveau au buffet et reprit sa place.

— C'était un accident. Cela aurait pu arriver à n'importe qui. Je doute fort que ce genre de tragédie se reproduise d'aussi tôt. Il ferait mieux d'acheter l'une de nos juments, mais il en a déjà trop, m'a-t-il avoué. Cependant nous pourrons discuter de tout cela pendant le dîner.

Elle soupira intérieurement. Dès lors que Thomas avait une idée en tête, rien ne pouvait l'en faire changer.

— Très bien. Je vais informer Bromley que nous avons des invités pour le dîner. Je vais convier Caregrew et Gayle. Ils adorent parler chevaux, par-dessus tout. Peut-être vaudrait-il mieux placer Thorne à côté de moi, afin que je puisse garder un œil sur lui.

La fourchette de Thomas remplie d'œufs brouillés fit une pause devant sa bouche.

— Pardon ? T'imaginerais-tu qu'il pourrait prendre la poudre d'escampette avec l'argenterie dans ses poches ?

Dieu du ciel, loin d'elle cette idée ! Elle n'avait quand même pas employé un ton aussi critique ?

— Non, bien sûr ! Mais comme tu l'as dit, il vient d'arriver en ville, et d'obtenir son titre. Il n'est peut-être pas prêt au genre de discussions politiques abordées dans nos dîners ici. Je pourrais l'aider un peu.

— Il m'a semblé fort au courant de la situation, pourtant, fit remarquer Thomas tout en engloutissant ses œufs. Il appartenait au corps diplomatique. Il sera donc fort capable de tenir une conversation. De plus, l'idée de ce dîner étant de discuter affaires, nous n'avons pas besoin d'une pléthore d'invités. Nous dînerons *en famille*, comme on dit en France, si cela ne te dérange pas, ma chère ! Et nous n'aborderons pas la politique.

— Vraiment ? Mais j'aimerais quant à moi savoir ce qu'il pense du travail des enfants.

Thomas la foudroya du regard.

— Écoute, Cynthia, je ne fais aucun commentaire sur ton engagement avec ces réformateurs qui te plaisent tant. Mais je t'en prie, n'aborde pas tes idées à ma table.

Cynthia pinça les lèvres. D'ordinaire elle ne se serait jamais exprimée d'une manière aussi directe. Et si elle n'avait pas eu soudain la perspective de se retrouver avec Thorne à sa table, en train de se demander quels sujets aborder, elle aurait également tenu sa langue.

Par malheur, Thomas et elle ne s'accordaient pas sur le sujet du travail des enfants. Enfin, pas tout à fait. Il ne fermait pas les yeux sur sa cruauté, mais il pensait simplement qu'elle se fourvoyait. Il répétait sans cesse que les familles avaient besoin des revenus de leurs enfants qui travaillaient dans les mines et les usines. Il ne doutait pas non plus que très bientôt des machines remplaceraient ceux-ci, ainsi que leurs parents. Et le jour où cela arriverait, toutes ces familles mourraient de faim.

Les gens qui tentaient de réformer les lois sur l'emploi des enfants menaient une lutte très rude, pour toutes les raisons qu'avançait Thomas.

Et dans l'esprit de Cynthia, une catégorie d'enfants vivait le pire : les petits ramoneurs.

Sur ce cas précis, elle n'avait pas le même avis que son frère. Il était convaincu que sans les services de ces petits garçons, toutes les maisons de Londres et celles du pays prendraient feu. Selon lui, leur travail était un mal nécessaire.

Elle était déterminée à lui prouver qu'il avait tort. Elle n'aurait peut-être jamais d'enfants, mais au moins elle pouvait tenter d'aider ceux qui ne le pouvaient pas par eux-mêmes.

— C'était simplement une idée, Thomas. Bien évidemment, je n'entreprendrai rien pour détourner la conversation du sujet de la reproduction des chevaux.

Pour le moment, du moins.

Il pinça les lèvres et fronça les sourcils.

— Fais tout ton possible pour que Thorne se sente bien accueilli, veux-tu ? Je ne voudrais pas perdre de bons revenus éventuels avec un étalon par manque d'effort de notre part.

Elle le dévisagea, choquée. Quelques instants plus tôt à peine, il se vantait des succès du haras. Un sombre pressentiment la fit frissonner.

— Y aurait-il un problème ? demanda-t-elle.

— Non. Il s'agit simplement de bien mener nos affaires.

Avant qu'elle puisse approfondir la question, il se leva et prit son journal.

— Je vais terminer ma lecture à la bibliothèque, dit-il.

En d'autres termes, il avait assez conversé pour la matinée. Elle se mordilla la lèvre. S'il y avait un problème, ce n'était plus le moment de l'aborder.

— Je t'enverrai Bromley avec du thé et des scones.

Il fit un signe de satisfaction et quitta la pièce.

Elle sentit son estomac se serrer. Y avait-il un souci avec l'étalon ? Elle y avait investi une grande partie de son argent. Et son avenir dépendait du succès de l'animal.

Marcus regarda son chargé d'affaires quitter son bureau luxueux, s'attendant presque à se réveiller pour découvrir que les derniers mois n'avaient été qu'un mauvais rêve. Mais en son for intérieur, il savait que c'était prendre ses désirs pour des réalités.

La dernière fois qu'il avait vu son cousin, ils avaient plaisanté sur le fait qu'après ce dernier, sans héritier, ce serait Marcus qui hériterait du titre de vicomte. Et que Francis ferait donc mieux de se marier rapidement. Marcus n'avait jamais songé que les choses tourneraient ainsi.

Francis avait dix ans de moins que lui, et profitait encore de sa vie de célibataire. C'était aussi un fin connaisseur en matière de chevaux. Il semblait presque impossible qu'il ait disparu. Et encore plus à cause d'une chute de cheval !

Marcus se lamenta une fois encore de cette perte. Elle était tragique pour sa tante, dont l'époux était mort d'apoplexie cinq ans auparavant. Francis avait été leur joie de vivre.

Cette disparition était tout aussi tragique pour Marcus. Francis et lui n'étaient pas seulement cousins, mais aussi les meilleurs amis du monde. Et malgré leurs plaisanteries, Marcus n'avait jamais envisagé de se retrouver soudain vicomte. Dans sa tête, son avenir était déjà tout tracé.

À vrai dire, abandonner sa carrière dans la diplomatie

l'avait profondément affecté. Il se serait fort bien imaginé ambassadeur quelques années plus tard. Il aurait pu continuer à gravir les échelons, si sa tante ne l'avait pas supplié de rentrer et de reprendre le titre. Elle avait besoin de lui, avait-elle dit.

Comment aurait-il pu ignorer son appel à l'aide ? Sa propre mère était morte lorsqu'il était enfant, et sa tante ainsi que son oncle James, le père de son frère, l'avaient souvent invité à séjourner chez eux pendant les vacances scolaires. Ils étaient sa famille.

Aussi avait-il quitté Paris et tous ses délices, dont son adorable maîtresse, et était rentré en Angleterre pour épauler sa tante et sa cousine, en acceptant avec réticence d'endosser le titre dont il héritait.

Il ne pouvait pas faire grand-chose pour atténuer la perte d'un fils et d'un frère, si ce n'était soutenir sa famille. Mais ayant promis qu'il ferait de son mieux concernant Fortescue, il s'emploierait de toutes ses forces à tenir sa parole.

Cette réunion de ce matin avec son chargé d'affaires avait été extrêmement instructive. Il s'étira avec un soupir et quitta la chaise de son bureau.

Non seulement était-il aujourd'hui un pair du royaume titré, mais aussi le domaine était extraordinairement prospère, en dépit des commentaires pessimistes de sa tante. Tous les vicomtes Thorne qui s'étaient succédé avaient été très avisés dans la gestion de leur patrimoine. Même Francis, *sportsman* dans l'âme, qui avait acheté un nombre incalculable de chevaux et qui adorait les paris hippiques ainsi que ceux sur les matchs de boxe, n'avait pas réussi à écorner la fortune familiale.

Donc la vicomtesse et Bess se retrouvaient très

aisées. Fortescue devait vraiment être stupide pour avoir dédaigné un parti doté d'une pareille fortune.

Mais Lady Cynthia était elle-même très riche, et d'une beauté bien plus frappante que Bess, qui était toutefois fort charmante à sa manière.

La beauté et la fortune… une combinaison dangereuse chez une femme.

Il tira sur le cordon de la sonnette et son majordome entra aussitôt.

— Demandez aux écuries que l'on prépare mon cheval, Lister, je vous prie.

Il devait dîner chez Norton le mercredi, et comme il avait cru le comprendre, Lady Cynthia serait l'hôtesse. Pour une étrange raison, cette idée lui plaisait bien plus qu'elle ne l'aurait dû.

Cynthia guidait ses chevaux dans la circulation de Mayfair. Thomas ne serait pas content d'apprendre qu'elle était allée en ville, si jamais il le découvrait. Ned, son garçon d'écurie, un grand Écossais taciturne, n'en dirait pas un mot, tant qu'il l'accompagnait ou qu'un autre palefrenier s'en chargeait.

En tant que célibataire bien engagée sur le chemin pour devenir vieille fille, elle disposait de grandes libertés pour vaquer à ses affaires. Et c'étaient celles-ci qui l'avaient conduite si tôt ce matin en ville.

La Société pour l'abandon de l'emploi des petits ramoneurs commençait à se montrer utile. Ou du moins, elle le serait si Cynthia réussissait à recueillir plus de soutiens d'hommes tels que celui qu'elle avait rencontré ce matin, le maître ramoneur Harry Symes.

Elle tourna dans Hyde Park. Thomas lui demanderait

à coup sûr où elle était allée, et elle aimait lui dire la vérité. Du moins, une partie. De plus, les membres du Parlement venaient souvent s'y promener à cheval par de belles matinées d'automne telles que celle-ci. C'était un bon endroit et un moment approprié pour aborder des sujets sensibles.

Rencontrer des gens aux réceptions et aux bals était fort bien, certes, mais les gentlemen un peu éméchés ou accompagnés de leurs épouses ne prêtaient guère l'oreille à des sujets sérieux.

Et de bon matin comme aujourd'hui, il y aurait peu de voitures sur Rotten Row. Elle pouvait donc laisser son équipage mener bon train pour se défouler.

Elle fit ralentir ses chevaux au petit trot et savoura l'air frais sur son visage. Ils arrivèrent vite au bout de l'allée, et elle fit tourner sa voiture.

Un gentleman arrivait vers elle au galop. Elle le reconnut sur-le-champ. Et son cœur se mit aussitôt à tambouriner. Oh ! que Lord Thorne avait belle allure à cheval !

Même s'il ne faisait pas partie des gentlemen qu'elle espérait rencontrer en ces lieux, elle fut étrangement excitée à cette perspective. Les membres de sa petite cour l'accusaient parfois d'avoir un cœur de glace. Ils se trompaient. Elle était *dépourvue* de cœur. Il avait été brisé par Cornelius, et arraché par Drax. Mais apparemment, elle n'était pas immunisée contre un séduisant cavalier.

Cela n'allait cependant pas plus loin. Elle ne s'intéressait pas vraiment à Thorne ni à aucun autre homme d'ailleurs.

L'unique raison pour laquelle elle continuait à venir

à Londres à chaque Saison était pour aider les petits ramoneurs, et continuer son travail à la Société.

Thorne ralentit quand il la reconnut et arrêta sa monture. Il était impossible pour Cynthia de faire mine de l'ignorer.

Elle s'arrêta donc de même et reposa son fouet dans son support.

— Lord Thorne, dit-elle en répondant à son salut en inclinant légèrement la tête.

— J'ignorais que les ladys se promenaient aussi tôt le matin.

Elle lui adressa un sourire froid.

— J'imagine que vous espériez ne pas trouver le Row encombré de voitures.

— Vos paroles dépassent mes pensées, Lady Cynthia. Je ne voulais rien dire d'autre que ce que je viens de dire.

Elle cilla à sa réplique sans fard. C'était là un agréable changement aux sous-entendus et flatteries habituels dans son entourage.

— J'avais un rendez-vous matinal. J'étais sur le point de rentrer, quand j'ai décidé de faire un petit détour par le parc.

Il haussa un sourcil au mot « rendez-vous » mais ne fit aucun commentaire.

— Les chevaux ont besoin d'exercice, où qu'ils se trouvent, affirma-t-il.

— En effet.

Son attelage commençait à s'agiter.

Il l'examina longuement, puis lui adressa le même regard. Elle frissonna. Elle avait l'impression qu'il venait de la scruter au fond de son âme. Ce qui n'avait aucun sens !

— Si vous n'étiez pas à cheval, je vous aurais proposé

de monter avec moi, dit-elle en se sentant aussitôt stupide d'avoir fait cette proposition.

Seuls ses favoris avaient le privilège de monter dans sa voiture.

Et... Dieu la pardonne, elle semblait presque badiner. Ce qui ne lui ressemblait pas du tout.

Les yeux sombres de Thorne pétillèrent de malice.

— Si votre palefrenier emmenait mon cheval jusqu'aux portes du parc, je serais heureux de m'asseoir à vos côtés.

Bon sang ! Il la prenait au mot ! Et comme il avait été habile pour se débarrasser de son palefrenier ! Elle soupira. Thomas ne voudrait pas qu'elle tienne la dragée haute à cet homme, pas même avec politesse. Il comptait sur l'argent de ce dernier, pour les services de son étalon.

— Ned, conduisez le cheval de Lord Thorne jusqu'aux portes, je vous prie.

Ned sauta du siège derrière elle et prit les rênes des mains de Thorne, qui monta ensuite à côté d'elle.

Elle fit repartir la voiture.

— Ce sont de beaux trotteurs, fit observer Thorne, remarquablement assortis.

Elle fut enchantée du compliment.

— Je les ai choisis moi-même, au début de ma première Saison, expliqua-t-elle.

Oh ! et voilà qu'elle semblait vaniteuse ! Elle se sentait plus telle une écolière en quête de compliments qu'une femme indépendante depuis plusieurs années, qui dirigeait toute une maisonnée.

— Vous vous y connaissez donc en matière de chevaux, constata-t-il. Cela doit être de famille.

— Ah, oui ! Vous avez rencontré mon frère Thomas, dit-elle en le dévisageant. Vous seriez sage de suivre ses conseils lorsque vous viendrez mercredi prochain. L'étalon que vous montez ce matin est éblouissant au premier regard, mais à mes yeux il est quelque peu cagneux.

Voilà qui devrait le tenir à distance. Aucun homme n'aimait voir ses choix en matière de chevaux critiqués.

Elle attendit qu'il la dénigre et ne démente.

Il fit une petite grimace.

— N'importe quel imbécile peut voir que l'animal n'est pas à la hauteur de sa réputation, étant donné le prix qu'il a coûté. Je ne sais pas ce qui est passé par la tête de Francis quand il l'a choisi. Après avoir entendu parler de la réputation de votre frère quant à son jugement infaillible en matière de chevaux, je suis enchanté de l'avoir croisé au White's par hasard.

Hum… un homme qui cherchait des conseils. Et sur les chevaux, pas moins ? Une espèce rare, vraiment.

Elle fronça les sourcils.

— Vous avez eu de la chance d'obtenir votre carte de membre du White's aussi vite.

Il réprima un rire.

— Je l'ai depuis très longtemps. J'ai bénéficié des introductions nécessaires à Londres il y a des années, avant de partir à l'étranger en service diplomatique. Mon oncle a eu la bonté de m'inscrire, pour que je puisse fréquenter le White's lors de mes séjours en ville. Je n'avais pas réellement l'intention d'en profiter, étant donné les circonstances dans lesquelles je me retrouve aujourd'hui.

— On a rarement ce que l'on veut, milord.

Il haussa brièvement les sourcils.

— Et que voudriez-vous, que vous n'avez pas ?

— Pourquoi ? demanda-t-elle avec un air inquisiteur. Souhaitez-vous y changer quelque chose ?

Elle cilla. Venait-elle vraiment de formuler une invitation aussi gauche ? Il allait penser qu'elle l'encourageait dans ses attentions à son égard.

— Je me garde bien de promettre quoi que ce soit avant de savoir de quoi il retourne, Lady Cynthia.

La plupart des gentlemen lui auraient promis la lune si elle l'avait désirée – tout en sachant que c'était impossible. Pas lui. Cette réponse était une déclaration catégorique : il ne se laisserait pas entraîner.

De toute évidence, il n'était pas comme la plupart des gentlemen.

Et elle trouvait cela dérangeant. Et… bon sang… intéressant !

Mais surtout, c'était un défi.

Chapitre 3

Une fois encore, Marcus était émerveillé par la beauté de Lady Cynthia. La fraîcheur de l'air matinal avait rosi ses joues. Ses yeux bleus de la couleur d'un ciel d'été scintillaient d'un amusement qui semblait sincère, même s'il savait fort bien qu'il ne fallait pas se fier aux apparences. Ses cheveux d'un blond clair singulier, presque blanc, étaient sévèrement tirés en arrière, dégageant la perfection de son visage, dissimulés sous son chapeau de paille à la dernière mode noué par un gros ruban sous son cou. Quelques boucles, qui s'étaient échappées de leurs pinces en raison du vent, n'en rendaient que l'ensemble plus surprenant. La courbe de ses lèvres lors de ses rares sourires le faisait mourir d'envie d'y goûter.

Il en eut les sangs remués. Serait-elle aussi froide dans l'intimité qu'elle en avait l'apparence, ou le feu brûlait-il sous la glace ?

Il repoussa ces pensées. Le visage de Bess inondé de larmes et son air de chien battu lui revinrent aussitôt à l'esprit.

C'était là la femme qui avait blessé un membre de sa famille. Et utilisé sa beauté comme arme pour cela.

Les scintillements disparurent du regard de Lady Cynthia, et son visage reprit son expression impassible. Étrangement, il en fut déçu. Cela devait être sa méthode pour ensorceler les hommes. Susciter chez eux le désir de se repaître de son sourire.

Eh bien, il avait trop d'expérience pour se laisser prendre par de tels artifices !

Plus jeune, Olga lui avait fait tourner la tête avec ses sourires et ses promesses subtiles de lui en offrir plus. Pendant un certain temps, il avait même cru qu'elle l'aimait. Heureusement il avait su découvrir ses mensonges avant qu'elle ait pu détruire sa carrière.

— Aviez-vous dans l'idée de converser seul avec moi ? demanda-t-elle. Ou cherchez-vous simplement le plaisir de ma compagnie ?

Il faillit se tourner sur son siège pour mieux observer l'expression de Lady Cynthia. Elle avait un profil charmant : le front haut, un petit nez droit, des joues aux courbes gracieuses et une oreille délicate bien dessinée.

— Ai-je besoin d'un objectif quelconque pour chercher à me faire conduire par une ravissante jeune femme ? roucoula-t-il.

Elle lui coula un regard de biais.

— Là, vous n'êtes pas sincère, milord.

Il se récria.

— Allons, Lady Cynthia, vous savez fort bien que vous êtes l'une des plus belles femmes de Londres !

Si ce n'était la *plus belle*, songea-t-il.

Elle fit habilement dévier sa voiture pour éviter deux gentlemen à cheval qui s'étaient arrêtés dans l'allée pour discuter. L'un d'eux souleva son chapeau et Lady Cynthia le salua d'un mouvement de son fouet.

— Je suis seulement l'une des plus belles ?

Dieu du ciel, la vanité de cette femme n'avait-elle pas de limites ?

— En effet, répondit-il.

Elle éclata d'un rire musical.

Et de nouveau, son sang s'échauffa.

— J'ai appris par Thomas que vous vous intéressiez à l'élevage de pur-sang, et que vous dîneriez chez nous mercredi, reprit-elle.

Le changement de sujet le surprit. Il s'attendait qu'elle continue à badiner, et que sa vanité la pousserait à lui faire admettre qu'elle était la plus belle femme qu'il ait jamais vue. Ni l'un ni l'autre ne doutaient de cette évidence, par ailleurs. Au lieu de cela, elle semblait sincèrement amusée qu'il ne l'ait pas placée au-dessus des autres.

— Je dois reconnaître que je suis novice en ce qui concerne l'élevage des chevaux de course.

Elle tourna la tête pour le dévisager. Le scruter, en fait, d'un air dubitatif.

— Posséder un haras est une affaire risquée. Et extrêmement coûteuse, déclara-t-elle.

Essayait-elle de jauger sa fortune ? En s'attendant qu'il se vante ?

— C'est ce que j'ai compris, dit-il. Mon cousin a dépensé beaucoup d'argent pour des chevaux qu'il considérait comme un sage investissement. J'ai besoin de peser les risques avant de décider si je m'implique plus avant ou non.

— Il faut donc vous complimenter pour votre prudence.

La froideur de son ton laissait entendre que pour elle la prudence était un défaut. Il refusa de mordre à l'hameçon.

— L'étalon qu'il avait acheté n'a pas survécu à l'accident, donc je suis à la croisée des chemins. Continuer et investir, ou vendre les juments poulinières pour récupérer ce que je peux. Et vous ? Vous intéressez-vous au haras de votre frère ?

— Pas le moins du monde, répondit-elle en haussant un sourcil.

Elle arrêta la voiture, rassembla les rênes dans sa main gauche avec aisance et lui tendit la main droite.

— Merci pour votre compagnie, Lord Thorne, je suis enchantée de vous revoir pour le dîner de la semaine prochaine.

Congédié sans ambiguïté, il lui prit la main et s'inclina.

— Je vous remercie pour cette promenade. Je me réjouis de vous revoir. Allez-vous à la réception du Baldwin's ? Je vous y verrai peut-être en ce cas.

— Je ne pense pas m'y rendre. Bonne journée, Lord Thorne.

Il descendit de la voiture, récupéra son cheval auprès du palefrenier et la regarda s'éloigner. Il ne put s'empêcher d'admirer sa technique pour mener ses chevaux tandis qu'elle évoluait dans la circulation.

Pour une raison qu'il ne s'expliquait pas, il eut le sentiment d'avoir reculé dans son projet de se rapprocher de la jeune femme.

La politique lui avait appris que pour obtenir ce que l'on recherchait, il fallait connaître exactement ce que voulait votre adversaire, et pourquoi il le voulait. Ce dernier point était toujours sa faiblesse. Et connaître le point faible de l'adversaire était votre plus grande force.

Il avait supposé que la vanité de Lady Cynthia serait son point faible. Mais elle était tellement confiante en sa beauté qu'elle ne cherchait aucune assurance sur celle-ci.

Elle n'était pas non plus une jeune femme niaise qui minaudait. Elle avait posé ses questions dans un but précis. Et elle ne lui avait pas dit la vérité quand elle avait prétendu ne rien connaître des affaires de son frère. *Mais pourquoi mentir ?*

De toute évidence, il lui fallait échafauder une stratégie différente s'il voulait réussir à l'approcher.

Il rentra chez lui, pensif.

Lorsque Cynthia avait annoncé à Thomas qu'elle avait l'intention de ne pas aller à la réception du Baldwin's, ce dernier n'avait pas apprécié. Mais maintenant qu'elle se retrouvait seule chez elle, elle regrettait de ne pas l'y avoir accompagné.

Mais comment faire, alors qu'elle avait déclaré à Thorne qu'elle n'irait pas ?

Vraiment ? Et pour quelle raison, Dieu du ciel, le laissait-elle dicter ses allées et venues ? Quelle importance, si elle le trouvait étrangement séduisant ? Elle était peut-être sans cœur, mais elle n'était pas morte pour autant. Elle était capable d'apprécier un bel homme. Quoiqu'il ne soit pas vraiment si bel homme. Il était bien bâti plutôt que séduisant, plus viril qu'élégant, et extrêmement sûr de lui jusqu'à un point qui confinait à l'arrogance.

Bon sang ! Avait-elle peur de le revoir, pour une quelconque raison ?

Le majordome gratta à la porte et après être entré s'inclina, en lui présentant le petit plateau en argent destiné aux cartes de visite.

— Il y a là un gentleman pour vous, milady. Lord Thorne.

Elle le regarda, stupéfaite, et manqua de suffoquer une fraction de seconde.

— Thorne ?

— Oui, milady. Dois-je lui dire que vous n'êtes pas là ?

Eh bien, voilà qui était très étrange ! Elle avait offert un congé à Mrs Paxton, sa dame de compagnie, pour que celle-ci rende visite à sa famille cette semaine, et elle pouvait difficilement recevoir Lord Thorne seule.

— Priez-le de monter, Bromley, et demandez à Mrs Merton de faire envoyer du thé. Peut-être pourriez-vous nous servir ? Ou alors demander à un valet de le faire.

— Ce sera un plaisir pour moi de m'en charger, milady, dit-il avant de quitter la pièce.

Le cœur de Cynthia battait à tout rompre. Elle pressa sa main sur sa poitrine pour se forcer à se calmer. Qu'avait-elle donc en tête ? Pourquoi ne l'avait-elle pas fait éconduire ? Parce qu'elle savait à quel point il était important qu'il soit bien disposé envers Thomas ? Cela devait être ça.

Elle s'installa sur le sofa et prit sa broderie. Mieux valait ne pas donner l'impression de l'attendre impatiemment. Et d'ailleurs, elle n'avait aucune envie de sa visite. Hum… vraiment ? C'était sans doute pour cela qu'elle se sentait si agitée.

On frappa enfin à la porte et Bromley le fit entrer en s'inclinant devant lui, avant de réceptionner le plateau de thé que lui tendait un valet, pour l'apporter sur la console au fond de la pièce, leur offrant ainsi un semblant d'intimité.

Dieu du ciel, Thorne avait belle allure en tenue de soirée ! La coupe en était extrêmement raffinée, mais c'était sa stature virile qui conférait cette sensation de pouvoir émanant de lui.

Exprimant une évidente force intérieure.

— Je ne m'attendais pas à vous voir ce soir, Lord Thorne, dit-elle une fois les salutations d'usage terminées.

— J'ai rencontré votre frère au Baldwin's. Il m'a dit que vous étiez restée chez vous. Je me demandais si vous étiez souffrante.

Que prenait-il donc à Thomas, de parler d'elle avec un homme qui était pratiquement un étranger ?

— Je vais parfaitement bien, je vous en remercie. Je n'étais pas d'humeur à désirer de la compagnie, voilà tout.

Peut-être ce genre de remarque le dissuaderait-il à l'avenir de se présenter impromptu à sa porte.

— Je suis enchanté de constater que vous allez bien.

N'avait-il pas écouté ? Ou était-il plus obtus qu'elle ne le croyait ?

Bromley lui servit une tasse de thé exactement selon son goût.

— Lait et sucre, milord ? s'enquit-il.

— Je préférerais sucre et citron, si possible.

Bromley sembla désappointé.

— Ou avec du sucre, sans lait, demanda-t-il après avoir vu l'air dépité du majordome.

Comme c'était intéressant.

— C'est ainsi que le préfèrent les Russes, n'est-ce pas ? Avec du citron, dit-elle.

— En effet. J'ai vécu en Russie avant d'être nommé en Italie.

— Oh ! l'Italie ! Qu'en avez-vous pensé ?

Elle n'avait jamais quitté l'Angleterre.

— Si vous aimez l'art et l'architecture, c'est incomparable. J'aurais voulu y rester plus longtemps. Ces dernières années, j'étais à Paris avec Wellington.

— La Cour parisienne a retrouvé ses fastes d'antan, j'imagine ?

— Cela dépend comment on l'envisage. Les loyalistes ont le sentiment qu'elle a décliné, et les bonapartistes regrettent le retour des vieilles pratiques de l'Ancien Régime. Wellington a fait de son mieux pour rétablir l'ordre sans trop froisser les uns et les autres. Il y est fort bien parvenu. Je ne pense pas qu'il soit possible que les choses redeviennent telles qu'elles ont été par le passé.

— Puisque la plupart des nobles sont morts, voulez-vous dire. J'aimerais visiter Paris, Rome et Saint-Pétersbourg un jour.

Il sirota son thé.

— Lorsque vous serez mariée, votre époux vous emmènera peut-être en voyage.

— Je doute de me marier un jour, répliqua-t-elle.

Oh ! mais pourquoi avait-elle laissé échapper cela ?

Elle ne l'avait jamais dit à personne, si ce n'était à Thomas, depuis le jour où elle l'avait lancé à la face de leur père en apprenant le mariage de Cornelius. Leur père l'avait prise pour une gamine écervelée et elle ne lui avait jamais révélé la vérité sur Cornelius et elle.

Thomas pensait que si elle trouvait l'homme adéquat, sa situation de femme déchue ne serait pas un obstacle à son mariage. Mais si un homme aussi honorable et charmant que Drax l'avait rejetée, ceux qui par la suite s'accommoderaient éventuellement de cela seraient sans doute peu recommandables…

Donc il valait mieux qu'elle reste vieille fille plutôt que de se retrouver liée à une quelconque canaille. Elle ne voulait certainement pas épouser un homme uniquement intéressé par son argent ou ses relations.

Et pourtant… pour une raison qui lui échappait, elle s'était discrètement renseignée sur la situation de Thorne. Les ragots disaient qu'il n'avait pas besoin de se marier pour l'argent. Aussi pourquoi s'était-il présenté à elle lors du bal ?

Elle n'avait nul désir de le voir rejoindre sa cour. Sa présence était bien trop dérangeante pour la paix de son esprit, et elle se figurait déjà la joie de Thomas s'il pensait qu'elle avait captivé l'intérêt d'un prétendant de pareille valeur.

Thorne sembla réellement surpris.

— Mais toute femme souhaite…

Il se tut, et arbora un air étrange.

— Vous disiez ? insista-t-elle.

Il secoua la tête.

— J'imagine que je ne devrais pas généraliser. Le mariage n'attire pas tout le monde.

Quelle remarque bizarre ! songea-t-elle.

— Le mariage est-il dans vos projets ? demanda-t-elle.

— Un titre implique des devoirs, dit-il avec un bref sourire, comme je suis certain que votre frère ne l'ignore pas.

Certes ! Ils avaient examiné les pedigrees de plusieurs jeunes ladys dans la moisson de débutantes de cette année, et en avaient retenu deux ou trois qui feraient un choix acceptable.

Cynthia sentit sa gorge se serrer légèrement, comme chaque fois qu'elle envisageait son avenir une fois que son frère serait marié. Leur intimité construite depuis des années y perdrait sans doute, mais elle était aussi impatiente de savourer la liberté que lui conférerait le fait de s'installer seule dans son nouveau foyer.

Elle espérait simplement que Thomas ne renâclerait pas devant la requête qu'elle lui présenterait concernant la façon dont elle souhaitait organiser sa vie.

— Il semblerait que Thomas et vous allez vous

retrouver rivaux face aux débutantes de cette Saison, dit-elle d'un ton détaché, comme si elle ne souciait pas des vues de son frère.

En fait, elle s'en préoccupait beaucoup. Une belle-sœur qui n'était pas une amie faisait une ennemie puissante.

— Que le meilleur gagne, clama-t-il.

Son assurance paisible d'être le meilleur la contraria intensément.

Elle se leva. Il fit de même.

— Je vous remercie pour le thé, Lady Cynthia. Je suis impatient de vous revoir mercredi prochain.

Bromley le reconduisit.

Cette lady n'avait pas l'intention de se marier.

Marcus réfléchissait toujours à cette bribe d'information deux jours plus tard alors qu'il déambulait dans Bond Street pour se rendre au White's. La météo était épouvantable. Une pluie fine continue et pénétrante s'attardait sur la ville depuis deux jours. Il avait oublié à quel point Londres pouvait être atrocement humide à cette époque de l'année.

Bien sûr il pleuvait aussi à Paris, Venise et Lisbonne, et l'hiver pouvait vite vous geler les extrémités à Saint-Pétersbourg.

Mais la pluie anglaise, celle de Londres en particulier, s'infiltrait partout, et s'éternisait pendant des jours.

Il évita une femme qui venait dans sa direction tête baissée, son parapluie brandi tel un bélier d'attaque médiéval.

Si Lady Cynthia ne voulait pas se marier, pourquoi attirait-elle dans ses filets certains des célibataires les plus convoités de Londres, en les faisant danser sur liste d'attente ?

Il s'était renseigné sur ces jeunes gens. Étrangement, la plupart étaient trop jeunes pour songer à s'établir. Leurs pères, qu'il avait rencontrés à diverses occasions, ne se montraient guère soucieux en ce qui concernait l'adoration de leurs enfants pour cette femme inaccessible. En réalité, ils semblaient la considérer comme une fantaisie de jeunesse sans conséquence pour eux, ou comme le meilleur moyen de préserver leur progéniture de fléaux bien pires, tels que le jeu, la boisson ou les dépenses vestimentaires excessives.

Fortescue était légèrement différent.

Il était plus âgé que les autres, issu d'une bonne famille – qui avait visiblement besoin d'argent frais.

Charmant, tel était le mot habituellement utilisé pour décrire l'homme. Élégant, d'excellentes manières, disait-on aussi. Un invité apprécié, toujours empressé à satisfaire son hôtesse en dansant avec toute jeune fille faisant tapisserie qu'elle lui indiquait, avait précisé une lady.

Bref, un vrai modèle.

Et quand il avait rencontré Bess, selon sa tante, il n'avait plus jeté un œil à une seule autre. Jusqu'à ce que Lady Cynthia ne l'attire dans son sillage.

Si Fortescue était si exemplaire, pourquoi avait-il laissé une autre femme le détourner d'une jeune fille qu'il avait déclaré aimer ? Et qui l'aimait en retour de toute évidence.

L'amour romantique ! C'était plutôt un fatras de non-sens, autant que Marcus puisse en dire. Il préférait le respect et le fait d'apprécier mutuellement la compagnie de l'autre, comme il l'avait vécu avec Nanette.

Tout avait été d'une honnêteté totale entre eux, sans engagement sur le long terme. Donc ni jalousie ni drame. Ils avaient aimé être ensemble lorsque cela leur chantait, et avaient respecté la vie privée de l'autre lorsque ce n'était pas le cas.

En revanche, la pseudo-romance qu'il avait vécue avec Olga avait été torride, et incroyablement excitante. Mais également inconfortable à l'extrême. Alors qu'il avait été blessé par sa trahison, il avait aussi été soulagé quand cette liaison s'était terminée.

Mais Fortescue était une tout autre affaire. Si le bonheur de Bess dépendait de cet homme, qu'il en soit donc ainsi ! Rien dans les résultats de son enquête n'avait révélé quoi que ce soit de négatif sur lui. Tous les gens avec qui Marcus s'était entretenu à son sujet en concluaient simplement que, comme tant d'autres, il avait été ébloui par l'attention que lui accordait un diamant de la première eau. Lady Cynthia.

Il s'arrêta un instant au bord du trottoir, attendant un creux dans la circulation pour traverser la rue.

Était-ce là… ? Certainement pas !

Une silhouette longiligne hésita sur le seuil d'une auberge tout en se battant pour déplier son parapluie. Ni valet ni femme de chambre en vue.

Marcus se fraya un chemin entre les voitures et les charrettes, et arriva de l'autre côté de la rue avant qu'elle ait ouvert son parapluie.

Il ferma vivement le sien.

— Permettez-moi.

Stupéfaite, elle le dévisagea. Et sembla brièvement arborer un air coupable. Comme s'il l'avait prise sur le fait en train de faire quelque chose d'inconvenant. Elle soutint son regard, et il eut la sensation de se noyer dans une étendue bleue liquide, captivé.

Elle entrouvrit les lèvres, comme si elle aussi éprouvait la même étrange sensation. Elle cligna des yeux, et tout se termina.

— Lord Thorne, dit-elle en lui tendant la poignée du parapluie, j'ai l'impression que mon gant s'est coincé dans le mécanisme.

Il inspira profondément, et redescendit sur terre à sa remarque. Son gant en chevreau était en effet coincé près de la poignée. Il tira dessus, mais il était fermement accroché.

Il changea sa façon de procéder, finit par le dégager et donna accidentellement un coup de coude à Lady Cynthia. Elle trébucha en arrière, et il la rattrapa de justesse pour lui faire reprendre l'équilibre.

Le parapluie tomba par terre.

Ils se penchèrent tous deux en même temps pour le ramasser et il s'égratigna le front contre le bord de son chapeau.

Elle se recula vivement.

Un gentleman quittant l'auberge se faufila pour sortir. Il leva son chapeau.

— Excusez-moi.

Lady Cynthia laissa échapper un soupir irrité et gesticula en direction du parapluie.

— Si vous voulez bien, Lord Thorne.

Elle n'avait aucune raison de sembler aussi offensée. Il était venu à son aide, après tout. Il se pencha et ramassa l'accessoire. Il regarda derrière elle, en direction du bar public populaire situé au rez-de-chaussée du bâtiment.

Dieu du ciel, qu'était-elle venue faire dans pareil endroit ?

— Où est votre valet ? demanda-t-il.

— Je n'en ai pas, répliqua-t-elle en haussant le menton.

C'était tout ? Pas d'explication ? Pas d'embarras ? Juste lui faire comprendre d'un bref regard qu'il pouvait bien penser ce qu'il voulait de cette situation.

Elle avait dû rencontrer quelqu'un. Un amant ? Il fut surpris de se sentir aiguillonné par une pointe de jalousie.

Et pourquoi en aurait-il été surpris ? C'était une belle femme. Il aurait fallu être fou pour ne pas la trouver séduisante.

Mais si elle retrouvait un amant dans pareil lieu, quel genre d'homme était-ce donc ?

Il réfléchit un moment avant de reprendre le cours de ses pensées.

Peut-être était-ce… une femme ? C'était possible. Elle ne voulait pas se marier, après tout. Il aurait néanmoins été très surpris que c'en soit une.

Dans un cas comme dans l'autre, s'il y avait une relation clandestine, il lui faudrait se donner plus de mal pour éveiller son intérêt envers lui.

— Laissez-moi vous accompagner jusqu'à votre prochaine destination, dit-il en lui tendant le bras.

— Je rentre chez moi. J'ai fini mes courses présentement.

— Alors permettez-moi de vous escorter. Une lady aussi jeune et belle que vous ne devrait pas déambuler seule dans les rues de Londres.

Elle rosit légèrement.

Ainsi, il ne lui était pas aussi indifférent qu'elle le laissait croire. Peut-être était-ce là la preuve que son inclination n'était pas encore définitive.

En réalité, si une femme aussi ouvertement glaciale était capable de prendre un amant, il était donc évident que son armure de froideur avait ses failles. Il était impatient de les agrandir, et de bien des manières.

Chapitre 4

Cynthia s'examina dans le trumeau de sa chambre avec un froncement de sourcils. En avait-elle trop fait ?

— Cela ne vous plaît pas, milady ? demanda Millie, sa femme de chambre.

Millie était extrêmement susceptible envers la moindre critique que l'on pouvait lui faire.

— Non, c'est ravissant, dit-elle.

À vrai dire, la cascade de bouclettes coulant sur son épaule gauche et les boucles légères lui encadrant le visage étaient peut-être la coiffure la plus jolie qu'elle ait jamais eue. Habituellement, suivant là les règles édictées par la prêtresse du bon goût régnant sur cette Saison, elle s'en tenait à des arrangements très simples. Après tout, comme cette dernière le lui avait dit, sa beauté n'avait besoin d'aucun artifice.

Elle lissa le satin bleu de sa robe à la coupe très sobre, sans décolleté. Elle avait eu au moins le bon sens de ne pas accepter de porter la robe en soie rebrodée de roses à l'encolure et à l'ourlet. Certes, elle était à la dernière mode, mais cette tenue était bien trop habillée pour un dîner chez soi. Tout comme sa coiffure. Ainsi que les diamants à son cou et à son poignet.

Elle consulta la pendule. Il était presque 21 heures.

L'invité de Thomas allait arriver à tout moment. Elle ne pouvait plus rien faire concernant sa chevelure.

— Ce sera tout, merci, Millie.

La femme de chambre fit une révérence et quitta la pièce.

Cynthia ôta son collier et le remplaça par un tour du cou en perles, puis troqua le bracelet contre un simple jonc en or. Elle inspira un grand coup, puis se prépara à descendre. Thomas s'attendait qu'elle soit à ses côtés lorsque Thorne arriverait.

Ces obligations lui manqueraient, lorsque son frère serait marié. Celles-ci lui avaient procuré un but dans la vie, mais elle avait aussi son engagement pour le destin des petits ramoneurs pour l'occuper. Et lorsqu'elle serait établie dans sa propre maison, elle pourrait alors se consacrer pleinement à la Société et à son œuvre.

Elle descendit vivement les marches jusqu'au premier étage. Entendant des voix, elle se pencha à la rampe pour regarder vers l'entrée.

Bromley aidait un gentleman à ôter son pardessus dans le hall.

Reconnaissant la silhouette virile même de dos, elle se hâta sur une impulsion de continuer à descendre.

— Lord Thorne ! Bonsoir !

Il fit volte-face, écarquillant les yeux une fraction de seconde lorsqu'il la vit.

— Lady Cynthia, bonsoir ! la salua-t-il en s'inclinant. Veuillez excuser mon état, il pleut de nouveau.

Il semblait légèrement irrité tandis qu'il tendait au majordome son chapeau dégoulinant. Bromley le secoua discrètement.

— Il n'y avait pas le moindre signe indiquant qu'il allait pleuvoir lorsque je suis parti de chez moi, reprit-il.

— Vous êtes donc venu à pied, pas dans votre voiture ? s'exclama-t-elle en réprimant un gloussement d'amusement. Je vais me charger de conduire Lord Thorne au petit salon, Bromley, pendant que vous vous occuperez des vêtements mouillés de Sa Seigneurie.

— Vous êtes trop bonne, milady.

Thorne lui tendit son bras et elle le conduisit au premier étage.

— Regarde qui j'ai rencontré lorsque je descendais te rejoindre, Thomas, annonça-t-elle en entrant dans le salon.

— Ce n'est pas courant d'être accueilli par la lady de la maison, fit remarquer Thorne. J'en suis honoré pour ma part.

Cet homme était un charmeur, pas de doute.

Thomas sembla surpris, puis ravi.

— Je suis heureux que vous ayez pu venir, Thorne. Le temps est littéralement épouvantable ces derniers jours.

Les deux hommes se saluèrent. Thomas servit un brandy à son invité, et un sherry à Cynthia.

— Comment vous habituez-vous à votre nouvelle vie de vicomte ? demanda Thomas.

Thorne prit le temps de savourer une gorgée de son verre avant de répondre.

— J'en suis déjà plutôt familier, parce que Thorne Manor a pratiquement été ma deuxième maison pendant mon enfance. Mais je ne peux pas dire que c'est un habit facile à endosser.

— J'ai ressenti la même chose à la mort de mon père. Il m'a fallu longtemps pour ne pas le chercher des yeux chaque fois que quelqu'un m'appelait par mon titre. Ma sœur a été d'une grande aide pendant cette période. Et elle l'est toujours aujourd'hui.

Cynthia sourit à son frère.

— Perdre papa si jeunes a été un grand choc pour nous deux.

— Francis avait à peine vingt-cinq ans, dit Thorne. Sa mère et sa sœur sont bouleversées.

— Je veux bien le croire, compatit Thomas.

Cynthia sentit que Thorne la dévisageait. Elle se tourna vers lui et constata qu'il la scrutait avec intensité.

— J'imagine que vous connaissez ma cousine Elizabeth, Lady Cynthia ? reprit-il.

Bien évidemment, la jeune femme avait dû mentionner à Thorne que Fortescue avait rompu avec elle, songea Cynthia. Et elle avait certainement été décrite comme la méchante de l'histoire, qui lui avait volé son fiancé. Elle ne pouvait donc plus s'empêcher désormais de se demander quels étaient les motifs de Thorne pour avoir abordé son frère au White's.

Elle se réfugia dans sa froideur habituelle.

— Je connais Miss Elizabeth, évidemment. Une charmante jeune fille. Nous sommes très amies.

Plus maintenant. Et les lèvres soudain pincées de Thorne lui indiquèrent qu'il n'en croyait pas un mot.

Bromley gratta à la porte et entra.

— Le dîner est prêt, milord.

— Nous dînons *en famille* ce soir, Thorne. J'espère que cela ne vous gêne pas que ce soit informel. Mais ainsi nous pourrons être à l'aise, et j'ai rassemblé de nombreuses informations que j'aimerais vous montrer, expliqua Thomas.

— Pourquoi ne vous laisserais-je pas à votre conversation, et n'irais-je pas dîner dans mes appartements ? suggéra Cynthia, subitement déstabilisée par la désapprobation ouverte de Thorne.

— Nous laisseriez-vous dîner seuls ? s'étonna ce dernier en haussant les sourcils. Nous ne l'entendrons pas de cette oreille, n'est-ce pas, Norton ?

Thomas resta bouche bée une fraction de seconde. Il jeta un coup d'œil à Cynthia, puis à Thorne. Il trahit un air calculateur dans son regard bleu qui déplut à Cynthia, avant de se tourner vers Thorne, rayonnant.

— Absolument. Je trouve que les dames tempèrent admirablement nos manières d'hommes, parfois rugueuses. De plus, Cynthia en sait à peu près autant que moi sur le haras.

— Balivernes ! se récria-t-elle. J'ai à peine mis les pieds aux écuries depuis la mort de papa.

Celles-ci recélaient trop de souvenirs gênants de la façon dont elle s'était jetée à la tête de Cornelius pour qu'elle ait envie d'y retourner. Si son père avait deviné à quel point elle s'était entichée de son maître de manège, il aurait renvoyé celui-ci sur-le-champ. Mais Cornelius avait bien pris soin de garder ses distances dès qu'ils n'étaient pas seuls. Ce n'était que lorsqu'ils se retrouvaient tous les deux qu'il jouait de son charme, en la taquinant, en la flattant pour qu'elle se sente très spéciale à ses yeux.

Totalement extasiée, elle avait cherché toutes les occasions de le voir seul pour profiter de toutes ses attentions. Elle se faufilait aux écuries quand elle savait que les jockeys entraînaient les chevaux, et que Cornelius préparait sa leçon. Il y avait eu des baisers volés trop brefs dans les coins sombres. Ses gestes caressants lorsqu'il corrigeait sa posture pendant les reprises la mettaient en feu.

Mais c'était un soir très tard dans la grange à foin de

l'écurie qu'ils avaient fait l'amour. Une affaire plutôt hâtive et maladroite, qui l'avait déconcertée autant qu'excitée.

Bien évidemment, il l'avait tout de suite demandé en mariage. Comme l'honneur l'exigeait, avait-il déclaré, tout en la suppliant de ne pas révéler jusqu'où était allé leur amour au cas où son père le provoquerait en duel.

Craignant pour la vie de Cornelius, elle avait fait ce qu'il demandait. Elle avait simplement déclaré à son père qu'elle était tombée amoureuse de lui et l'avait supplié de la laisser l'épouser.

Son père avait immédiatement refusé, et ignoré ses menaces de ne jamais épouser que Cornelius, et personne d'autre.

Avant qu'elle puisse réaliser ce qui lui arrivait, elle s'était retrouvée plongée dans sa première Saison à Londres, et Cornelius avait épousé la fille d'un hobereau local. Cynthia s'était sentie profondément trahie. Désormais, chaque fois qu'elle irait à Harrowglen, elle était certaine d'y voir Cornelius ou sa femme, et elle devrait se comporter comme s'il ne s'était rien passé.

Pour éviter un scandale, elle avait fait croire à Thomas qu'elle s'était éprise d'un des nombreux jeunes officiers avec lesquels elle avait dansé lors de cette première Saison, et qu'il était mort au combat.

Si seulement Cornelius ne l'avait pas regardée de cette manière si déplaisante chaque fois qu'elle le voyait, elle aurait pu réussir à ignorer son passé... Malheureusement, puisqu'ils étaient voisins et que Thomas n'avait pas la moindre idée qu'ils avaient été amants, elle était obligée de le fréquenter en société.

Comment un homme qui avait déclaré vous aimer pouvait-il en épouser une autre ? Eh bien, c'était bel et bien ce qu'il s'était passé, pourtant.

Son propre grand-père avait fait de même, par exemple. Il avait été amoureux fou de sa maîtresse, mais il avait eu plusieurs enfants avec son épouse. En fait, c'était une pratique tout à fait normale dans la bonne société.

Mais un aristocrate s'attendait que son épouse lui arrive le soir de ses noces aussi pure que la neige qui vient de tomber, sans la moindre trace. Et alors que Thomas espérait peut-être une issue différente pour elle, elle n'avait pour sa part plus une once d'illusion.

— Allons-y, dit son frère, avant que le chef commence à se plaindre que nous gâchons son dîner en laissant tout refroidir.

Ce dîner intime avec Norton et sa sœur permettrait à Marcus de se forger sa propre opinion sur leurs caractères respectifs, notamment celui de Lady Cynthia.

Quand elle l'avait retrouvé à l'entrée, sa beauté lui avait coupé le souffle. Elle semblait différente ce soir, comme si elle avait fait un effort particulier. Était-ce pour lui ?

Quelque chose dans sa coiffure adoucissait l'expression de son visage. Mais lorsqu'il avait mentionné Bess, elle s'était définitivement refroidie. Quant à prétendre qu'elles étaient de bonnes amies, c'était là un mensonge lamentable.

Le prenait-elle pour un imbécile ? Si tel était le cas, elle allait vite découvrir qu'elle se trompait.

— Combien de temps pensez-vous qu'il nous faut encore garder nos troupes en France ? lui demanda Norton quand ils furent installés. Cette guerre ne nous a-t-elle pas déjà assez coûté, pour que nous continuions à nourrir à nos frais l'armée en France ?

— Tout d'abord, intervint Lady Cynthia, le gouvernement britannique ne paye pas les frais de maintien de l'armée d'occupation. Ce sont les Français qui les assument, comme cela a été établi selon les termes du traité de paix après Waterloo. Tu le saurais, Thomas, si tu t'intéressais un tant soit peu aux affaires étrangères. Une fois que les Français auront remboursé les alliés pour le coût de la remobilisation contre Napoléon, nos soldats rentreront.

Marcus cacha sa surprise devant l'étendue des connaissances de la jeune femme.

— Lady Cynthia a raison. Et croyez-le ou non, les Français sont en bonne voie. Je ne serais pas surpris que la dette soit soldée avant la fin de l'année.

— Ce qui signifie selon toute probabilité que nous n'avons pas demandé assez, objecta Norton.

Marcus s'esclaffa tout bas en constatant la sécheresse de ton de celui-ci.

— En fait, vous pourriez bien avoir raison rétrospectivement. Par malheur, j'ignore ce que notre pays va faire de tous les soldats démobilisés quand ils vont rentrer. Je doute qu'il y ait assez d'emplois pour eux tous.

— Recommanderiez-vous alors que l'Angleterre entreprenne une guerre ailleurs ? ironisa Lady Cynthia.

Il se raidit à cette remarque coupante.

— Pas du tout. Ce n'est qu'une simple observation. Et une inquiétude. Il y a parmi eux bon nombre de repris de justice des prisons anglaises, tirés de là pour mener la guerre. Une mauvaise troupe, qui sans la discipline de l'armée pourrait causer des dégâts.

Le majordome fit son entrée et les plats furent déposés sans manières sur la table, comme lors d'un dîner familial du quotidien.

Cela rappela à Marcus ses soupers à la table de la cuisine du presbytère, où son père lisait ou encore préparait son sermon du dimanche. Marcus avait également pris l'habitude de lire à table. Lorsqu'il l'avait mentionné à sa tante, elle en avait été horrifiée. Le dîner à Thorne Manor était toujours servi dans le grand style de l'étiquette aristocratique. On se devait de porter une tenue de soirée, dans la grande salle à manger, où l'on était servi par les valets et le majordome.

— J'espère que vous ne voyez pas d'objection à ce caractère informel, dit Lady Cynthia comme si elle lisait dans ses pensées. C'est notre habitude de dîner ainsi lorsque nous ne sommes que tous les deux.

Norton lui sourit affectueusement.

— La salle à manger est remplie de portraits de mes ancêtres qui me toisent d'un air réprobateur. Ou du moins c'est l'impression que j'en ai. Très sincèrement, cela me coupe l'appétit.

— Je connais cette sensation, dit Marcus.

Il avait toujours préféré la cuisine chaleureuse de sa maison à la rigidité de la salle à manger de sa tante, mais ce qu'il avait appris auprès de cette dernière en matière de bonnes manières et de règles de la conversation l'avait bien servi dans sa carrière.

Lady Cynthia servit le consommé dans des bols et le leur tendit à tous deux.

Elle le goûta, et jeta un coup d'œil au majordome pour lui signifier sa satisfaction d'un imperceptible hochement de tête.

Ce plat ainsi que tous les autres présentés sur la table étaient délicieux, et durant leur dégustation Marcus s'entretint avec Norton de la conception des écuries, des maladies équines et des défauts héréditaires.

Un regard en biais vers Lady Cynthia lui confirma qu'elle écoutait avec attention, alors qu'il s'était vaguement attendu que cela l'ennuie.

— On peut très bien investir dans un étalon, continuait Norton, en l'élevant soi-même depuis sa naissance, ce qui prend des années, ou en louer un avec une lignée bien tracée.

Marcus se cala dans sa chaise.

— Mon cousin avait décidé d'acheter, dit-il.

— Je n'ai rien à critiquer concernant la décision de votre cousin, mais pour être honnête, je n'ai jamais vu la bête. Je crois que l'étalon était venu de France, en passant par l'Irlande, si je ne m'abuse.

— Y a-t-il des poulinières prêtes à mettre bas chez vous ? demanda Lady Cynthia.

Marcus fit un signe de dénégation.

— Aucune. D'après ce que m'a expliqué le maître d'écurie, l'étalon ne s'intéressait pas du tout aux juments. Au moment de sa mort, Francis voulait le pousser à en monter une.

Norton hocha la tête.

— L'étalon était peut-être trop jeune.

— C'est ce que pense aussi mon maître d'écurie. Il avait l'impression que le cheval était plus jeune que ce qu'avait prétendu le vendeur. Il semble que Francis l'ait obtenu pour une bouchée de pain.

— Il faut se méfier des maquignons qui proposent des prix défiants toute concurrence, intervint Lady Cynthia. Je me souviens que mon père le répétait à plus d'une occasion.

— Eh bien, on ne peut plus rien y faire de notre côté, répliqua Marcus. Il faut désormais que je me décide si je continue, ou si je récupère ce qui peut être sauvé pour éviter la faillite du haras.

— Je dirais que cela dépend de la qualité des poulinières qu'il a achetées, rétorqua Norton. Pourrais-je venir un jour y jeter un œil.

— C'est une proposition formidable ! s'exclama Marcus.

Lady Cynthia s'agita sur sa chaise de façon imperceptible, mais cela sembla attirer l'attention de son frère.

Il s'éclaircit la gorge.

— Pour être franc, et direct, j'espère que vous considérerez mon offre que l'un de mes étalons couvre vos poulinières. Je vous demanderai un tarif correct, ainsi qu'un bon prix sur leurs poulains que je voudrais acquérir plus tard. Mais cela représente un certain coût malgré tout. Rufus est au summum de son potentiel, dans ses meilleures années. Il a gagné quelques courses à Newmarket. Donc je suis certain que vous ne serez pas déçu.

La raison de la générosité des conseils de Norton avait désormais été clairement posée sur la table. Marcus appréciait cette franchise sans détour. Ce seraient des affaires, bien claires. En toute amitié, des affaires néanmoins. Simplement… Norton aurait-il été si prompt s'il n'y avait été incité par Lady Cynthia ?

À vrai dire, il ne s'était pas attendu qu'elle fasse preuve d'autant de morale et de correction en affaires.

C'était surprenant.

— Je suis impatient d'en apprendre plus sur cet étalon. J'aimerais aussi l'examiner moi-même.

Son maître d'écurie lui avait déjà expliqué les points principaux à vérifier sur un cheval. Et il avait semblé inquiet de la visite de Marcus à Harrowglen, comme s'il craignait que son employeur n'achète une bête qu'il n'approuverait pas.

— Pensez-vous que je vais chercher à tirer avantage de vous ? demanda Norton.

Il parut insulté.

— Voulez-vous dire que vous-même exposeriez vos poulinières à s'accoupler à un étalon sans vérifier sa lignée ?

— Bien sûr que non, Thomas, dis-lui toi-même ! intervint Lady Cynthia.

Norton plaqua un sourire artificiel sur son visage.

— Je ne le ferais certainement pas. Bien ! Venez donc à Harrowglen, et voyez par vous-même. Restez quelques jours.

Lady Cynthia eut l'air contrariée.

— Les domestiques n'attendent pas notre retour avant les fêtes de Noël, Thomas. Il faut aérer les draps, préparer les chambres des invités.

Norton plongea le nez dans son assiette.

— Je ne propose pas d'y aller dès demain, ma chère sœur. Je vais envoyer un courrier, afin d'informer l'intendante que nous y serons la semaine prochaine, si cela vous agrée, Thorne. Cynthia, tu nous accompagneras pour gérer la maisonnée.

— À la mi-novembre, en pleine Saison ?

Elle se tut aussitôt en lisant l'irritation sur le visage de son frère.

— Certainement, Thomas, comme tu veux, ajouta-t-elle promptement.

Sa soumission surprit Marcus.

— Je ne voudrais pas vous priver de vos distractions…

— Balivernes ! coupa Norton. Ma sœur n'est pas une écolière tout juste sortie de sa salle de classe. Est-ce là sa troisième, ou quatrième Saison ? Manquer un bal ou une réception de plus ne sera pas un drame.

Il sous-entendait ainsi que Lady Cynthia était une vieille fille, alors que Marcus ne lui donnait pas plus de vingt-trois ou vingt-quatre ans. Certes, un peu plus âgée qu'une débutante classique, mais certainement pas encore assez pour être classée parmi « les vieilles », pour reprendre les termes de Bess.

Lady Cynthia pinça les lèvres, mais resta impassible. Sa contrariété n'avait peut-être rien à voir avec les bals, mais plutôt avec le fait qu'il l'avait vue dans le quartier populaire de Cheapside lorsqu'elle sortait de ce bar. Ce qu'il ne mentionnerait jamais devant son frère, évidemment.

Elle finit par hausser un sourcil après un moment de silence.

— D'après tes propos, Thomas, on dirait que je suis déjà gâteuse. Je serai néanmoins heureuse de t'accompagner à Harrowglen.

— Bien, dit Norton. Nous organiserons une soirée et présenterons Lord Thorne à nos voisins.

— Non, nul besoin de vous donner cette peine, dit Marcus. Je ne resterai qu'un jour ou deux.

Norton eut l'air contrarié.

— Nos voisins seront déçus si nous ne les régalons pas des derniers potins de Londres. Et Cynthia aime aussi se tenir au courant des commérages du moment chez nous.

Le sourire de cette dernière aurait fait geler une mare en plein mois de juillet.

— Bien sûr ! Et organiser une petite soirée ne pose aucun problème.

— Alors le dîner avec vos voisins sera un véritable

plaisir, j'en suis certain, dit Marcus en ignorant le manque d'enthousiasme de la jeune femme.

— Parfait, c'est donc réglé, conclut Norton, l'air satisfait.

Lady Cynthia fit signe aux domestiques de débarrasser et de servir le dessert.

— Informe-moi de la date, pour que je le dise à Mrs Paxton.

— Mrs Paxton ? interrogea Marcus.

— Ma dame de compagnie. Afin qu'elle puisse se joindre à nous, naturellement.

— Fais-lui bien comprendre que cette visite est importante, précisa Thomas d'un ton impératif, et pour une fois, ne la laisse pas se soustraire à ses responsabilités.

Marcus sentit une discrète allusion sous cette déclaration.

Lady Cynthia avait dû sentir sa curiosité.

— Mrs Paxton a horreur de voyager, expliqua-t-elle.

— Mrs Paxton a horreur de tout ce qui trouble son petit confort, rétorqua Norton. Elle est trop payée, et paresseuse. Je pense que je te fais office de chaperon bien mieux qu'elle ne le fait en tant que dame de compagnie.

Lady Cynthia lui adressa un sourire serein.

— Mrs Paxton me convient parfaitement.

— Puisque nous parlons de compagnie, Lady Cynthia, intervint Marcus, je me demandais si vous aimeriez faire une promenade avec moi un après-midi de cette semaine ? Peut-être vendredi, si le temps le permet ? C'est moi qui vous conduirai en voiture, cette fois. Le phaéton de mon cousin est à la dernière mode, m'a-t-on dit. Enfin, le plus important est que j'aimerais que ses chevaux soient bien entraînés à le conduire.

Norton écarquilla les yeux.

— Ne me dites pas que vous allez rejoindre la meute des soupirants de Cynthia ? Laissez-moi vous informer qu'il existe une liste officieuse, et que vous devrez attendre votre tour.

Lady Cynthia haussa le menton.

— Ce n'est pas une façon de parler de Lord Vince et des autres, Thomas. Ce sont tous des jeunes gens fort aimables. La liste n'est qu'un moyen de garantir l'équité entre eux. Et puisque je n'ai aucun engagement pour vendredi après-midi, je serais ravie de passer un moment avec vous, Lord Thorne.

Norton lui lança un regard surpris.

— Aucun engagement, dis-tu ? Comme c'est inhabituel !

— Aucun que je ne puisse remettre.

— Alors j'espère qu'il fera beau, dit Marcus.

Pourquoi était-elle donc désormais prête à revoir ses engagements pour lui ? Était-ce un moyen pour appuyer son frère et qu'il soit dans de bonnes dispositions envers ce dernier ? Ou recherchait-elle sa compagnie ? Hum… à son avis, c'était plutôt la première option.

— Moi de même, dit Lady Cynthia avec un hochement de tête. Maintenant, si vous voulez bien m'excuser, messieurs, je vais me retirer dans mon boudoir pour mon thé, et vous laisser à votre porto et à vos projets d'affaires.

Marcus se leva pour la saluer et elle quitta la pièce.

— Alors, vaquons à nos affaires, dit Thomas en se dirigeant vers un petit bureau pour y récupérer plusieurs rouleaux de papier.

Il déroula le premier sur la table.

— Regardez cela, commença-t-il. C'est la lignée de Rufus. Il a de nombreux ancêtres prestigieux. Vous ne savez pas combien de gens m'ont sollicité pour l'acheter. Et je le propose très rarement pour la reproduction. Pourquoi aiderais-je mes concurrents ?

— Alors, pourquoi moi ?

Norton se frotta le menton.

— Je n'en ai rien dit à Cynthia, mais j'ai eu des dépenses imprévues récemment. Si nous pouvons nous mettre d'accord pour un prix de saillie qui me convient, cela me sortira de l'embarras.

— Vous avez perdu au jeu ?

— À un pari stupide.

Le vendredi arriva bien plus vite que Cynthia ne s'y attendait, ou ne l'avait désiré. Et la voilà qui quittait Londres en direction de Hampstead dans le cabriolet le plus voyant du monde, d'un bleu éclatant rehaussé de filets rouge sombre. La couronne dorée des Thorne sur les portières annonçait fièrement le propriétaire.

— J'espère ne pas être provoqué en duel par l'un de ces blancs-becs en permanence dans votre sillage, dit Marcus en conduisant ses magnifiques chevaux bais avec une aisance consommée.

— Vos chevaux sont aussi éblouissants que la voiture. J'espère qu'ils réussiront à monter jusqu'à Hampstead. Le cheval de tête semble essoufflé.

Il éclata de rire. Un rire chaud, et plaisant. Elle en recroquevilla ses doigts de pied dans ses bottines, et son cœur s'accéléra.

Un peu comme ce qu'elle avait éprouvé pour Cornelius il y avait toutes ces années ?

Et pourquoi pensait-elle à lui après tout ce temps ?

Le souvenir de sa propre naïveté lui donnait la nausée. Ce qui lui fit remettre les pieds sur terre.

— Insinuez-vous que mon cousin Francis ne s'y connaissait pas en matière de chevaux ? demanda-t-il d'un ton taquin.

— En général, les hommes n'aiment pas que l'on critique leurs choix sur ce sujet. Mais c'est à vous de juger, rétorqua-t-elle.

— Vous avez raison, concéda-t-il avec un soupir. L'attelage est magnifique d'aspect, mais il y a deux chevaux qui ne sont pas en forme. Je vais les laisser au pâturage.

— Ou les vendre à un acheteur peu méfiant.

— Allons, allons, Lady Cynthia, ce ne serait pas correct. Ni honorable.

— Vous avez raison. Et je suis heureuse de vous l'entendre dire.

Elle en était même ravie. Bien plus qu'elle ne l'aurait dû, en fait.

— J'ai l'impression que vous êtes aussi expérimentée que votre frère concernant les chevaux.

— Cela vous surprend-il ?

Il sembla pensif.

— Je pense que très souvent les femmes ont un grand nombre de connaissances, mais ne souhaitent pas pour autant en faire part. Peut-être par crainte de passer pour des rats de bibliothèque, ou des garçons manqués. C'est ce que j'ai longtemps entendu professer par ma tante auprès de ma cousine Elizabeth, afin de la mettre en garde.

Elle fut franchement amusée.

— Ma gouvernante disait à peu près la même chose. Mais mon père aimait partager sa science des chevaux.

C'était sa passion. Il était impossible de ne pas le côtoyer sans apprendre quelque chose d'utile. En ce qui concernait les chevaux, il m'encourageait à observer par moi-même et à me forger mes opinions. Il était parfois contraint d'admettre que j'avais raison, ce qu'il faisait de très bonne grâce, je le reconnais. Mais je n'irais pas jusqu'à prétendre en savoir plus que Thomas.

Elle avait été en revanche irritée de reconnaître que son père avait eu raison au sujet de Cornelius. Mais elle l'avait accepté, après s'être souvenue de toutes les fois où il avait été convaincu par sa logique lorsqu'elle avait repéré sur un cheval malade quelque chose qui lui avait échappé, ou un défaut de morphologie.

— Eh bien, je vous serais reconnaissant de me faire part de vos deux avis.

— Suggérez-vous par là que je vous accompagne pour jauger vos juments avec Thomas ?

— Pourquoi pas ? À l'évidence, vous repérez instinctivement ce qui ne va pas chez un animal. Le maître d'écurie de Francis n'avait pas décelé le souffle court du cheval de tête sur mon attelage, sans cela il ne l'aurait pas acheté, j'en suis certain. Il semble qu'ils aient tous deux été éblouis par son apparence.

— Je ne crois pas que ce serait une bonne idée.

Elle n'imaginait que trop la tête de Miss Elizabeth si elle se présentait à leur porte.

— Parce que vous pensez à ma cousine ?

Elle en resta bouche bée.

— Pour un diplomate, vous êtes très direct, répliqua-t-elle.

— Je crois en la vérité. Ma tante et ma cousine se sont installées dans la maison douairière. Il est fort peu probable que nous les rencontrions si nous ne sommes là-bas que pour quelques heures.

Cynthia était extrêmement tentée. Car elle avait envie de voir où il vivait.

— Si Thomas souhaite que je l'accompagne, je viendrai.

— Aimez-vous servir de maîtresse de maison à votre frère ? Est-ce pour cela que vous avez dit que vous ne vous marieriez jamais ?

Hum… il semblait avoir retenu cette réflexion maladroite !

— Je suis heureuse d'aider Thomas jusqu'à ce qu'il trouve une épouse. Ensuite je m'occuperai de m'établir moi-même.

— Je vois.

Il parut surpris, mais n'insista pas.

Alors qu'ils bavardaient, ils quittèrent les maisons mitoyennes de Londres et ses bâtiments serrés les uns contre les autres, et la route commença à s'incliner peu à peu.

Le paysage changeant à chaque mile, ils atteignirent rapidement le village de Hampstead, qui ouvrait sur la campagne, parsemée de bancs de sable, d'herbes hautes et de genêts.

— Il doit faire très sombre ici la nuit, fit remarquer Cynthia. J'ai emprunté cette route à de nombreuses reprises, mais toujours pendant la journée.

— Vous pensez aux brigands de grand chemin, dit Thorne. Il n'y a plus aucun souci à se faire aujourd'hui, je vous l'assure, nous en sommes débarrassés.

— Vous avez raison, la plupart des crimes sont perpétrés en ville de nos jours, dit-elle en pinçant les lèvres. Et bon nombre d'entre eux ne sont pas commis par des criminels de droit commun.

Il la dévisagea tout en fronçant les sourcils.

— Je ne vois pas ce que vous voulez dire.

Elle fit un signe de dénégation. Elle avait promis à Thomas de ne pas ennuyer Thorne avec ses histoires de petits ramoneurs et son travail dans la Société.

— Qu'importe. Quelle vue magnifique !

La nature sauvage les entourait. Rangées d'arbres, prairies d'un vert vif où s'entrecroisaient des sentiers d'un jaune sableux. Les panoramas étaient infinis et variés, quelle que soit la direction dans laquelle on regardait.

— L'air est si pur… Il semble presque impossible que nous soyons si près de la ville.

Il hocha la tête.

— C'est magnifique, dit-il. Mon oncle m'a fait découvrir cet endroit lors de mon premier séjour à Londres.

Il referma vite la bouche, comme s'il avait la sensation d'en avoir trop dit.

Elle n'insista pas. Les gentlemen dissimulaient bien des choses qu'ils pensaient inconvenantes aux oreilles des ladys.

— Afin d'apprécier la réelle beauté de ce lieu, continua-t-il, il faut le parcourir à pied. Êtes-vous d'humeur pour une promenade ?

— Très certainement.

Elle adorait marcher.

Il l'aida à descendre de la voiture et lui prit le bras.

— Le sol est inégal, aussi je vous suggère d'avancer prudemment.

Il la guida sur des sentiers très fréquentés où le sable avait été bien tassé. Des moutons paissaient l'herbe rase, surveillés par un enfant. Une petite fille dans une piteuse robe grise avec un tablier crasseux les croisa sur le sentier, accompagnée d'un troupeau d'oies criardes.

Thorne et Cynthia les laissèrent passer.

La petite fille les dévisagea avec curiosité, et les oies agitèrent leurs ailes avec des bruits menaçants.

L'enfant les réprimanda tout haut en agitant sa baguette. Les oies ne s'en firent que plus agressives en tendant le cou et poursuivirent néanmoins leur chemin.

Cynthia resta à regarder la petite jusqu'à ce qu'elle soit hors de vue.

— Si un enfant est obligé de travailler, voilà au moins une occupation saine, fit-elle remarquer.

— Quelle belle image, n'est-ce pas ? dit-il en lui prenant le bras.

La pente s'accentua au virage suivant.

— Oh ! mon Dieu ! s'exclama Cynthia. Comme c'est joli !

— Je sais, dit Thorne. C'est pour cela que j'étais si content qu'il fasse beau aujourd'hui.

Depuis leur point de vue, on surplombait une étendue d'eau au creux de la vallée, et par-delà un brouillard de fumées, les clochers de Londres qui pointaient çà et là.

— Nous avons vraiment de la chance. J'aurais dû prendre mon carnet de croquis, même si je pense que je n'aurais pas rendu justice à ce spectacle.

— Vous avez donc un œil d'artiste, dit Thorne. Les études que Turner a faites du Heath sont très admirées.

— Je ne prétends pas me mesurer à pareil talent, mais le besoin de capturer la beauté de ce genre de scène est irrésistible.

Ils descendirent un peu vers l'étang. Non loin d'eux, deux hommes remplissaient avec du sable une charrette attelée à un âne.

— L'appétit pour le sable, expliqua Thorne. C'est la raison pour laquelle le sol est criblé de trous. Le sable ici est de la meilleure qualité pour la construction.

Il scruta le ciel.

— Je ne suis pas certain de beaucoup aimer l'aspect de ce nuage au-dessus de nos têtes, ajouta-t-il. Nous allons peut-être devoir nous abriter. Êtes-vous déjà allée à Vale of Health[1] ?

— Est-ce une sorte de station balnéaire ?

— Pas du tout, contrairement à ce que laisse suggérer son nom, mais un petit village pittoresque, avec une auberge, où nous pourrions prendre le thé.

Alors qu'il était on ne pouvait plus convenable de faire une promenade dans une voiture ouverte, même sans chaperon, un tête-à-tête dans une auberge était certain de conduire à des ennuis si l'on voulait garder sa réputation sans tache.

Elle se souvint de leur rencontre impromptue à Cheapside. Oh ! Dieu du ciel, s'était-il forgé une image d'elle peu reluisante à cause de cela ?

— Sans ma femme de chambre ou Mrs Paxton pour nous tenir compagnie, je suis au regret de décliner.

Elle savait qu'elle semblait soudain crispée et plutôt accusatrice, mais il n'aurait vraiment pas dû la mettre dans pareille position.

Il fit revenir la voiture sur la route principale.

— Ils ont des tables dehors, dans la cour. Rien de privé à cela.

— Et pourquoi ne l'avez-vous pas dit plus tôt ?

— Parce que vous êtes une lady et que je suis un

1. La Vallée de la Santé.

gentleman. J'ai donc présumé qu'il serait évident pour vous que je ne compromettrais jamais votre réputation.

Elle le dévisagea, bouche bée.

Il éclata de rire, les yeux pétillants de malice, tel un petit garçon facétieux. Il la taquinait.

Personne, si ce n'étaient Thomas et Cornelius, ne l'avait jamais taquinée. La plupart des hommes étaient trop enclins à s'attirer ses faveurs.

Elle résista à son envie de lui donner un bon coup de coude, comme on le fait avec les garçons turbulents, mais elle ne put se retenir de glousser.

— Très bien, prenons le thé à Vale of Health, dit-elle en levant les yeux au ciel, et espérons qu'il ne pleuve pas.

Chapitre 5

Pour accéder au village, Marcus quitta la route principale et s'engagea sur un chemin de terre rudimentaire. Il pria sa passagère de se tenir à la poignée de la portière afin de ne pas risquer d'être trop secouée par les cahots.

Il remarqua qu'elle prenait soin de s'assurer que leurs corps n'entrent pas en contact, ce qui l'incita à traverser les ornières les plus profondes, auquel cas il pourrait ainsi se trouver l'excuse de passer un bras protecteur autour de ses épaules. Mais sans succès.

L'auberge qu'il cherchait se trouvait au milieu d'un village qui consistait en tout et pour tout en une simple rue bordée de quelques cottages. Comme promis par son ami Caulfield lorsqu'ils avaient déjeuné ensemble la veille, elle offrait une vue magnifique sur cette partie du Heath.

Un valet d'écurie se précipita pour s'occuper des chevaux.

Il n'y avait aucun client autour des petites tables rondes devant la façade, là où la vue était la meilleure. Comme l'avait suggéré Caulfield, ils en profiteraient en toute discrétion, sans que cela ressemble à un rendez-vous clandestin.

Bien évidemment, Marcus n'avait pas révélé à son

ami quelle lady il y conduirait, et ce dernier ne le lui avait pas non plus demandé.

Ce n'était pas le genre de choses dont on discutait entre gentlemen.

— Qu'en pensez-vous ? demanda-t-il à Lady Cynthia, désireux de la faire changer d'avis au cas où elle ne voudrait plus s'arrêter pour le thé.

— Quel talent vous avez eu, d'avoir trouvé un endroit aussi charmant !

Son plaisir évident l'enchanta.

— Un de mes amis me l'a vanté comme un emplacement qui vaut le détour. Je crois qu'il n'a pas exagéré.

Il descendit et l'aida à quitter la voiture à son tour. Un serveur les conduisit à une table sous un auvent. Marcus commanda du thé et des gâteaux.

Tandis que le serveur s'affairait à leur apporter des serviettes, des plateaux de gâteaux et du thé, Marcus garda la conversation orientée sur des sujets anodins tels que la vue, le temps, et s'ils allaient se rendre ou non au bal de l'Almack's le mercredi de la semaine suivante.

— Si vous cherchez une épouse, vous ne pouvez éviter de vous y montrer dès que vous en avez l'occasion, conseilla Lady Cynthia. Même s'il reste en ville très peu de gens à cette époque de l'année, il y a toujours quelques jeunes filles pleines d'espoir, dignes de considération.

Il se renfonça dans sa chaise. Avait-elle dans l'idée de l'aider à trouver une épouse, ou faisait-elle la conversation pour remplir ce qui aurait été autrement un silence embarrassant ?

— En fait, je ne suis pas pressé de me marier, même si je vous remercie pour votre conseil, dit-il.

Le serveur compléta tout ce qui leur manquait, puis s'inclina et se retira.

Lady Cynthia lui servit une tasse de thé.

— Vous seriez fort avisé d'attendre les nouvelles débutantes de l'année prochaine.

— En effet, cela me conviendrait mieux. Mon cousin Francis m'a laissé quelques affaires en suspens que je dois régler.

L'une d'elles étant Bess. S'il ne réussissait pas avec Fortescue, il serait obligé de jouer les chevaliers servants pour sa mère et elle durant leur chasse au mari au printemps suivant.

Il serait donc forcé de mettre ses propres projets en attente jusqu'à la conclusion de cette quête.

Et ce n'était pas un rôle qui l'enchantait d'endosser. Mais puisque tel était son devoir en tant que nouveau chef de cette famille, il s'en acquitterait.

Le regard songeur avec lequel Lady Cynthia le dévisageait lui donna l'impression qu'elle avait compris qu'il pensait à sa cousine. Il se pencha vers elle pour lui proposer des scones. Elle en prit délicatement deux qu'elle déposa dans son assiette. Pendant un instant ils s'occupèrent à beurrer les petites pâtisseries tièdes avant de les recouvrir généreusement de confiture.

— Bien, Lady Cynthia, maintenant parlez-moi de votre rendez-vous à Cheapside. Je suis un peu inquiet qu'une dame aussi soucieuse de sa réputation que vous l'êtes fréquente un endroit si peu recommandable.

Elle écarquilla les yeux. Pensait-elle donc qu'il ne lui poserait pas la question ?

— Je croirais entendre Thomas !

— Je prends cela comme un compliment, pour nous deux.

Elle pinça les lèvres.

— Je ne vous le dirai pas. Parce que ce que je fais

ne vous regarde pas. Et si vous songez à le raconter à Thomas, je peux vous assurer qu'il s'en moque.

— Je ne crois pas que votre frère soit aussi insouciant quant à la réputation de votre famille. Très bien, si vous ne souhaitez pas me révéler la raison de votre présence là-bas, je n'en parlerai plus, si vous me promettez de ne pas recommencer vos excursions imprudentes. La ville de Londres regorge de voleurs et autres individus peu recommandables. Une lady seule n'y est pas en sécurité.

— Je vous remercie de votre sollicitude, mais je ne tiendrai pas ce genre de promesse.

— Délicieux ! Vous devriez les goûter ! s'exclama-t-il après avoir avalé une bouchée de scone.

Elle laissa échapper un petit soupir d'impatience.

— Très bien. Si vous voulez savoir, j'y rencontre un groupe de gens concernés par un sujet que j'estime important. Très important, même.

Cela ressemblait à ces petits groupes de ladys dévouées à de bonnes œuvres, mais pourquoi se réuniraient-elles dans pareil lieu ?

— Souhaitez-vous améliorer le monde ?

— Pourquoi semblez-vous si surpris ? demanda-t-elle.

— Pour être franc, je suis surpris que vous, plus que toute autre, vous exposiez au scandale pour le bien des autres.

Elle se raidit.

— Moi plus que toute autre…, répéta-t-elle en plissant les yeux. Si vous avez une si piètre opinion de moi, milord, je me demande pourquoi vous recherchez ma compagnie.

Eh bien, il ne s'était pas montré très diplomate, en effet…

— Je vous demande pardon, je me suis mal exprimé.

Pourquoi, si ce sujet est si important et mérite que l'on s'y consacre, ne voulez-vous pas dire ce que c'est ?

— Et pourquoi devrais-je satisfaire votre curiosité ? À moins que vous ne souhaitiez aider à votre tour ?

— Je peux difficilement aider sans savoir de quoi il s'agit.

Le regard de Lady Cynthia se fit plus perçant.

— Si vous voulez vraiment le savoir, j'étais à une réunion de la Société pour l'abandon de l'emploi des petits ramoneurs. Nous nous réunissons à Cheapside parce que plusieurs de nos membres sont eux-mêmes ramoneurs.

— Des petits ramoneurs ? s'exclama-t-il, surpris.

— Oui. Les petits garçons qui grimpent dans nos cheminées. Certains d'entre eux n'ont pas plus de cinq ans. Le ramoneur allume souvent un feu dans la cheminée pour les obliger à monter, voyez-vous. Et l'on m'a raconté que certains d'eux se sont retrouvés coincés et…

Elle ferma les yeux un moment avant de reprendre.

— Pauvres petites créatures. C'est inhumain !

L'indignation de son ton le laissa à réfléchir.

— Et comment pourrais-je aider ?

— Le souhaitez-vous ?

— J'aimerais en savoir plus, dit-il.

— Nous avons besoin qu'une loi soit votée au Parlement pour protéger les enfants. C'est vraiment la seule façon d'arrêter leur travail. Thomas n'est pas d'accord avec moi, il pense qu'on ne peut pas y mettre un terme.

Son frère devait certainement en savoir plus que lui sur le sujet, songea Marcus.

— Je ne peux pas promettre mon aide, mais je promets en revanche de m'informer.

Elle sembla déçue, et il eut une envie soudaine de se

jeter dans l'affaire tête baissée. Mais il savait se garder de faire des promesses qu'il ne pourrait tenir.

— Entre-temps, j'aimerais votre parole que vous n'irez pas à Cheapside seule pour ces réunions, ou d'autres raisons.

— Très bien, concéda-t-elle à contrecœur. J'irai accompagnée d'un valet la prochaine fois.

— Merci.

Il n'était pas certain qu'elle tiendrait parole, mais il avait fait son devoir, et il n'était aucunement en position de l'obliger à quoi que ce soit.

Elle prit tout à coup un air glacial.

— Est-ce pour cela que vous m'avez invitée aujourd'hui ? Pour me critiquer vis-à-vis de ce que vous considérez comme une transgression ? Ce n'était absolument pas pour faire appel à mon expérience des chevaux, n'est-ce pas ?

— Vous vous méprenez sur mes intentions.

Elle sembla subitement comprendre.

— Alors c'est à cause de votre cousine Elizabeth. Vous essayez de me faire renoncer à Fortescue.

Il n'y avait nulle raison de le nier.

— Elle m'a dit qu'elle avait le cœur brisé. Pourquoi ne congédiez-vous pas Fortescue ? Visiblement, vous ne le placez pas au-dessus des autres membres de votre cour. Elizabeth l'aime. Pourquoi continuez-vous à le mener par le bout du nez ? C'est peu charitable.

Elle conserva un regard dur, mais sa voix se fit douce, presque enjouée.

— Je n'aimerais pas limiter mes options, répliqua-t-elle.

Comment pouvait-elle être si sensible au sort des petits ramoneurs, et cependant se montrer aussi impitoyable envers une jeune fille qu'elle déclarait considérer comme une amie il y avait peu de temps encore ?

Le jugement de Marcus sur le caractère de Lady Cynthia se révélait exact. C'était réellement une femme au cœur de pierre. Il fut envahi de regret. Comme s'il avait vraiment espéré qu'elle ne soit pas telle qu'elle lui apparaissait, ni la femme que Caulfield avait dépeinte. Son espoir était vain.

Il regarda l'assiette de scones. Il avait perdu l'appétit.

Il la dévisagea. Elle observait le paysage, comme si elle était captivée. Sentant son regard posé sur elle, elle tourna la tête et lui offrit son sourire froid habituel.

— Quel après-midi plaisant, mais je crois qu'il est temps que vous me raccompagniez chez moi, ne pensez-vous pas ?

Bon sang, il l'avait malmenée ! Si Wellington l'avait vu patauger de la sorte, il se serait esclaffé devant la maladresse de son approche.

Mais la vérité avait éclaté désormais, et ce qui avait été dit ne pouvait être retiré.

Il régla l'addition et demanda que l'on avance sa voiture.

Le silence entre eux était palpable quand ils tournèrent sur la route de Londres.

Cynthia croisa les bras sur sa poitrine, puis se contraignit à les décroiser. Elle ne le laisserait pas voir qu'elle était contrariée. Pas pendant un moment, du moins.

Quel culot de sa part, de s'imaginer qu'il pourrait profiter de l'argument de sa présence à Cheapside pour la faire renoncer à Fortescue ! Et de lui faire la leçon sur son comportement par-dessus le marché ! Pour qui se prenait-il ?

De plus, quel genre de personne serait-elle si elle laissait de tristes sires tels que Fortescue s'en prendre à une jeune fille innocente telle que Miss Elizabeth Durst ?

Eh bien, *non*. Elle ne le ferait pas. Elle se souciait comme d'une guigne de l'opinion de Thorne concernant son caractère. Elle aimait beaucoup Elizabeth. C'était une jeune fille douce et charmante qui ne méritait pas d'épouser un homme tel que Fortescue. Personne, d'ailleurs. S'il existait un moyen d'empêcher ce dernier d'épouser quiconque, elle l'emploierait.

De toute évidence, Thorne avait une opinion exécrable de ses intentions. Il ne lui était pas venu à l'idée qu'elle tentait d'aider sa cousine. Qu'il aille au diable ! Qu'importait ce qu'il pensait. Il n'y avait aucune raison pour qu'elle se sente aussi… déçue… triste… blessée. Blessée ? Balivernes !

— Au fait, j'ai décidé de ne pas me rendre avec vous à Harrowglen, finalement, dit-elle posément. Ma présence est superflue. Il se trouve que j'ai oublié un rendez-vous chez ma modiste. J'ai besoin d'une nouvelle garde-robe d'hiver. Le style des vêtements de cette année est si différent du mien que je me sens complètement démodée.

— Je doute que votre présence soit jamais superflue, Lady Cynthia. Ou que quiconque vous trouve démodée.

Deux compliments à la suite après l'avoir harcelée de propos cruels sans répit ?

C'était bien là un homme, de penser qu'il pouvait dire ce qui lui chantait, puis retrouver les bonnes grâces de la personne avec des flatteries exagérées et sans aucune sincérité.

D'un autre côté, qu'en était-il de sa réaction à cette voix grave qui lui procurait des frissons de plaisir dès qu'il ouvrait la bouche ? C'était comme si son corps venait de se réveiller d'un long sommeil et demandait qu'on lui prête attention. Mais pas la sienne. *Celle de Thorne.*

Elle chassa cette pensée dérangeante, et le petit creux que celle-ci faisait naître dans son estomac.

— Ne pensez pas m'amadouer ainsi, milord. Après m'avoir invitée en excursion sous un prétexte, rien de ce que vous pourrez dire ne vous rachètera à mes yeux.

— Un prétexte ? Je n'ai pas la moindre idée de ce que vous insinuez ! se récria-t-il.

— Vraiment ? Vous me faites croire que vous souhaitez mes conseils alors que ce n'était qu'une excuse pour plaider la cause de votre cousine.

Il lui lança un regard sévère.

— Mais si, j'ai recherché vos conseils. Simplement, j'aurais dû le savoir, il ne me fallait pas espérer qu'une femme aussi glaciale que vous puisse éprouver la moindre sympathie pour une rivale.

Choquée non seulement par ses paroles, mais aussi par la froideur avec laquelle il s'était exprimé, elle le dévisagea. Son cœur se serra douloureusement. La peine qu'elle avait déjà éprouvée à ses propos récents sur son caractère quadrupla.

Cela faisait très longtemps qu'un homme n'avait pas été capable de la blesser. Alors pourquoi celui-ci le pouvait-il ? Elle le connaissait à peine. Il ne signifiait rien pour elle. Aucun homme, d'ailleurs. Cornelius lui avait appris la vérité sur la gent masculine. C'étaient des créatures égoïstes et cruelles.

Son frère Thomas y compris. Et pourtant c'était l'un des meilleurs hommes qu'elle connaisse. Et elle avait pensé, pour une raison étrange, que Thorne serait de la même trempe.

De toute évidence, lorsqu'un gentleman était aussi séduisant que lui, une femme en oubliait les leçons du passé.

Qu'il aille au diable !

Elle se raidit sur son siège.

— Quelle chance que nous ayons le même point de vue ! s'exclama-t-elle.

— Ah bon, est-ce le cas maintenant ?

— Oh ! je crois que nous pouvons affirmer tous les deux sans réserve que nous nous méprisons l'un l'autre !

La bouche de Thorne se pinça pour devenir une fine ligne sinistre. Mais il ne la contredit pas.

Ils traversèrent le village animé de Hampstead sans un mot.

Bien. Cela lui était égal qu'il ne lui adresse plus jamais la parole.

À une centaine de mètres du village, il arrêta la voiture sur le bas-côté et se tourna vers elle.

— Pourquoi vous êtes-vous arrêté ?

— Eh bien, je me demande si je ne devrais pas vous laisser rentrer à pied, dit-il d'un ton sec qui éveilla sa méfiance.

Il ne pouvait pas être sérieux ! Ou si ?

— Vous n'oseriez pas me laisser seule au beau milieu de nulle part.

— Il n'y a que trois miles jusqu'à Londres. Vous pourriez être rentrée dans une heure.

Hagarde, elle le scruta. Des visions de brigands et de détrousseurs la firent tressaillir. Bon sang, elle n'allait pas lui montrer qu'elle avait peur !

— Très bien, concéda-t-elle.

Il soupira et secoua la tête.

— Vous m'avez cru, rétorqua-t-il. J'imagine que votre état de fureur vous a empêchée de remarquer que l'un de mes chevaux a perdu un fer.

Elle manqua de défaillir de soulagement. Elle avait été tant plongée dans ses pensées et sa colère qu'en effet elle n'avait rien remarqué.

Il descendit et examina la patte avant du cheval.

— Votre maître d'écurie aurait dû le vérifier avant votre départ, fit-elle remarquer.

Il lui lança un regard impatient.

— Il l'a fait. Il doit y avoir un forgeron au village, dit-il en faisant faire demi-tour à la voiture.

Elle descendit à son tour.

— Que faites-vous ? s'étonna-t-il.

— Je le soulage de mon poids.

Il marmonna quelque chose d'inintelligible.

— Qu'avez-vous dit ?

— J'ai dit : « Cette femme ne cessera donc jamais de me surprendre. »

— Qu'ai-je encore fait ?

— Cela n'a vraiment pas d'importance.

Il se mit à marcher. Même si le cheval boitait un peu, il ne semblait pas souffrir.

Cynthia n'avait d'autre choix que de marcher aux côtés de Thorne.

— C'est une chance que cela se soit produit ici, et pas plus loin sur la route. Vous auriez été forcé de prendre un cheval et de me laisser attendre avec la voiture.

— Oui, c'est une bonne chose, en effet, lança-t-il sèchement. Excellente, même.

Elle se retint d'éclater de rire devant son air ironique.

— Vous savez très bien ce que je voulais dire, ajouta-t-elle.

L'atelier du forgeron était situé au bout d'une allée donnant sur la route principale. L'homme était en train de donner forme à un quelconque outil agricole. Il leva la tête à leur arrivée et s'écarta de son enclume.

— Bonjour, milord, milady, dit-il en portant un doigt à son front.

Thorne lui adressa un signe de tête en retour.

— Pouvez-vous ferrer mon cheval ?

— C'est mon fils qui est le maréchal-ferrant ici, milord, mais il est parti à Plank Farm pour un vêlage.

— Quand doit-il rentrer ?

— Tout dépend, milord. On ne peut pas presser la nature.

— Non, en effet, dit Thorne avant de regarder Cynthia. Nous n'avons d'autre choix que d'attendre.

— Peut-être pourrions-nous louer une voiture, et vous viendriez récupérer la vôtre plus tard. Thomas va s'inquiéter si je ne suis pas rentrée à l'heure pour le dîner.

Le forgeron se gratta la tête.

— L'écurie est dans la rue d'à côté. Le vieux Sam aura probablement quelque chose à louer. S'il n'a rien, vous pourrez si besoin voyager avec un charretier de passage. Sam vous conduira sur la route qu'ils empruntent.

Thorne sembla peu convaincu.

— Depuis combien de temps votre fils est-il parti ?

— Ils l'ont appelé à minuit. Je dois dire que je pensais qu'il serait déjà rentré.

— Très bien.

Il sortit sa bourse et se mit d'accord sur un prix avec le forgeron, puis il tendit son bras à Cynthia.

— Allons voir si quelqu'un à l'écurie peut nous aider.

L'homme qui se tenait dans la cour de l'écurie était tout courbé, avec une grosse bosse sur l'épaule. Il leva la tête vers eux de biais. Cynthia sursauta en se rendant compte qu'il était en fait très jeune. Son cœur stupide déborda aussitôt de compassion, mais le jeune homme semblait plutôt guilleret qu'accablé. Thorne expliqua leur situation.

— Je suis vraiment désolé, milord. Je n'ai aucun véhicule en ce moment qui vous conviendrait, ainsi qu'à la dame.

— Et qu'avez-vous ? demanda Cynthia.

— Rien que la carriole à âne de Miss Denby, et je n'ai pas fini de la réparer.

Il y avait en effet une carriole basculée sur le côté, entourée d'outils, et un âne qui mangeait du foin dans un box voisin.

— Combien de temps faut-il pour qu'elle soit prête, et combien me prendriez-vous pour me la louer ? demanda Thorne.

— Elle peut être prête dans deux heures, milord. Entre-temps, je vais demander à Miss Denby si elle serait d'accord pour la louer, et combien elle demanderait. J'imagine qu'elle ne refusera pas de gagner quelques petites pièces, puisque vous êtes un gentleman, et tout ça.

— Elle aura ma voiture en guise de caution chez le maréchal-ferrant, si elle s'inquiète, expliqua Thorne. Nous n'en aurons peut-être pas besoin si le fils du forgeron rentre à temps pour ferrer mon cheval.

— Ah, alors, je l'espère, milord, mais je vais quand

même finir de réparer la carriole, au cas où vous en auriez besoin !

— Y a-t-il une auberge où je pourrais louer un salon privé jusqu'à ce que la réparation soit terminée ?

— Le Mouton noir a un beau salon privé, milord. Très propre, à ce qu'on m'en a dit. Moi, je n'y suis jamais allé.

— Je connais l'endroit. Merci. Nous reviendrons dans une heure.

Thorne offrit son bras à Cynthia, et elle pouvait difficilement refuser.

— Quel ennui ! lança-t-elle. Nous n'avons vraiment pas de chance.

— En effet, dit-il en hochant la tête.

Sur le chemin de l'auberge, ils repassèrent devant l'atelier du forgeron. Ne voyant aucun signe de la présence du maréchal-ferrant, ils continuèrent leur route.

L'auberge n'avait pas de terrasse à l'extérieur.

— Je ne pense pas que quiconque aurait à redire sur le fait que nous partageons un salon privé en pareilles circonstances, précisa Thorne, comme s'il s'attendait qu'elle renâcle à sa proposition.

Elle le considéra avec irritation.

— Les gens auraient à redire si vous ne l'aviez pas proposé, du moment que le serveur reste à proximité en permanence.

L'aubergiste les accueillit chaleureusement et les installa à une table près de la fenêtre, après s'être enquis de leur préférence.

Cynthia fut heureuse que Thorne ait assez de bon sens pour réaliser qu'il leur valait mieux ne pas se dissimuler dans un coin, comme s'ils avaient quelque chose à cacher.

Le serveur leur apporta une théière, et à la demande

de Thorne ne s'éloigna pas, au cas où ils auraient besoin de quelque chose.

Il n'y avait certainement rien de plus décourageant que prendre le thé avec une lady qui vous avait déclaré ouvertement vous mépriser. Et ce, pour la seconde fois en moins d'une heure.

Cet après-midi ne se déroulait vraiment pas comme Thorne l'avait prévu.

La lumière filtrant par la fenêtre éclairait la table, mais laissait le visage de Lady Cynthia dans l'ombre. Et sa mystérieuse expression d'une froideur impénétrable le maintenait à distance. Comme une armure, ou un bouclier. Et pourtant, à plusieurs reprises aujourd'hui il avait cru avoir un aperçu de ce qu'il y avait derrière cette façade. Son petit gloussement, sincèrement amusé et chaleureux. Son plaisir évident à la contemplation du paysage.

Et puis, il y avait sa beauté sans pareille. La délicate courbure de sa joue. Ses sourcils dessinant un arc parfait. Le bleu changeant de ses yeux, parfois comme un ciel d'été vibrant, ou troublé comme de l'eau chatoyante. Et aussi, comme en cet instant, aussi dur que des échardes de glace.

Elle l'attirait à un point viscéral, qu'il préférait ne pas admettre.

Comment pouvait-elle être assez froide pour détruire le bonheur d'une jeune fille aussi douce que Bess ?

— Pour ma part, je ne vous méprise pas, dit-il.

Ces mots lui étaient sortis de la bouche avant même de s'être clairement formés dans son esprit.

Lorsqu'elle reposa sa tasse dans sa soucoupe, la peau

douce et soyeuse de sa main sembla presque transparente. Un effet de la lumière, mais fascinant.

— Je vois, dit-elle sans trahir la moindre émotion.

— Elizabeth est plus une sœur pour moi qu'une cousine. Mon instinct me dicte de faire tout mon possible pour qu'elle soit heureuse. Elle m'est aussi chère que l'est votre frère pour vous.

La main élégante se recroquevilla en poing fermé et disparut sous la table pour reposer sur le genou.

Qu'avait-il encore dit ?

— Votre frère vous est cher, j'imagine ? insista-t-il.

— Très cher, oui, dit-elle en inspirant profondément. Et vous pensez que Fortescue rendra Elizabeth heureuse.

Y avait-il un soupçon d'incrédulité dans sa voix ?

— Elle le pense, et je n'ai aucune raison de croire le contraire. Le seul aspect négatif le concernant est son manque d'argent, ajouta Marcus.

— Et cela ne vous gêne pas ? demanda-t-elle.

— Pas le moins du monde, tant que l'homme est assez honorable pour le reconnaître. Ce qu'il a fait.

— L'honneur compte plus que tout entre gentlemen, n'est-ce pas ?

— Naturellement. N'est-ce pas le cas aussi pour vous, les femmes ? Un ami véritable ne ferait-il pas tout pour assurer le bonheur de son ami ?

— J'imagine que c'est ce que ferait un ami véritable, en effet.

Bon sang, pourquoi fallait-il qu'elle soit aussi énigmatique ?

— Je vois. Vous ne vous considérez pas comme l'amie d'Elizabeth.

— Nous fréquentons les mêmes cercles. Je suppose que nous avons été amies pendant un moment. Je me demande pourquoi elle rêve encore d'un homme qui reporte son affection ailleurs si facilement.

Marcus s'était demandé la même chose.

— Peut-être n'a-t-elle pas autant confiance en elle que vous.

Elle se recula contre le dossier de sa chaise et, en raison de la position du soleil, un rayon traversa son visage. Elle arborait un sourire imperceptible. Comme si elle avait été amusée par ce qu'il avait dit.

— Votre beauté est incomparable, dit-il, dans l'attente d'une réponse. Nous en avons déjà convenu.

— Néanmoins, si Fortescue avait été sincère..., rétorqua-t-elle.

— Il a dû se sentir contraint de chercher le plus beau parti, par devoir envers sa famille, coupa-t-il. Soyons honnêtes, si vous ne l'aviez pas encouragé et lui aviez fait comprendre clairement qu'il n'avait pas la moindre chance avec vous, il ne vous aurait pas fait la cour.

— Je ne peux vous contredire, dit-elle avec un signe d'acquiescement. Espérons que votre cousine trouve vite un autre prétendant digne d'elle.

Il se contint d'exploser.

— Certes, elle l'aurait pu, si Francis n'était pas décédé entre-temps, la contraignant à porter le deuil. Bess n'a vécu que des pertes. Elle est bouleversée.

— Vous la surnommez Bess ?

— C'était son surnom quand elle était petite, mais aujourd'hui, devenue adulte, elle préfère Elizabeth. Cependant je la considère toujours comme la petite Bess, ne l'ayant pas vue pendant quinze ans ou presque. Bref... Dieu du ciel, comment pourrait-elle s'éprendre de quelqu'un alors qu'elle ne quitte pas sa maison ? Elle n'accompagne même pas sa mère pendant les visites de l'après-midi.

— Ah, la douleur de perdre un premier amour ! soupira-t-elle sur un ton mélancolique qui le prit par surprise, avant d'éclater d'un léger rire perlé. Enfin, selon ce que l'on m'a rapporté.

— Avez-vous donc l'intention d'épouser Fortescue ?

Elle le dévisagea, les yeux écarquillés.

— Vraiment, Lord Thorne, cela vous regarde-t-il ?

— Oui, si cela affecte le bonheur d'Elizabeth.

— Je n'ai pas décidé. Lorsque ce sera le cas, je vous le ferai savoir.

Pendant un instant, Cynthia envisagea de révéler à Thorne ce qu'elle savait de Fortescue. Toute cette histoire sordide, que lui avait confiée l'une des épouses des ramoneurs, avouée par l'une de ses amies aux mœurs peu respectables.

Elle l'avait rapportée à Thomas, dans l'idée qu'il pourrait contraindre Fortescue à quitter Londres. Mais son frère avait refusé, décrétant qu'il n'allait pas ruiner la réputation d'un homme sur la base de ragots non vérifiés. Si elle n'avait pas de preuves, il ne le ferait pas.

Thomas s'était néanmoins renseigné auprès de certaines de ses connaissances afin de savoir si elles avaient déjà entendu dénigrer Fortescue pour des agissements répréhensibles. On ne lui avait rien rapporté de la sorte. Il avait donc rejeté les accusations de Cynthia, les mettant sur le compte de rumeurs malveillantes.

Donc il était évident que Thorne non plus ne croirait jamais rien de fâcheux concernant cet homme.

— Entre-temps, puisque vous êtes son tuteur, il vous

appartient ainsi qu'à sa mère de trouver un remplaçant, reprit-elle.

La véracité de cet argument se trahit par l'expression horrifiée du visage de Thorne. Elle faillit éclater de rire, mais réussit tant bien que mal à garder contenance.

— Sa mère s'en chargera. Il faudra attendre le printemps prochain maintenant, lorsque son deuil sera terminé.

— Il peut se passer bien des choses en l'espace de six mois. On dit que le temps guérit tout.

— Quel lieu commun ! s'exclama-t-il d'un ton sinistre.

Elle baissa le nez dans sa tasse. Elle avait à peine bu une gorgée de thé, mais elle n'en voulait pas plus.

— Pensez-vous que le cheval a pu être ferré ?

— Je n'en ai pas la moindre idée, avoua-t-il.

— Si nous ne rentrons pas maintenant, nous ne serons pas à Londres avant la nuit et Thomas n'aime pas attendre pour le souper.

— Vous vivez donc comme aux horaires de la campagne ? demanda-t-il tout en faisant signe au serveur de leur apporter l'addition.

— Non. Mais nous sommes censés nous rendre à un bal masqué ce soir, et revêtir un costume prend toujours un temps interminable. Donc nous avions convenu de dîner tôt.

Elle quitta son siège et il la reconduisit dans la rue. Le soleil déclinait déjà à l'horizon.

— Je vous y verrai donc. Quel est votre déguisement ?

— Ce sera à vous de le découvrir, dit-elle, en espérant vraiment ne pas être démasquée cette fois. Et vous ?

— Voyons si vous pouvez m'identifier, et moi j'essayerai de vous trouver.

— Est-ce un défi ? lui demanda-t-elle en le dévisageant, surprise.

— En effet.

Croyait-il réellement qu'elle ne le reconnaîtrait pas immédiatement ? Et pourtant… Les membres de sa cour lui avaient tous soufflé ce qu'ils porteraient, afin qu'elle les reconnaisse sans erreur. Leur désespoir la faisait mourir d'ennui.

Alors que le défi de Thorne fit naître des picotements d'excitation dans son ventre.

— Je parie que je vous reconnaîtrai la première, déclara-t-elle.

Elle était capable de percer tous les déguisements, sans coup férir.

— Et quand j'aurai gagné, ajouta-t-elle, galvanisée par son sentiment d'être face à un homme à qui l'on pouvait faire confiance, en dépit de leurs différences d'opinions, vous promettrez en gage de ne plus vous occuper de cette histoire entre Miss Elizabeth et Lord Fortescue.

Ainsi, elle ne serait plus tentée de rechercher l'approbation de Thorne et de le laisser gérer l'affaire à sa manière. Car ce serait bien loin de rendre service à sa cousine.

Ils se regardèrent au même moment. Il la dévisageait comme pour s'assurer qu'elle était sérieuse.

— Et si je gagne ?

Il n'y avait *aucun* espoir qu'il l'emporte.

Mais il avait un ton moqueur, et un éclat malicieux dans les yeux.

Le cœur de Cynthia fit des bonds.

Oh ! Dieu du ciel, il lui plaisait ! Trop. Elle s'exhorta à résister aux étranges sensations qui la remuaient. Si ce n'était qu'elle ne voulait pas les ignorer, en fait. Pour la première fois depuis des années, elle avait l'impression d'être réellement vivante. Elle laissa ses affects prendre le pas sur son bon sens.

— Eh bien, je vous accorderai alors tout mon temps pour le reste de la semaine, répondit-elle.

Ce qu'elle ne faisait *jamais* – au cas où un gentleman se serait fait des idées… Elle était la déesse de glace, il ne fallait pas l'oublier. Une semaine en compagnie de Thorne devrait suffire à ce qu'elle se lasse de lui, tout comme elle était lasse des jeunes gens de sa cour.

Malheureusement cela ferait aussi redoubler d'efforts tous ces jeunes dandys pour s'emparer de son attention, Fortescue en particulier. Elle en était fatiguée à l'avance.

Comme elle était impatiente du moment où elle pourrait se mettre en retrait de la haute société londonienne !

Il fit un signe de dénégation.

— Quand bien même je ne peux nier être enchanté de passer du temps avec vous, cela ne m'intéresse pas d'être votre chien de salon, avec votre cohorte de valets, de femmes de chambre et de bonnes, sans même compter une meute de jeunes gens verts de jalousie.

Elle en resta bouche bée. Puis la réalité la frappa violemment. Il n'était pas un jeune homme romantique écervelé plongé dans des amours adolescentes. C'était un homme du monde, dans la force de l'âge, pour lequel ces petits jeux avaient cessé de présenter le moindre intérêt depuis longtemps.

— Alors quel prix désirez-vous ? Si vous voulez que j'abandonne mes vues sur Fortescue pour le laisser à Miss Elizabeth, ce défi ne tient plus.

C'était là une chose qu'elle ne voulait pas risquer.

— Très bien, dit-il en la dévisageant longuement. Vous m'embrasserez.

Son cœur bondit, son pouls s'emballa. Que lui arrivait-il donc ?

— Certainement pas.

— Je ne pensais pas que vous étiez pleutre, répliqua-t-il en riant. Que craignez-vous ?

— Je crains pour ma réputation, milord.

— Votre réputation d'avoir un cœur de pierre et d'être cruelle ?

Elle le foudroya du regard, espérant qu'il n'avait pas remarqué à quel point ses paroles l'avaient affectée. Cependant c'était vrai. En dépit de ses bonnes intentions et de son honnêteté envers Drax, elle avait convaincu la haute société qu'elle avait été cruelle en rompant avec lui, et que sa façon de laisser sa cour en suspens permanent quant à ses intentions n'était pas charitable.

Par malheur, il lui était impossible d'expliquer que c'était la meilleure stratégie qu'elle avait trouvée pour veiller discrètement sur tous ces jeunes gens sans créer un scandale.

— Je voulais dire ma réputation de lady.

— Je vous promets que je n'embrasse pas pour le raconter partout ensuite. De plus, c'est un bal masqué. Personne ne verra rien.

— Vous comptez m'embrasser *en plein bal* ? Avec tout le monde qui regardera ?

— Ou en privé, si vous préférez.

Il lui fit signe de continuer à marcher.

Si elle refusait ses termes, il déclinerait automatiquement les siens. Il réussirait alors peut-être à convaincre Fortescue qu'Elizabeth ferait une meilleure épouse qu'elle. Une bonne somme d'argent pour la dot s'en chargerait, et elle ne doutait pas que Thorne serait généreux.

De plus, elle ne pouvait pas perdre. Elle s'en assurerait.

Il n'y aurait pas de baiser. Quoiqu'une pointe de regret se fasse aussitôt lancinante dans sa poitrine.

Non, non ! L'embrasser était hors de question.

Elle respira un grand coup. Elle ne voulait plus entendre parler des sentiments froissés d'Elizabeth.

— Alors pari tenu, conclut-elle.

— Excellent.

Bon sang ! Il semblait bien trop confiant pour sa tranquillité d'esprit.

Ils furent enchantés de découvrir chez le forgeron que le cheval de Thorne était en train d'être ferré et que leur voiture serait prête dans la demi-heure suivante.

Chapitre 6

En se regardant dans le miroir, Cynthia ne put contenir son excitation. Ni sa certitude qu'elle gagnerait leur pari. Cela faisait des années qu'elle ne s'était pas sentie aussi jeune et insouciante. Elle ne devrait pas faire cela. Non, vraiment pas. En fait, elle aurait dû envoyer un message à Thorne pour tout annuler et s'en tenir au premier costume qu'elle avait commandé, celui d'une déesse viking, parfaitement acceptable et très classique.

Sa femme de chambre la considérait avec désarroi.

— Êtes-vous sûre que Votre Seigneurie veut avoir l'air si…, commença-t-elle avant de faire une petite grimace crispée.

— Si quoi ?

— Si masculine ! Et cette perruque ! Personne ne vous reconnaîtra.

— C'est là le but ! s'esclaffa Cynthia. Personne n'est censé deviner votre identité.

— Mais lorsque tout le monde se démasquera à minuit et que l'on verra… je pense que Lord Norton sera mécontent.

— Ne vous inquiétez pas, je lui dirai bien que vous n'aviez rien à voir avec tout cela.

La femme de chambre ne sembla pas rassurée pour autant.

Certes, il était vrai que pour une lady, se déguiser en homme était considéré comme quelque peu scandaleux, mais elle avait intention de s'éclipser avant que tout le monde se démasque, et de s'assurer que personne ne la découvrirait, Thomas y compris.

Ce qui était la raison pour laquelle elle avait retardé son départ et l'avait enjoint de partir seul. Il chercherait le déguisement de déesse viking qu'elle lui avait montré, si toutefois l'envie le prenait de la chercher.

La seule personne là-bas qui connaîtrait la vérité serait Thorne, et elle était certaine de le reconnaître la première. Elle était également certaine qu'il ne la trahirait pas. *Presque* certaine.

Le fait qu'elle lui fasse autant confiance la surprenait d'ailleurs.

Cela faisait très longtemps qu'elle n'avait fait confiance à quiconque, son frère excepté. Et elle ne lui confiait d'ailleurs pas tous ses secrets. Donc pourquoi se sentir à l'aise de s'en remettre à Thorne ? Était-ce parce qu'il avait toujours été sincère, ne l'avait ni flattée ni n'avait tenté de l'amadouer d'aucune manière ?

Cela devait être cela.

Cette étrange sensation de chaleur dans sa poitrine lorsqu'elle se retrouvait à proximité de lui n'était rien d'autre que l'appréciation d'une femme pour un homme séduisant, et n'avait rien à voir avec des émotions plus intimes ou plus profondes.

Cynthia évolua devant son miroir. Elle portait des pantalons verts rembourrés resserrés sous le genou, et avait également placé du rembourrage à ses mollets et à ses épaules pour paraître plus masculine.

— À votre avis, est-il facile de deviner que je suis une femme ? demanda-t-elle à sa domestique.

— Non, milady, je ne crois pas.

La pauvre fille était clairement scandalisée.

— Bien.

Elle s'assit et Millie laça les bottines en cuir souple confectionnées spécialement pour elle sur mesure, puis plaça son carquois en bandoulière et le fit glisser dans son dos. Elle avait décidé de se passer d'arc, qui l'aurait gênée pour danser. Bien évidemment, tous ses partenaires de danse seraient des femmes, ce qui l'assurerait de préserver le secret de son déguisement.

Thorne ne devinerait jamais, au grand jamais !

Elle mourait d'impatience de voir sa surprise quand elle lui révélerait son identité, et à lui seul, et qu'elle s'éclipserait avant que tout le monde mette bas les masques. Thorne serait-il scandalisé ? Thomas le serait certainement en tout cas, si jamais il la découvrait.

Il restait une heure avant minuit, et Cynthia n'avait toujours pas décelé la moindre trace de Thorne. Ce scélérat n'honorait pas leur pari, alors qu'elle avait été obligée de déambuler déguisée en homme, et de danser toute la soirée avec des femmes puisque personne ne l'avait démasquée.

C'était probablement la moustache de son déguisement qui les avait tous dupés, parce qu'elle avait beau être plutôt grande pour une femme, elle ne l'était pas non plus particulièrement, en tout cas elle était bien plus petite qu'un homme.

Au fond de la salle, une femme de très haute taille avec des yeux noirs étincelants déguisée en beauté espagnole attira son attention. La femme lui adressa un regard engageant, espérant clairement être invitée à danser.

Cynthia jubila. C'était tellement libérateur d'être la personne qui décidait ou non d'entrer sur la piste de danse, au lieu d'attendre d'être invitée !

La pauvre femme était vraiment grande, et Cynthia avait remarqué quelques gentlemen qui évitaient habilement ses œillades d'invitation.

Elle se sentit désolée pour elle. Elle la rejoignit et s'inclina, puis lui tendit la main.

— Quel délicieux Robin des Bois vous faites, Lady Cynthia, murmura la femme d'une voix familière. Avez-vous apprécié de danser avec toutes ces jolies ladys ?

— J'ai deviné la première, répliqua-t-elle vivement, espérant qu'il la croirait.

— Et quand ?

— Dès l'instant où je vous ai vu.

— Ah, mais moi je vous ai reconnue dès l'instant où vous êtes entrée dans la salle !

Elle en resta bouche bée.

— Vous étiez donc là toute la soirée ?

Elle se rappela soudain avoir vu le haut de cette mantille pointer çà et là dans la foule, mais elle n'avait jamais tout à fait réussi à bien voir la lady qui la portait, jusqu'à cet instant.

Elle gloussa d'un rire irrépressible.

— Je croyais qu'en me travestissant en homme je vous duperais complètement, mais c'est vous qui m'avez dupée.

Il gloussa lui aussi d'un rire aigu absolument ridicule derrière son éventail.

Elle se couvrit la bouche pour s'empêcher d'éclater de rire.

— Pour être franc, chuchota-t-il, je n'étais pas absolument sûr que c'était vous, mais lorsque j'ai remarqué que vous scrutiez tout le monde et sembliez chercher quelqu'un, j'ai compris que je vous tenais. Lorsque je vous ai examinée de plus près il y a quelques minutes, j'ai eu la confirmation évidente que vous n'étiez pas un homme. Pas de pomme d'Adam, ajouta-t-il en pointant le doigt vers sa gorge.

Un détail auquel elle n'aurait pu remédier, quoi qu'elle fasse, en dépit de son col montant. Qui ne l'était apparemment pas assez.

— Vous avez gagné, concéda-t-elle en souriant. Je ne me disputerai pas avec une lady pour contester le résultat.

Il émit un bruit curieux, entre rire réprimé et grognement.

Une idée malicieuse lui vint aussitôt.

— Puis-je avoir la prochaine danse ? C'est une valse, je crois.

Il agita son éventail frénétiquement.

— Certainement pas. J'ai esquivé des gentlemen insistants toute la soirée. Je me rendrais parfaitement ridicule.

— Espèce de lâche ! Venez. Suivez mes pas.

Elle lui tendit le bras de la manière la plus élégante qui soit, et avec un grognement il y posa sa main. Une main énorme engoncée dans des gants blancs. Elle aurait dû le remarquer immédiatement.

Mais la canaille avait pris bien soin de ne pas la croiser… L'obliger à danser avec elle sauverait son orgueil blessé.

Plus ou moins.

Quel couple étrange ils devaient former ! Une dame espagnole dépassant un Robin des Bois de plusieurs têtes ! Elle fut stupéfaite quand il se mit à évoluer avec elle, quoiqu'un peu maladroitement. À sa surprise, personne ne sembla les remarquer.

Peut-être parce qu'il y avait aussi un alligator qui dansait avec un cygne et un chevalier en armure tintinnabulante avec une femme déguisée en reine Anne, qui portait sa tête décapitée sous son bras…

Prenant pitié de sa situation, elle garda les pas simples, et ils réussirent à danser cinq bonnes minutes sans s'écraser les pieds ou se bousculer.

— Dieu du ciel, qui a confectionné votre robe ? demanda-t-elle. La pauvre couturière a dû en être toute retournée.

— Je l'ai fait faire à Venise. Personne ne se choque jamais de rien dans cette ville. Je l'ai achetée pour faire une farce à un ami.

Ah, les hommes et leurs blagues ! Thomas n'avait pas été de reste quand il était plus jeune.

— Et cela a fonctionné ?

Il évita de justesse d'écraser une queue de lion.

— Oui. Il nous avait rebattu les oreilles une semaine entière à propos d'une femme très grande qui l'attirait, et m'a pris pour elle. Quand je me suis démasqué, j'ai cru qu'il allait me provoquer en duel.

— Oh ! mon Dieu !

— Oui, en effet. Il ne m'a pas adressé la parole pendant deux semaines après cela.

— Et vous avez gardé la robe ?

— Elle était au fond de l'une de mes malles qui a

voyagé dans toute l'Europe avec moi. J'avais oublié qu'elle y était jusqu'à ce que nous fassions notre pari.

Oh ! le pari ! songea-t-elle soudain.

— J'ai un peu chaud, voyons si nous pouvons trouver un endroit plus frais et plus calme pour parler, proposa-t-elle.

— Parler ? s'exclama-t-il en ricanant. J'attends plus que du bavardage.

Elle ne put ignorer la chaleur qui l'envahit en raison de son murmure sensuel. Ce soir, elle n'était pas elle-même. Elle était l'intrépide hors-la-loi Robin des Bois qui avait un rendez-vous clandestin avec une lady.

Tant que personne ne le découvrait… et ne le saurait jamais.

Ils jetèrent un coup d'œil au balcon, mais plusieurs gentlemen y étaient sortis pour fumer.

— Peut-être le hall d'entrée ? suggéra-t-il.

Celui-ci était occupé par bon nombre de gentlemen et ladys costumés qui bavardaient au pied du grand escalier, eux aussi apparemment pour s'y rafraîchir.

Ils s'élancèrent dans un couloir annexe quand ils estimèrent que personne ne regardait. Il trouva une porte dissimulée entre deux portraits, l'ouvrit prestement et avant qu'elle puisse reprendre son souffle il l'attira à l'intérieur et referma la porte derrière eux. C'était l'escalier de service, chichement éclairé de quelques lampes.

— Que faites-vous ? chuchota-t-elle. Et si on nous avait vus ?

— Personne ne sait qui nous sommes. C'est un bal masqué, après tout.

Une certaine licence était permise lors de ces événements, mais pour les gens mariés seulement. Les jeunes femmes célibataires devaient toujours veiller à leur réputation, et elle plus que toute autre.

Cependant personne ne l'avait reconnue sous son costume, alors qu'elle avait parlé avec bon nombre de gens qui la connaissaient.

Et si elle avait été incapable de reconnaître Thorne, elle se doutait fort que c'était la même chose pour les autres.

— Venez, dit-il en lui prenant la main.

— Où allons-nous ? Ce palier est bien assez tranquille pour vous, non ?

— Quelqu'un a pu nous voir entrer et voudra venir voir qui nous sommes.

Ce qui ne lui plaisait pas du tout.

— Je suppose que vous avez déjà fait ce genre de chose auparavant, marmonna-t-elle.

Il ricana tout bas, la faisant aussitôt frissonner.

— Bien sûr !

Ils montèrent jusqu'au troisième étage. Il ouvrit la porte du palier et jeta un coup d'œil.

— Le troisième étage, dit-il doucement. Parfait.

Les nounous, les gouvernantes et les enfants étaient d'ordinaire les seuls occupants des troisièmes étages. Les domestiques logeaient à l'étage du dessus.

Ils débouchèrent dans un couloir plus étroit que celui qu'ils avaient emprunté, mais décoré celui-ci de cadres au mur et d'un tapis épais. La première porte qu'ils ouvrirent révéla une vaste pièce qui avait dû servir de salle de classe de toute évidence, mais le mobilier était entassé dans un coin et elle n'était plus utilisée. C'était logique. Les enfants de cette famille étaient tous grands.

Il continua à explorer jusqu'à ce qu'ils tombent sur un

petit salon avec une chambre attenante. Un feu brûlait dans l'âtre.

— Je me demande qui vit ici.

— Peut-être une femme de chambre. Ou une dame de compagnie. Qui que ce soit, cela sera parfait pour nous, dit-il en refermant la porte puis en tournant la clé.

Marcus s'était répété mille fois que la raison de ce pari impulsif était de donner à Lady Cynthia une petite leçon d'humilité.

Il n'avait eu absolument aucune intention de réclamer sa récompense. En fait, c'était là le point crucial de la chose. Ne pas l'embrasser. Lui montrer que pour un homme sensé tel que lui, elle n'était pas la femme la plus irrésistible de Londres.

Par malheur, maintenant que le moment était arrivé, l'attirance qu'il sentait entre eux lui donnait envie de réclamer son gage. Une femme à ce point ravissante pouvait-elle vraiment être aussi froide qu'elle voulait le faire croire à tous ? Tous ses instincts lui dictaient que c'était le contraire. Pouvait-il être aussi égaré par son désir très réel d'embrasser ces lèvres magnifiques et la sentir fondre dans ses bras ? Il aurait aimé le savoir.

Il examina le petit salon, meublé d'un unique fauteuil à côté de la cheminée, d'un bureau et d'une chaise où étaient posés un panier à ouvrage usagé et une pile de ce qui ressemblait à des bas, certainement prêts à être raccommodés.

L'endroit offrait un aspect fonctionnel plutôt que luxueux. C'était sans nul doute l'appartement d'une domestique de catégorie supérieure.

Lady Cynthia traversa la pièce jusqu'à la fenêtre et regarda au-dehors.

— Elle donne sur les écuries.

Comment les gens n'avaient-ils pas perçu sa féminité sous son déguisement ? Quant à lui, savoir que des courbes féminines se dissimulaient sous ce vêtement masculin ne la rendait que plus attirante.

Il ne put s'empêcher d'admirer son courage. Il sentit ses sangs s'échauffer.

Elle se retourna pour lui faire face.

— Très bien. Vous avez gagné, à la loyale. Prenez votre baiser.

Elle ferma les yeux, comme si elle se préparait à avaler un remède au goût désagréable. Il n'en crut pas ses yeux. Avait-elle déjà été embrassée ? Correctement ? Par un homme qui savait ce qu'il faisait ?

Il voyait bien qu'elle avait l'air terriblement mal à l'aise à cette perspective. Et cette moustache ! Eh bien, il faudrait la retirer. Si…

Non. Cela ne se produirait pas. En même temps, elle avait l'air de penser que l'idée de l'embrasser était pire que celle d'être condamné aux galères. Ou considérait la chose comme une punition. Ou peut-être encore, comme si un baiser allait briser la glace entourant son cœur.

Quoique… Il se souvint des premières réflexions qu'il s'était faites sur elle, quand il l'avait rencontrée à Cheapside. Serait-elle par hasard l'une de ces femmes qui préféraient les partenaires de son propre sexe aux mâles de l'espèce ?

Elle était peut-être tout simplement nerveuse. Ou n'avait-elle jamais été embrassée ?

L'aristocratie surveillait ses filles à marier avec

beaucoup de soin. Lady Cynthia avait sans doute besoin de se détendre un peu.

— Rien ne presse, répliqua-t-il. Asseyez-vous, je vous en prie.

— Pourquoi ? demanda-t-elle en rouvrant les yeux avant de froncer les sourcils.

— Vous semblez un peu tendue. Vous imaginiez-vous que j'allais vous sauter dessus tel un loup affamé ?

— J'ignorais à quoi m'attendre, répondit-elle en se relaxant légèrement.

Il lui désigna le fauteuil.

— Mettez-vous à l'aise.

Il plongea la main sous les jupons de son déguisement, dans la poche secrète qui y avait été cousue, et en retira sa flasque.

— Peut-être une gorgée de brandy ne serait-elle pas superflue.

Elle s'assit et posa ses mains sur ses genoux. Comme si elle réalisait à l'instant que ceux-ci étaient presque nus, elle croisa les doigts par-dessus.

— Non, merci.

La réponse réservée jurait avec son costume osé.

Il n'avait pas eu l'intention de la faire se sentir vulnérable. Se retrouver seul avec elle était destiné à préserver sa réputation. Car il avait beau être furieux contre elle, il n'avait aucun désir de ruiner cette réputation aux yeux de la société. Cela aurait été cruel, et en dépit du fait qu'il lui avait assuré qu'ils étaient ici incognito, s'il l'avait reconnue, quelqu'un d'autre y était peut-être aussi parvenu.

Il avala une gorgée de sa flasque et la lui tendit.

— Allez-y. Une petite gorgée vous donnera du courage.

Elle la prit avec un soupir. Après en avoir bu un peu avec élégance, elle s'adossa aux coussins du fauteuil.

— Je ne pensais vraiment pas que vous alliez gagner.

— Donc vous étiez prête à claquer des doigts sous mon nez à la fin de la soirée et rentrer chez vous ?

— Oui, avoua-t-elle.

— Il n'y a pas de problème. Je n'insisterai pas pour obtenir ma récompense.

Il n'allait certainement pas forcer une femme alors qu'elle n'était pas consentante.

— J'aurais quant à moi insisté pour la mienne, s'indigna-t-elle.

— Je ne suis pas à votre place.

— Ce ne serait pas bien de ma part de manquer à ma parole, objecta-t-elle en secouant la tête.

— Vous ne revenez pas sur notre engagement. Je n'ai simplement pas l'intention de me faire payer.

— Ne voulez-vous pas m'embrasser ? s'exclama-t-elle.

Cette femme était incroyablement vive d'esprit !

— Pas particulièrement, non.

Elle sembla stupéfaite et plissa les yeux pour le scruter.

— Alors pourquoi l'avoir choisi comme gage dans notre pari ? demanda-t-elle. À quel genre de jeu jouez-vous ?

— À celui auquel vous vous livrez avec les jeunes gens qui viennent d'arriver à Londres. Combien de cœurs avez-vous brisé toutes ces Saisons ?

— Aucun, autant que je sache, répondit-elle en le foudroyant du regard.

— Si, celui de ma cousine.

— Oh ! Elizabeth ! Nous y revoilà.

Elle quitta le fauteuil et retourna devant la fenêtre, pour regarder au-dehors.

Il se leva aussi par habitude, quoique, étant donné leurs rôles inversés, il ait tout aussi bien pu rester assis. Il ne put s'empêcher d'admirer les jolies rondeurs de son fessier tandis qu'elle se penchait pour mieux voir.

Elle fit volte-face.

— Je devrais partir, avant qu'on remarque mon absence. Un baiser dans un couloir où les gens peuvent vous voir tout en prétendant ne pas vous reconnaître est une chose, mais être ici seule avec vous, c'en est une tout autre, dit-elle avec un geste de la main. Ou était-ce là votre intention, ruiner ma réputation, par vengeance ?

Il sentit monter en lui une bouffée de colère.

— Ne plaquez pas vos actes sordides sur les miens, milady.

— Mes actes sordides ?

— Pour quelle autre raison auriez-vous claqué des doigts en direction de Fortescue, si ce n'est parce que vous êtes jalouse de la jeunesse et de la beauté de Bess ? Elle était sur le point de recevoir une demande en mariage, alors que vous êtes sur la bonne voie pour devenir vieille fille. J'imagine que vous ne vous en rendez pas compte, mais la plupart des jeunes dandys de votre cercle ne cherchent pas une épouse. Ils proclament être épris de vous parce que c'est à la mode de l'être. La seule perspective réaliste que vous ayez de vous marier est Fortescue, autant que j'en puisse dire. Et je vous souhaite bien du bonheur avec lui. Comme vous l'avez dit vous-même, Bess trouvera facilement quelqu'un d'autre. Mais vous, il vous faut un homme qui, lui, a besoin d'une femme fortunée.

Alors qu'il se laissait aller à son ressentiment, elle s'était adossée au rebord de la fenêtre, les bras croisés sur la poitrine, dans une posture qui lui donnait un air de garçon manqué.

Tout en étant suprêmement féminine.

Il en eut la bouche sèche.

Étrangement, elle ne sembla pas le moins du monde démontée par ce qu'il venait de dire. Elle était donc bien de glace. Sans la moindre once de gentillesse dans son caractère.

— Je lui souhaite tout le bonheur possible, marmonna-t-elle. Bien, finissons-en avec ce baiser et retournons à la salle de bal.

Voilà qu'elle lui donnait des ordres. Il lui sourit.

— Si vous vous souvenez des termes de notre pari, c'est *vous* qui devez m'embrasser.

— Certainement pas, dit-elle avec une mine renfrognée.

Il haussa un sourcil, et elle fit une petite grimace.

— Vous l'avez fait exprès !

— Qu'ai-je fait ? demanda-t-il.

— L'avoir formulé de cette manière. Vous avez dit que *je* vous embrasserais. Mais je ne pensais pas que je serais celle qui… enfin, je veux dire que ce n'est pas ainsi que l'on procède.

— Faites selon votre idée, répliqua-t-il en haussant les épaules. Que ce soit d'une manière ou d'une autre, cela m'est absolument égal.

Elle hoqueta.

— Vraiment ?

— Absolument.

Ce n'était pas tout à fait vrai. Il serait déçu si elle n'allait pas jusqu'au bout, et cela sur plusieurs points d'ailleurs. En dépit des réserves très réelles qu'il avait envers elle, il avait pensé qu'elle était courageuse, et honnête. Deux traits de caractère qu'il admirait beaucoup.

Peut-être s'était-il trompé.

Elle prit une expression résolue.

— Je vois.

Elle s'avança d'un pas. Puis d'un autre, et hésita en levant les yeux vers lui. Puis elle lui passa les bras autour du cou et l'embrassa rapidement sur les lèvres. Sa moustache le chatouilla. Elle se recula aussitôt.

Il lui adressa un regard peu amène.

— Est-ce là ce que vous pouvez faire de mieux ?

— C'était un baiser, rétorqua-t-elle en se figeant.

— Juste une bise d'enfant, dit-il en plongeant son regard dans le sien.

Une horloge sur le manteau de la cheminée, qu'il n'avait pas remarquée, fit entendre distinctement son tic-tac dans le silence.

Lentement, avec précaution, il tira sur une extrémité de la moustache de Lady Cynthia, qui se détacha en laissant une marque rouge sur sa peau diaphane.

Elle effleura brièvement l'endroit du bout d'un doigt.

— Peut-être aimeriez-vous recommencer ?

Il baissa imperceptiblement la tête, prêt à reculer au premier signe de réticence, tout en espérant qu'elle ne regimberait pas.

Cynthia avait complètement oublié cette moustache. Elle avait dévoré Thorne des yeux tel un chiot affamé attendant une friandise, et fut surprise quand il lui retira son postiche.

Sa respiration se fit heurtée, son pouls s'emballait. Allait-il vraiment l'embrasser, avec un vrai baiser, ou non ? Et que ferait-elle en ce cas ?

La lueur du feu dansait dans ses yeux sombres. Même en robe, avec une touche de rouge sur les joues et les lèvres, il était l'homme le plus viril qu'elle ait jamais rencontré. Les jeunes gens de sa cour ne lui arrivaient pas à la cheville en termes de prestance et d'assurance, et Fortescue lui faisait toujours penser à une belette sournoise.

Thorne n'était pas un bel homme selon les critères classiques, et faisait une femme encore moins avenante avec ces sourcils épais et cette mâchoire carrée qui commençait à bleuir avec les premiers signes d'une barbe naissante, mais il n'en était pas moins séduisant.

Il prit ses mains dans les siennes, les posa sur sa nuque, et les garda là un instant. Sa chaleur l'enveloppait et lui envoya de délicieux picotements le long des bras.

Elle ferma les yeux. Leurs lèvres se rencontrèrent. Avec un effleurement très doux, puis plus appuyé. C'était exquis.

Son cœur se mit à faire des bonds. Elle avait oublié ce que c'était de désirer et d'être désirée charnellement.

Et oublié ce bouillonnement dans ses veines, la tension dans ses parties intimes, dans l'attente de plus. Alors qu'elle s'était attendue à ne rien éprouver.

Stupéfaite, elle se figea et se dégagea de cette étreinte.

Il avait les paupières lourdes et l'air sensuel quand il lui sourit et caressa sa lèvre inférieure de son pouce.

— Je vous ai laissé des traces de rouge à lèvres, murmura-t-il.

Elle se passa la langue sur la lèvre.

— Je dois partir. Je ne pense pas retourner à la soirée. Je ne peux pas prendre le risque d'être reconnue après m'être éclipsée aussi longtemps. J'imagine que vous êtes satisfait de votre pari ?

— S'il peut y en avoir plus, je suis tout à fait prêt, susurra-t-il en se penchant de nouveau vers elle.

Il la prit dans ses bras et l'attira contre lui. Ses seins,

bien que comprimés par son costume, la titillèrent douloureusement. Cette fois le baiser fut plus vigoureux, plus exigeant et, sans y réfléchir, elle entrouvrit les lèvres pour l'accueillir.

C'était si bon ! Et tellement évident. Son corps la suppliait d'en obtenir plus.

Il approfondit son baiser. Le plaisir et la chaleur l'envahirent, et la sensation de ses cuisses musclées contre les siennes la fit frissonner tout entière.

Il s'adonnait savamment à ce baiser.

Prise de vertige, elle avait du mal à raisonner. Son corps n'avait qu'une envie : s'abandonner et fondre avec lui.

Elle se raidit et s'écarta. Soudain pétrifiée en comprenant qu'avec cet homme elle pourrait facilement répéter ses erreurs du passé.

Il releva la tête.

— Je vous demande pardon, je me suis un peu laissé emporter.

Son cœur fit des embardées. Si seulement Cornelius avait prononcé ces mots, elle ne se serait pas retrouvée avec la perspective d'être vieille fille ! Car certains ne manqueraient pas de la qualifier ainsi, quand le temps serait venu. Mais elle refusait d'y penser. En tout cas, pour le moment.

Et si elle laissait les choses aller plus loin, Thorne découvrirait la vérité bien vite.

Thomas avait payé cher pour lui permettre de garder son secret, elle n'allait pas ruiner tout son travail.

Elle fit un bref signe de tête à Thorne.

— Puis-je vous reconduire à votre voiture ? demanda-t-il.

— Je pense qu'il vaudrait mieux que l'on ne nous voie pas ensemble, ne croyez-vous pas ?

Elle reprit sa moustache dans le fauteuil et alla devant le miroir. Son chapeau était de travers, ses lèvres rougies. Elle pressa le postiche au-dessus de ses lèvres. En espérant qu'il tienne encore assez longtemps, le temps qu'elle regagne sa voiture.

— Où votre cocher est-il censé vous attendre ? demanda-t-il.

— Au coin de la rue. Je ne voulais pas que quiconque m'identifie lorsque j'en sortirais.

— Très avisé de votre part.

Elle éclata d'un rire peu assuré. Son manque de contrôle sur elle-même l'effrayait. Elle avait l'horrible sensation que s'il avait continué à l'embrasser elle aurait cédé à son désir et, au diable, les conséquences !

Elle se força à respirer calmement et s'adressa à lui posément :

— Je pense que c'est vous qui avez besoin d'être accompagné, affublé comme vous l'êtes. Personne ne va m'accoster.

— Oh ! Dieu du ciel ! Vous avez sûrement raison. J'ai eu toutes les peines du monde à me dépêtrer d'un gentleman très entreprenant dans la salle de bal. Dieu m'en garde ! Il ne me reverra jamais. J'aurai besoin de votre protection sans cela !

Ils éclatèrent de rire au ridicule de cette situation, et elle sentit sa tension s'atténuer, la laissant heureuse, presque satisfaite.

Comme c'était étrange ! Quelque chose lui trottait dans la tête… Une vague idée, qu'elle n'arrivait pas à saisir. Ou peut-être redoutait-elle de considérer avec attention.

— Nous pouvons reprendre l'escalier de service. Ainsi, je serai certaine de ne pas croiser Thomas, et vous pourrez veiller que je sois dans ma voiture en toute sécurité, si vous y tenez.

— Merci, mon bon gentilhomme, dit-il en souriant. Je me réjouis par avance de votre compagnie.

Pendant qu'ils descendaient l'escalier étroit jusqu'à la rue, elle se sentit rougir d'embarras. Comment allait-elle pouvoir le regarder en face après cela ?

Et pourtant, elle y serait obligée. Lorsqu'elle avait dit à Thomas qu'elle avait finalement décidé de ne pas aller à Harrowglen, il avait fermement insisté pour qu'elle change d'avis, en lui demandant à quel petit jeu elle se livrait. À ce moment-là, elle était encore persuadée de gagner le pari et s'était dit que cela n'avait pas d'importance. Désormais la situation allait être extrêmement gênante.

Eh bien, comme pour toutes les autres choses embarrassantes de sa vie, elle se comporterait simplement comme si cela ne l'affectait pas le moins du monde !

Un domestique leur jeta un coup d'œil oblique lorsqu'ils le croisèrent dans l'escalier, mais ne pipa mot et se hâta de s'éloigner.

Ils se faufilèrent par la porte au pied de l'escalier, traversèrent la cour et se retrouvèrent dans la rue.

Sa voiture l'attendait, selon ses instructions pour la soirée. Elle y monta prestement et baissa la vitre, soudain effrayée de ce qu'elle avait fait. Après des années à ne jamais avoir commis le moindre faux pas en ce qui concernait les gentlemen, elle avait baissé la garde face à un homme qui ne l'appréciait pas, ni ne lui faisait confiance.

La raison de ses problèmes était-elle qu'elle était attirée par les hommes qui lui feraient du mal ?

— Vous avez obtenu votre prix. Notre pari est honoré.

Un point, c'est tout. Je m'en remets à votre parole de ne rien divulguer de ceci à quiconque.

Il s'assombrit aussitôt.

— Je n'ai pas plus le désir que vous que cela se sache, répliqua-t-il.

Son aversion flagrante était pareille à une gifle en plein visage.

Elle se renfonça contre les coussins rembourrés lorsque la voiture s'ébranla. Qu'avait-elle donc eu en tête lorsqu'elle avait accepté de parier pour un baiser si elle perdait ?

Un pari qu'il avait entrepris. Mais dans quel but ?

Pour lui prouver qu'elle ne valait pas grand-chose, une façon de lui faire payer d'avoir blessé sa cousine ? Si tel était le cas, il avait entièrement raté son coup.

Elle se connaissait déjà bien assez elle-même.

Elle combattit les picotements des larmes qui lui montaient aux yeux. Elle n'avait besoin de personne pour lui rappeler qu'elle avait gâché sa vie.

Et de lui encore moins qu'un autre.

Quelle plaie d'être attirée par cet homme ! Thomas n'avait pas accepté qu'elle reste à Londres plutôt que de l'accompagner à la campagne. Puisqu'il lui avait forcé la main, son devoir lui dictait d'y aller, comme prévu au départ.

Mais la visite de Thorne à Harrowglen serait des plus pénibles. Elle espérait juste que Thomas ne remarquerait rien…

Chapitre 7

Affamé et trempé par la pluie, Marcus pénétra dans la cour de l'auberge située à une vingtaine de miles de sa destination. Il ne pouvait faire autrement. Cette averse ne semblait pas vouloir cesser, et il lui restait au bas mot trois heures de route jusqu'au domaine de Norton, et encore, si les conditions étaient favorables. Avec ce temps déplorable, son hôte ne lui en voudrait certainement pas d'arriver avec une journée de retard.

Un valet d'écurie se précipita vers les chevaux de tête, et Marcus descendit de sa voiture. Son cocher, qui avait paru sincèrement soulagé lorsque Marcus lui avait suggéré de faire halte à une auberge pour la nuit, s'occupa de leurs arrangements.

Marcus prit son bagage et entra dans l'auberge. Il tendit sa carte à l'aubergiste, un homme bedonnant dans la cinquantaine.

— Auriez-vous une chambre avec un salon privé pour une nuit ?

L'homme lut son nom, et s'inclina.

— Certes, j'ai une chambre, milord, mais pas de salon privé. Vous êtes le bienvenu à la salle à manger pour le souper. Vous serez très tranquille. Tous les autres clients ont déjà dîné.

— Je vous remercie. Je descendrai dès que je me serai changé.

— Très bien, milord. Joe, conduis Sa Seigneurie à l'étage et assiste-le, je te prie. Je vais aller parler à la cuisinière, afin de voir ce que nous avons au cellier.

— De la viande froide et un pichet de bière me conviendront fort bien, dit Marcus avant d'emboîter le pas au vieux serviteur dans l'escalier.

Il s'était retrouvé à la tête d'une longue queue qui attendait que la malle postale qui avait versé à un tournant soit dégagée de la route. Ceux qui étaient derrière lui devraient se trouver un hébergement ailleurs.

La chambre était petite mais propre, et très rapidement, avec l'aide de Joe, il se changea, enfila des vêtements secs et put descendre.

— Il n'y a donc pas une seule chambre ? entendit-il demander une voix féminine flûtée alors qu'il descendait les dernières marches.

Une voix qu'il reconnut instantanément avec un sursaut de surprise.

Il hésita. Devait-il révéler sa présence ? Ils s'étaient quittés en mauvais termes, et elle lui avait déclaré qu'elle ne serait pas à Harrowglen lorsqu'il rendrait visite à son frère. Qu'est-ce qui l'avait fait changer d'avis ?

Quelle qu'en soit la raison, il en était étrangement ravi.

S'il se présentait, l'embarrasserait-il ?

— Non, milady. Il ne reste plus aucune chambre. Je viens juste de louer la dernière à… ce gentleman.

Et la décision ne lui appartint plus.

Lady Cynthia se tourna vers lui. Elle était trempée et semblait en piteux état, comme si elle avait voyagé dans une voiture ouverte. Mais c'était impossible… Elle avait plutôt dû se pencher longtemps par la portière, et à plusieurs reprises, pour essayer de voir ce qui bloquait la route.

— Lord Thorne ?

Il s'inclina profondément devant elle.

— Milady. Je ne m'attendais pas à vous rencontrer sur la route.

— Je devais partir hier, avec Thomas, mais Mrs Paxton, ma dame de compagnie, a été sujette à une crise de migraine pendant une journée après avoir préparé les bagages et a dû s'aliter. J'ai donc décidé d'attendre jusqu'à aujourd'hui. Puis elle a fini par me dire qu'elle ne pouvait pas entreprendre ce voyage. J'ai donc été forcée de chercher une solution de remplacement.

Mrs Paxton, veuve d'un lointain cousin, s'était retrouvée dans une situation difficile après la mort de son époux, et avait besoin d'un emploi. Elle s'était avérée être une excellente compagne et un chaperon idéal… du point de vue de Cynthia.

La chère dame se souciait plus de sa propre santé que de veiller à la réputation de sa protégée. L'idée de se rendre à de grandes réceptions l'envoyait directement au lit avec un mal de tête.

Cela laissait à Cynthia bien plus de liberté de mouvement qu'elle n'en aurait eu avec un chaperon plus motivé.

Elle fit un signe vers la jeune fille qui se tenait discrètement en retrait.

— Voici Millie, ma femme de chambre.

Marcus salua celle-ci avec un sourire et un petit signe de tête.

— Miss Millie.

La jeune fille rougit et fit une révérence.

Marcus remarqua que Lady Cynthia ne reparla pas du

fait qu'elle lui avait dit ne pas avoir l'intention de venir à Harrowglen. Il décida de ne pas le relever.

Elle était là, et que dire de plus ?

Cynthia héla l'aubergiste.

— Il semble que nous allons devoir continuer notre route, puisque mon idée d'obtenir une chambre est vaine, mais avant j'aimerais avoir un thé chaud et un bol de soupe, si cela est possible ?

L'aubergiste dévisagea Marcus.

— Si Votre Seigneurie autorise milady à vous rejoindre dans la salle à manger, je ferai le nécessaire.

— Bien sûr, répondit Marcus en fronçant les sourcils. Mais les routes sont épouvantables. Je ne veux pas vous entendre dire que vous allez poursuivre votre voyage, Lady Cynthia. Prenez donc ma chambre.

— Oh ! C'est très généreux de votre part, milord, mais je ne voudrais pas vous faire affronter la tempête.

Elle devait avoir une bien piètre opinion de lui si elle pensait une seule seconde qu'il allait la laisser repartir.

— Balivernes ! Je vais m'installer dans les dépendances, sans problème. Aucun besoin que ni vous ni moi n'allions nulle part. Et nous pourrons repartir ensemble demain matin.

L'aubergiste, tout d'abord très ennuyé, rayonna soudain.

— Parfait, milord ! Je songeais vaguement à proposer à la lady de se reposer dans la petite pièce de secours jusqu'à demain. Il n'y a là qu'un sofa, et ce n'est pas très intime, mais…

— Cela me conviendra parfaitement, coupa Marcus.

Il se tourna vers Lady Cynthia.

— Voilà, c'est arrangé. Allez vous réchauffer devant la cheminée de la salle à manger pendant que je fais enlever mes affaires de la chambre, et une fois que vous y serez installée selon votre convenance, vous pourrez me rejoindre pour le souper.

Elle plissa les yeux, comme si elle évaluait une motivation cachée derrière son offre, puis hocha brièvement la tête.

— Merci. Je vous en suis très reconnaissante.

Étrangement, il eut le sentiment qu'elle se sentait contrainte à accepter son offre de l'aider. Sans doute à cause de leur pari et de ce baiser extraordinaire.

Un baiser qu'il ne pouvait oublier.

À ce souvenir plaisant, son regard s'attarda sur sa bouche.

Elle entrouvrit les lèvres, comme si elle aussi se souvenait de ces sensations délicieuses qu'ils avaient tous deux partagées.

Il se contraignit à reporter son attention sur l'aubergiste.

— Dites-moi quand la chambre sera prête pour milady, et faites porter une carafe de sherry à la salle à manger. Quelque chose pour nous réchauffer, pendant que nous attendons, commanda-t-il.

Il la conduisit à la salle à manger, jusqu'à la cheminée où pétillait un bon feu. Elle tendit les mains vers les flammes. À la lumière des candélabres éclairant la pièce, il constata qu'elle était littéralement trempée, et que ses jupes étaient mouillées pratiquement jusqu'aux genoux.

— Vous êtes trempée ! Laissez-moi vous aider à ôter cette cape mouillée. Mon Dieu, que s'est-il passé ?

— La route était un vrai bourbier, et les roues de la voiture se sont retrouvées bloquées dans une ornière causée par un imprudent qui avait quitté la route. J'ai dû aller guider l'attelage tandis que mon cocher et des gens venus prêter main-forte le dégageaient.

— Vous ne deviez pas être si loin de moi. J'aurais aimé en avoir été informé. Je vous aurais aidée.

— Vous m'aidez déjà en me cédant votre chambre, milord.

Il déposa sa cape sur le dossier d'une chaise.

Elle ôta ses gants et sa coiffe. Des boucles dégoulinantes lui collaient aux joues et au front, mais le reste de sa chevelure était toujours noué en chignon sévère sur sa nuque.

Elle se frictionna les bras.

— Je me sens beaucoup mieux. Ma cape m'a bien protégée, mais pas en bas de mes jupes.

— Il vous faut ôter ces vêtements humides le plus vite possible. Vous ne voudriez pas contracter une fièvre. Laissez-moi vous avancer une chaise.

Il approcha un siège de la cheminée, et elle s'y affala sans manières. Son premier signe de fatigue. Elle avait sans doute aussi faim que lui.

Le serviteur fit son entrée, empressé, avec une carafe et des verres sur un plateau.

— Je m'en charge, dit Marcus. Allez vous informer, je vous prie, si la chambre de milady est prête.

— Oui, milord.

Marcus lui servit un verre, et il ne fut pas surpris qu'elle le termine en à peine une gorgée.

Elle inspira profondément.

— Je vous remercie. Vous êtes très attentionné.

— Qu'a donc Norton dans le crâne, à vous laisser voyager seule, en particulier à cette époque de l'année alors que le temps est extrêmement changeant ?

Elle se raidit aussitôt.

Et il regretta d'avoir ouvert la bouche. L'intimité qui

commençait à s'établir entre eux avait laissé place à une atmosphère glaciale.

— Thomas a horreur de voyager en voiture ou de lambiner à cheval derrière celle-ci. Il part toujours le premier, et me laisse m'occuper des bagages. Je préfère cet arrangement.

D'après son ton, elle lui faisait comprendre que cela ne le regardait en rien.

— J'imagine que comme la plupart des hommes, vous pensez que les femmes sont des créatures délicates et incapables, qui ont besoin d'un soutien masculin en permanence, persifla-t-elle.

Il éclata de rire.

— Mais pas du tout. Certaines des personnes les plus intelligentes que j'ai rencontrées étaient des femmes.

— Thomas prétend que je devrais me montrer un peu moins intelligente, sous peine d'être considérée comme une pimbêche, et une menace pour le bon ordre des choses.

— Je connais des hommes qui se sentent bénis des dieux d'avoir une femme intelligente à leurs côtés.

Cela avait été le cas de son père. Il avait été complètement perdu après le décès de son épouse.

— La chambre est prête, milady, annonça l'aubergiste sur le seuil. Votre femme de chambre défait vos bagages.

Marcus l'aida à se lever.

— Prenez votre temps. Le dîner vous attendra.

Cynthia n'avait pas pris beaucoup d'effets, car elle disposait d'une imposante garde-robe à Harrowglen, où elle s'habillait avec des vêtements différents de ceux de Londres lorsqu'elle y séjournait. Bien plus rustiques et adaptés à la vieille demeure pleine de courants d'air qu'elle adorait néanmoins.

Elle n'avait emporté que la robe bleu ciel qu'elle avait l'intention de revêtir pour la soirée avec les voisins. Conçue pour montrer que Thomas et elle-même tenaient leurs invités en haute estime. Et bien trop habillée pour un souper au beau milieu de nulle part. Par malheur, elle ne pouvait pas faire grand-chose pour remédier à la situation. Il faudrait un certain temps pour ôter la boue sur le bas des jupes de sa robe de voyage, et elle en aurait besoin le lendemain.

Elle fit une grimace devant son reflet dans le miroir.

— Je crois qu'un foulard s'impose, Millie.

Cette robe était bien trop décolletée pour un dîner en tête à tête avec un gentleman qui n'était qu'une vague connaissance. Et qui l'avait embrassée avec une indécence totale.

Un gentleman qu'elle aurait aimé embrasser de nouveau. Et plus que cela. Oh ! Dieu du ciel, elle ne faisait que penser à ce baiser ! Aux sensations plaisantes qui l'avaient embrasée. Ce désir ressuscité chez elle était des plus improbables, alors qu'elle s'était imaginé ne plus jamais en éprouver. Ni ne le souhaitait, d'ailleurs, étant donné ses projets.

Elle s'était persuadée qu'un baiser pourrait fort bien être pardonné, si jamais il était découvert. Mais se languir pour une plus grande intimité était inacceptable pour une femme dans sa position.

Il était normal qu'un homme prenne une maîtresse, mais cela aurait été scandaleux qu'une femme agisse de même.

Seulement si cela se savait, bien sûr.

Donc il fallait que l'homme soit absolument fiable.

Et pouvait-elle faire confiance à un homme à ce point, jusqu'à risquer son bonheur futur, tout cela pour une aventure sensuelle ? D'autant plus qu'elle avait déjà expérimenté la chose autrefois, avec des résultats désastreux.

Elle faisait confiance à Thorne.

Comment cela serait-il, de faire l'amour avec lui ? Elle supposait qu'il était un excellent amant. Un homme qui, dans des conditions agréables, sans la crainte d'être découvert à tout moment, serait attentionné et généreux, à l'écoute des désirs de sa partenaire.

À la différence de Cornelius, qui la plupart du temps hâtait les choses, de peur d'être surpris.

Et même si elle avait apprécié les baisers de ce dernier et l'excitation de ses caresses, elle avait toujours eu l'impression qu'il y aurait dû avoir plus. Comme s'il manquait quelque chose.

Cornelius ne s'en était jamais rendu compte.

Elle ne devait pas penser à lui, à tout ça, plus jamais. C'était obscène et lui attirerait certainement des ennuis, plus d'ennuis que cela n'en valait la peine.

Sa femme de chambre arrangea le foulard de mousseline délicate pour atténuer son décolleté, avec des plis artistement réalisés.

— Je pense que c'était là votre idée, milady. Porterez-vous des bijoux ?

— Non, pas de bijoux ce soir. Cachez-les au fond de la malle et fermez à clé lorsque vous sortirez.

Cela aurait été stupide d'étaler des diamants et des perles dans une petite auberge perdue. On ne savait jamais qui aurait pu les remarquer.

— Oui, milady. L'aubergiste m'a donné deux clés. En voulez-vous une ?

— Bonne idée, dit-elle en la glissant dans son réticule. Ne veillez pas pour m'attendre, vous devez être épuisée, et il vous faut encore vous occuper des résultats de mes exploits dans la boue.

— Vous aurez du mal avec le laçage de votre robe dans le dos, fit observer Millie, dubitative.

— Je l'ai déjà fait auparavant, et je peux le refaire. Du moment que vous n'avez pas fait de doubles nœuds avec les rubans, je m'en sortirai très bien.

En fait, elle se débrouillait fort bien seule, après avoir appris lors de ses rendez-vous avec Cornelius. Elle fut envahie d'une bouffée de honte. Oh ! elle détestait cette sensation !

Oublierait-elle jamais à quel point elle avait été stupide ?

Certainement pas, parce que ses actes avaient compromis son avenir.

Elle laissa Millie finir de ranger et descendit. Le verre de sherry l'avait réchauffée pendant un moment, mais l'effet en était passé, et elle se sentait de nouveau frigorifiée.

Par chance la salle à manger était juste au pied de l'escalier. Elle croisa un serviteur, qui la regarda d'un air ébahi et se plaqua contre le mur, comme si elle était une apparition.

Dans la salle à manger, Thorne se tenait debout devant la cheminée, un pied sur les pierres du devant, contemplant les flammes.

La lueur du feu qui soulignait les traits marqués de son visage lui conférait un air presque brutal. Comme s'il était le genre d'homme que rien n'arrêterait pour obtenir ce qu'il voulait.

Et pourtant, il s'était toujours comporté en parfait gentleman. Même lorsqu'ils s'étaient embrassés.

Oh ! il fallait vraiment qu'elle efface ce baiser de son esprit ! Un peu de badinage lors d'un bal masqué était une chose, c'était comme du théâtre. Mais dans toute autre situation, cela pouvait conduire sur le chemin de la déchéance sociale.

Mais elle était *déjà* déchue... Elle hésita. Stupéfaite de ses réflexions. Qu'avait-elle donc dans la tête ?

Elle haussa le menton.

— Bonsoir, de nouveau, Lord Thorne.

Il devait être perdu dans ses pensées parce qu'il était évident qu'elle l'avait surpris, d'après la brusquerie avec laquelle il avait tourné la tête. Et au vu de son air préoccupé, qui disparut aussitôt, ces pensées n'avaient pas dû être des plus agréables.

— Lady Cynthia, dit-il en écarquillant les yeux quand il détailla sa robe. Je vous demande pardon. Je n'avais pas compris que notre dîner serait si formel. Je vais me changer.

Elle l'arrêta d'un geste en riant tout bas.

— Je vous en prie, n'en faites rien. C'est le seul vêtement sec dont je dispose. Je ne m'attendais pas à souper sur la route. À l'avenir, je m'assurerai d'avoir toujours plus qu'une robe de soirée dans mes bagages.

— Vous êtes ravissante. Je suis heureux d'être le bénéficiaire de votre mésaventure.

Il lui souriait avec sincérité, avec chaleur. En dépit de son apparence virile et rude, il y avait indéniablement en lui de la gentillesse.

Cela lui fit un coup au cœur. Cet homme ferait un mari parfait. Elle regretta ce qu'elle avait perdu. Et ce qu'aurait pu être son avenir si elle n'avait pas été une gamine écervelée.

Elle se força à prendre un air léger.

— De mon manque de vêtements de rechange, voulez-vous dire ? Milord, vous me flattez trop.

— C'est la faute de ma formation diplomatique, se récria-t-il en tentant de se montrer modeste, et en échouant complètement.

Elle éclata franchement de rire.

— Quel beau parleur vous faites !

Il lui adressa un sourire malicieux.

— Vous devez être affamée, dit-il en tirant le cordon à côté de la cheminée. Je leur ai dit que je sonnerais quand nous serions prêts. Laissez-moi vous conduire à la table.

Elle lui tendit sa main gantée, et il la prit avec un air tellement ravi que ses doigts de pied se recroquevillèrent littéralement dans ses chaussures.

Et il ne s'épargna aucune attention envers elle lorsqu'il l'installa et lui versa un verre du vin qui attendait dans une carafe.

Elle leva son verre.

— À notre rencontre, fruit du hasard !

— À ma bonne fortune, en vérité !

Que voulait-il dire par là ? Ou prétendait-il être heureux de rendre service par pure politesse ? C'était sans doute cela, étant donné sa réprobation manifeste concernant la prétendue méchanceté qu'elle avait déployée envers sa cousine.

Si elle venait à lui révéler la vérité, la croirait-il, ou penserait-il qu'elle tentait de se dédouaner ? De plus, elle n'avait pas de preuves concernant les agissements horribles de Fortescue.

Les serveurs apportèrent les plats, et la table fut vite assez recouverte pour nourrir une armée. En plus du rosbif froid, il y avait des huîtres, une tourte au gibier et un assortiment de légumes, certains en sauce, d'autres non, ainsi qu'un clafoutis et une tarte aux pommes.

— Nul besoin de nous servir, dit-il lorsque l'un des serveurs prit un couteau à découper.

— Ce sera tout, milord ? s'enquit l'homme en s'écartant.

— Oui, merci.

Les serveurs les laissèrent seuls. Elle aurait dû émettre une objection. Sur-le-champ.

Mais elle n'en avait pas envie. Comme toujours, elle se souciait de sa réputation, par égard pour Thomas. Mais elle était lasse de placer les volontés de son frère avant les siennes.

Ce soir, elle avait envie de profiter de la compagnie de cet homme, pour elle-même.

Lorsqu'ils seraient à Harrowglen, il y aurait bien assez de temps pour l'étiquette et les bonnes manières. De plus, ce n'était pas comme s'ils étaient seuls. Une vraie ruche de serviteurs se tenait prête à intervenir dès que le cordon de la sonnette serait tiré.

Et encore, qui donc était présent pour les observer ? Quand bien même il y aurait eu quelqu'un, ils disposaient d'une explication parfaitement sensée.

Donc elle prendrait cette soirée comme un signe du destin.

Il lui découpa des tranches de rôti, et elle lui servit une part de tourte. Ils s'échangèrent leurs assiettes jusqu'à ce qu'elles soient remplies.

— Il est rare de voir une lady avec tant d'appétit, fit-il remarquer.

— Oh ! vous voulez parler de la façon dont les

dames lancées picorent leur assiette en public comme si elles n'avaient jamais faim ! Ce n'est qu'une pose. Vous savez très bien qu'elles se sustentent avant de partir de chez elles. Une façon de perpétuer le mythe selon lequel nous, les femmes, sommes des créatures éthérées, et qu'à la simple idée de nous alimenter nous sommes indisposées.

Elle se coupa un généreux morceau de viande dans son assiette et le porta à sa bouche avec une évidente satisfaction, comme pour illustrer aussitôt ses propos.

Il mâcha pensivement un moment, puis reprit la parole.

— Faites-vous cela aussi ? demanda-t-il.

— Il le faut, si l'on ne veut pas donner prise aux ragots.

— Et devenir le sujet de commérages cruels sur une tendance à la gloutonnerie.

— Exactement.

— Eh bien, je suis heureux de voir que vous faites honneur au dîner ce soir.

— La cuisine est étonnamment savoureuse pour un endroit aussi perdu. Goûtez donc la tourte. La pâte en est merveilleusement aérienne, et la saveur exquise.

— L'aubergiste m'a confié que sa femme a travaillé dans une grande demeure des environs, et il m'a aussitôt assuré que nous ne serions pas déçus.

Il avait raison.

Ils mangèrent pendant un moment en silence, mais comme celui qui prévaut dans la complicité entre vieux amis.

Le même que celui qu'elle appréciait avec Thomas lorsqu'ils étaient tous les deux. Nul besoin de remplir les vides avec des bavardages futiles ou de se creuser la tête pour trouver un sujet de conversation intéressant.

Comment était-il possible qu'elle se sente aussi à l'aise avec cet homme, en si peu de temps ?

— Encore du vin ? proposa-t-il en prenant la carafe.

Elle ne le devrait pas, pas si elle voulait garder encore un certain contrôle sur elle-même.

Elle fit un signe d'acquiescement.

Il remplit son verre, puis le sien.

— À cette cuisine délicieuse, et à l'agréable compagnie, dit-il en trinquant.

— Comment trouvez-vous vos nouvelles obligations de vicomte ? s'enquit-elle. Cela doit grandement vous changer de votre poste précédent.

— Sous certains aspects, c'est bien plus facile, répondit-il en goûtant une énorme bouchée de tourte. Vous avez raison, elle est délicieuse. En tant que diplomate, et diplomate débutant, je précise, il y a bon nombre d'écueils lorsqu'on se mêle de politique étrangère. Comme dans un jeu d'échecs, il y a des règles et des mouvements attendus, mais rien n'est exactement comme cela apparaît à la surface.

— Cela a l'air fascinant. Et être vicomte ne vous semble pas aussi intéressant ?

— Même si les responsabilités sont du même ordre, je ne retrouve pas mon régisseur en train de comploter secrètement avec mon garde-chasse pour modifier les emplacements des bornes délimitant mon domaine. Et je peux résoudre un problème, prendre une décision et la mettre en œuvre sans en référer à quiconque. Rien que cela est un changement extrêmement agréable.

— Cependant cela vous manque, hasarda-t-elle, car en dépit de l'humour de ses propos elle avait aussi senti dans son intonation une nuance de regret.

Quelque chose qu'elle ne s'attendait pas à entendre,

étant donné que la position sociale de Thorne s'était grandement élevée depuis son héritage.

Quelle surprise qu'elle soit la première personne à deviner qu'il aurait préféré son ancienne vie à celle qui lui était échue grâce à son nouveau titre !

— En effet cela me manque, un peu comme on regrette parfois son mal de dents une fois que celle-ci a été arrachée.

Elle éclata de rire, comme prévu, mais ses yeux trahirent son incrédulité une fraction de seconde avant qu'elle reprenne son air impénétrable.

Était-il si facile à déchiffrer ? Il ne le croyait pourtant pas.

Il coupa des parts de tarte aux pommes et lui en proposa une.

— Non, merci. Je vais plutôt prendre une cuillerée de charlotte à la russe.

Après lui en avoir servi, il prit une part de tarte.

— Mon dessert est délicieux. Et votre tarte ?

— Excellente.

Il s'adossa à sa chaise.

— Je pense que nous devrions partir tôt demain matin, dit-il.

— Telle est mon intention. Selon l'état des routes, le trajet peut prendre entre deux et quatre heures.

— Je suggère que nous partions ensemble. Si vous rencontrez des difficultés, je pourrai vous prêter assistance.

— Comme c'est attentionné de votre part.

Il fronça les sourcils. Elle était très polie, mais froide.

— Ce n'est que simple courtoisie vis-à-vis de la lady qui sera mon hôtesse.

Elle lui sourit, d'un sourire inexpressif.

— Comme vous voudrez. Je vais me retirer, maintenant. Je vous remercie pour ce dîner, et pour m'avoir cédé votre chambre.

Exaspéré par sa froideur, il haussa un sourcil.

— En tant que gentleman, je pense que je n'avais pas vraiment le choix.

Ses yeux s'écarquillèrent une fraction de seconde. S'il l'avait surprise en n'étant pas obséquieux envers elle, ce serait là une bonne leçon pour elle.

En quittant la table, il lui offrit son bras.

— Permettez-moi de vous raccompagner.

— Ne vous donnez pas cette peine, répliqua-t-elle. Je peux retrouver mon chemin sans peine.

— Cela ne me dérange absolument pas. En vérité, c'est mon devoir de vérifier que vous arrivez à votre porte en toute sécurité.

Elle émit un petit soupir, mais lui prit le bras et ils empruntèrent l'escalier jusqu'au premier étage.

Il se pencha à son oreille lorsqu'ils l'atteignirent.

— Ce n'est pas comme notre dernière aventure dans l'escalier de service, n'est-ce pas ?

Il l'entendit manquer sa respiration. Avait-elle aussi repensé à leur dernière rencontre ?

— Je n'aurais pas cru qu'un gentleman remettrait sur le tapis les errements qui se produisent lors des bals masqués.

Des errements ! Ils s'étaient embrassés. Brièvement. D'après ses propos, on avait l'impression qu'ils avaient fait l'amour dans l'escalier.

Cela aurait été comme de coucher avec un glaçon.

Il la regarda fouiller dans son réticule pour prendre sa clé, puis ouvrir sa porte.

Elle fit volte-face vers lui.

— Je vous remercie pour cette soirée fort agréable, milord.

À la lueur de la bougie qui dégoulinait de son bougeoir fixé au mur, il avait quelque difficulté à discerner son expression. Mais elle lui parut vulnérable en cet instant, et presque perdue.

— Je vous en prie, milady.

Elle hésita sur le seuil, levant les yeux vers lui.

— Aimeriez-vous un brandy avant de vous retirer ? proposa-t-elle.

Il hésita. Oh ! et puis quoi ? Il avait la sensation qu'elle voulait lui confier quelque chose.

— Oui, volontiers.

Il la suivit à l'intérieur et referma la porte derrière eux.

Le feu brûlait dans l'âtre. Elle alluma le candélabre posé sur le manteau de la cheminée, et un autre sur la table.

Pas de femme de chambre ? Il ne s'y attendait pas. Encore moins qu'elle l'invite pour un dernier verre. Elle semblait tellement à cheval sur les convenances, et soucieuse de sa réputation !

Elle lui indiqua une petite table à côté du lit, où étaient posés une carafe et deux verres.

— Si vous voulez bien nous servir. Je vous garantis que c'est un très bon brandy, je l'ai apporté de chez nous. J'ai souvent des difficultés à trouver le sommeil, et le brandy m'aide beaucoup.

Vraiment ? Il était difficile de l'imaginer ayant des problèmes pour quoi que ce soit.

Il leur servit deux verres et la rejoignit sur le petit sofa devant la cheminée.

— À un bon sommeil réparateur, dit-il en levant son verre.

— Et à un voyage dans de bonnes conditions demain, ajouta-t-elle.

Elle avala son verre d'une gorgée. Surpris, il fit de même.

Elle inspira profondément, puis frissonna.

— Puis-je vous demander quelque chose ? reprit-elle.

Elle sembla soudain anxieuse. Et l'intensité de son regard le bouleversa viscéralement.

— Bien sûr, ce que vous voudrez.

— Avez-vous déjà pris une maîtresse ?

Elle rosit légèrement, jusqu'à la racine des cheveux, mais il le perçut en dépit de la faible lueur des bougies. Il en fut enchanté. Comme si elle venait de lui offrir quelque chose de très personnel. Et pourtant…

— Ce n'est pas le genre de chose dont un gentleman s'entretient avec une lady, répliqua-t-il.

Elle se raidit et plongea le nez dans son verre vide en dissimulant sa réaction.

— Oubliez ce que je viens de dire. Je n'aurais pas dû vous poser la question.

Il fronça les sourcils. Qu'importait, si elle savait ?

— J'ai eu plusieurs maîtresses.

— Comment était-ce ?

— Pardon ?

Quelle question étrange ! Il haussa les épaules.

— C'était agréable, répondit-il.

La main de Lady Cynthia qui tenait son verre trembla légèrement.

— Simplement agréable ? insista-t-elle.

Bon sang ! Il ne sut pourquoi, mais il eut la certitude que c'était important.

— Délicieux, si vous voulez le savoir. Du moins, avec certaines. L'une de mes liaisons s'est mal terminée.

— Je vois.

Elle se tourna légèrement pour le dévisager.

— Et ces dames trouvaient-elles également cela agréable ?

Mais que lui demandait-elle donc ? S'il était capable de satisfaire une femme ? Vraiment ?

— Aucune ne s'est jamais plainte, répondit-il, tout en ayant aussitôt l'impression d'être un vantard.

Elle pencha la tête, comme un oiseau curieux, un très joli oiseau exotique.

— Bien que les femmes mariées ne nous confient pas grand-chose à nous, les célibataires, j'ai compris que tous les hommes n'ont pas été créés égaux. Certaines femmes semblent plus heureuses avec leurs maris que d'autres.

Lui demandait-elle *vraiment* ce qu'il en pensait ? Non, certainement pas ! Il se retint de lui affirmer qu'aucune femme n'avait jamais rien trouvé à redire sur son compte à ce sujet.

— Il est de la responsabilité de tout homme de s'assurer que sa partenaire tire le plus grand plaisir de leur union, je vous l'assure.

Elle lui lança un bref coup d'œil et détourna les yeux.

— Et comment un homme sait-il que tel est le cas ?

— Croyez-moi, un homme le sait, rétorqua-t-il sèchement. Comme le saura votre époux lorsque vous serez mariée.

— Je n'ai aucune intention de me marier.

— Pardon ? s'écria-t-il.

— Je n'ai pas rencontré l'homme avec lequel je désirerais me lier pour le reste de ma vie. En fait, cette idée seule me révulse.

Il se leva et leur resservit du brandy. Lorsqu'elle se

pencha pour prendre son verre, il le retint et plongea son regard dans le sien.

— C'est un très bon brandy. Dégustez-le, plutôt que de l'avaler d'un coup.

Il s'assit à côté d'elle et sirota son verre. Elle fit de même.

— Donc, reprit-il lentement, vous êtes curieuse en ce qui concerne les affaires de l'amour, mais vous n'avez pas l'intention de vous marier.

Il se souvint à quel point elle avait été crispée quand il l'avait embrassée.

— Les hommes ne vous intéressent peut-être pas.

Il y avait songé à plusieurs reprises en pensant à elle. Et ne put retenir sa déception à cette idée.

Elle le dévisagea, ne comprenant visiblement pas.

— Est-ce que les femmes correspondent plus à votre goût et à votre inclination ? précisa-t-il.

— Dieu du ciel, non ! s'exclama-t-elle en écarquillant les yeux.

— Je vois. Donc il est possible qu'en dépit de tous ces jeunes gens pendus à vos jupes vous n'ayez pas trouvé un homme qui vous attire suffisamment ?

Elle entrouvrit les lèvres et y passa la langue.

— Je vous trouve attirant, avoua-t-elle.

Il sentit aussitôt sa virilité se rappeler à lui. Mais il n'était pas le genre d'homme à se laisser conduire par celle-ci.

Était-ce ainsi qu'elle attirait les hommes dans ses filets ? Avec ces allusions, ces petits jeux ? Si tel était le cas, elle avait choisi le mauvais partenaire.

— Vraiment ? demanda-t-il d'un ton léger qu'il tenta de garder insouciant.

— Votre baiser, l'autre soir. Au bal masqué. C'était agréable.

Quant à lui, il avait eu l'impression d'embrasser une pierre.

— Vous n'avez pourtant pas semblé apprécier.

— Je ne m'attendais pas que ce soit agréable.

— Agréable, telle n'était pas mon intention, rétorqua-t-il.

Elle cilla, ce qui ne lui échappa pas.

Cynthia se cramponna à son verre. Que faisait-elle donc ? Elle recommençait, comme avec Cornelius. Elle laissait ses émotions prendre le pas sur son bon sens.

Trop de vin à ce dîner ! Trop de brandy ! Et elle savait *pourquoi* elle l'avait bu.

Et voilà qu'elle regrettait de s'être engagée dans cette voie.

Elle porta de nouveau son verre à ses lèvres.

Une grande main chaude recouvrit la sienne. Les yeux de Thorne, sombres et mystérieux dans la faible lumière, plongèrent dans les siens.

— Lentement, souvenez-vous.

Elle prit une petite gorgée, et il lui retira le verre des mains, pour le déposer avec le sien sur la petite table à côté du sofa.

— Peut-être devrions-nous recommencer ce baiser ? suggéra-t-il.

Sa voix avait des intonations gaies, ses yeux pétillaient, et une petite grimace coquine tordait sa bouche séduisante. Irrésistible, comme un vilain garçon charmant !

Elle avait la sensation de ne même plus respirer. Elle se souvint de l'instant où elle avait soudain cédé au désir que Cornelius avait si savamment su faire grandir lors de l'été de ses dix-sept ans. Avec les petits bouquets de fleurs sauvages qu'il lui offrait lors de leurs sorties à cheval. Les baisers volés. Les caresses osées lorsque personne ne les voyait. Elle s'était sentie tellement adulte et féminine en sa compagnie, alors que son père et Thomas la considéraient toujours comme une écolière.

Lorsque Cornelius avait fini par lui faire l'amour dans la remise à foin, cela lui avait paru le summum de ses rêves éveillés. Retenus par la crainte de se faire surprendre, ils n'avaient pas osé se dévêtir et, après quelques baisers passionnés qui l'avaient laissée à bout de souffle et en proie au vertige, le reste s'était passé très vite. Si vite qu'elle n'avait pas su exactement comment. Cornelius avait dû voir sa déception, car il lui avait assuré que ce serait bien mieux quand ils seraient mari et femme, et qu'ils pourraient prendre leur temps.

L'idée qu'il l'aimait et désirait l'épouser l'avait mise aux anges. Mais ce n'était qu'un mensonge. Il ne l'avait désirée que pour sa fortune, et sa position.

Sa peine de cœur avait fini par disparaître au fil des ans, et sa raison lui était revenue. Elle avait été chanceuse, en bien des points. Cornelius aurait pu la mettre enceinte. En fait, elle s'était souvent demandé si telle n'avait pas été son intention.

Elle avait aussi eu de la chance que son père n'ait pas cédé à sa demande de l'épouser. S'il avait su qu'ils avaient eu des relations intimes, il l'aurait peut-être accepté, mais quelque chose l'avait retenue de le lui révéler. Après avoir constaté sa réaction à sa requête, elle avait eu la sensation que cela aurait été un coup très dur pour lui, qu'elle s'était refusée à lui infliger. Ah oui, elle avait été chanceuse que Cornelius ne l'ait pas mise enceinte !

Tout en étant attristée à l'idée qu'en raison de sa stupidité cet été-là elle n'aurait jamais d'enfant, elle savait aujourd'hui néanmoins qu'avoir épousé Cornelius aurait été une catastrophe. Aux dires de certains, celui-ci ne traitait pas bien son épouse.

Elle avait retenu la leçon après son expérience avec lui. Et elle ne perdrait plus jamais la tête de la sorte. Mais elle se souvint qu'elle voulait savoir si cet homme, cet homme très séduisant pouvait prouver que d'après lui une femme trouvait le plaisir entre ses bras.

Il se recula quelque peu.

— Enfin, si cela vous plairait que nous nous embrassions, n'est-ce pas ? reprit-il.

— Et pourquoi pas ? répliqua-t-elle avec un petit signe de tête.

Il laissa échapper un léger soupir.

— Est-ce pour cela que vous avez bu autant de vin au dîner ? Pour rassembler votre courage ?

Comment réussissait-il à voir ce qu'elle avait cru aussi bien dissimuler ?

— Allons, venez donc, dit-il.

À sa plus grande stupéfaction, il la souleva sans effort pour la prendre sur ses genoux et elle tourna son visage vers lui.

Mais il n'écrasa pas sur-le-champ sa bouche sur la sienne. Il fit courir un doigt le long de sa mâchoire, sa joue, le long du contour de ses oreilles. Elle frissonna sous cette douce caresse.

Il joua avec l'une de ses boucles échappées des pinces de sa coiffure. Et ces sensations d'être caressée tel un chat lui donnèrent envie de ronronner comme l'animal.

Sa main, comme mue d'une volonté propre, se faufila pour se poser sur le torse de Thorne. Il cessa ses caresses et la prit dans la sienne, puis l'embrassa. Avec une légère pression de ses lèvres chaudes sur l'extrémité de ses doigts, avant de la replacer sur sa poitrine et de la recouvrir pour qu'elle reste en place. Cependant elle ne s'y sentit pas contrainte.

— Même à travers ma redingote, je pense que vous pouvez sentir à quel point mon cœur bat vite, petite sirène ravissante, murmura-t-il. Vous m'avez ensorcelé.

En effet, elle sentait les battements de son cœur, mais ce n'était pas lui qui était fasciné. Alors qu'il baissait la tête, le décor autour d'eux s'effaça dans une sorte de brouillard, et elle attendit le souffle court de sentir sa bouche sur la sienne.

Tout d'abord, ses lèvres effleurèrent à peine les siennes, mais cela suffit à la faire bouillonner intérieurement. Sa respiration devint haletante, son cœur s'emballa. Il caressa alors ses lèvres, avec une tendresse infinie. La tension devint insupportable.

Et avant même d'avoir commencé, le baiser se termina. Il plongea son regard dans le sien.

— Vous avez bu plus que de raison, milady. Et en tant que gentleman, je me dois de mettre un terme à des actes qui pourraient devenir incontrôlables et conduire à des événements que nous regretterions toute notre vie.

Mettre un terme ? Regretter ?

La pièce, les circonstances, son passé, tout lui revint violemment en plein visage. Oh ! grands dieux, que s'était-elle imaginé ? Il avait raison. S'ils étaient surpris dans une situation aussi compromettante, les complications qui s'ensuivraient ne cesseraient jamais. Si seulement Cornelius avait fait preuve de ce genre de réserve de gentleman, comme la vie et l'avenir de Lady Cynthia auraient été différents ! Pendant un bref instant, elle fut accablée de cette injustice, et la tristesse l'envahit.

Mais la vie n'était jamais juste. Et Cynthia acceptait

parfaitement les conséquences de ses égarements de jeunesse.

Elle s'apprêta à quitter ses genoux.

Sans le moindre effort, il la souleva et la déposa sur les coussins. Il se mit debout, et la considéra avec une expression étrange.

— J'ignore pourquoi vous avez décidé de m'accorder de telles faveurs, milady, mais je pense qu'à l'avenir nous devrions éviter de nous retrouver en tête à tête.

— Je ne pourrais être plus d'accord, appuya-t-elle avec froideur.

Il s'assombrit aussitôt.

— Alors je vous souhaite une bonne nuit. Nous partirons à 9 heures demain matin.

Après un salut de convenance, il quitta la pièce.

Elle se passa un doigt sur ses lèvres qui gardaient la sensation de ses caresses, une vague impression de tendresse et de chaleur. Un baiser qu'elle n'oublierait sans doute jamais.

Mais pourquoi, *pourquoi* l'avait-elle laissé l'embrasser ? Si Thorne venait à tout raconter, le pouvoir qu'elle exerçait sur sa petite cour s'évaporerait telle la brume du matin. Était-ce là son plan ? Afin de libérer Fortescue pour qu'il puisse fondre sur cette pauvre proie innocente qu'était Elizabeth ? Thorne allait-il lancer le ragot selon lequel elle était une femme de petite vertu ?

Thomas serait tellement furieux si ce genre de chose recommençait ! Et lui, qui était le meilleur des frères, la désavouerait. Sachant qu'elle ne pourrait absolument pas le lui reprocher.

Que lui était-il donc passé par la tête ? Qu'est-ce qui n'allait pas chez elle ? Pourquoi avait-elle aussi facilement baissé la garde devant cet homme, après toutes ces années où elle avait tenu les autres à distance ?

Cela ne se reproduirait plus.

Lorsque Thorne comprendrait qu'elle ne s'intéressait absolument pas à lui, il commencerait à croire qu'il s'était imaginé des choses. Ou mettrait cet écart sur le compte de la quantité de vin qu'elle avait ingurgité. Et qu'il lui avait servi.

Oh ! pourquoi avait-elle encouragé ce baiser ?

Pourquoi s'était-elle laissé dévorer par sa curiosité, alors qu'elle ne s'était plus intéressée à un homme depuis une éternité ?

Quelle erreur épouvantable !

Elle puisa dans son aversion pour Cornelius afin de se protéger d'hommes tels que Fortescue et Thorne.

Chapitre 8

Au petit matin, alors que les voitures attendaient leurs passagers dans la cour, Marcus avait décidé de se comporter comme s'il ne s'était rien passé la veille. Il pensait aussi que ce serait ce que Lady Cynthia préférerait, puisqu'elle ne s'était pas jointe à lui pour le petit déjeuner. Elle avait demandé un plateau dans sa chambre, lui avait expliqué l'aubergiste.

Il consulta sa montre de gousset. Serait-elle prête à 9 heures, ou le ferait-elle attendre ?

Eh non ! Elle arriva dans la cour, toujours aussi belle et distante qu'à son habitude, suivie de sa femme de chambre. Les pavés luisants après la pluie et l'herbe scintillante de rosée promettaient la plus belle journée d'automne que l'on puisse désirer.

Lorsqu'elle se tourna vers lui, son regard le glaça intégralement. Son dos droit et son menton pointé avec arrogance le défiaient de s'imaginer prendre la moindre liberté à son égard.

Il commença à se sentir lentement coupable, et ne put s'empêcher d'admirer sa bravoure. Une femme qui n'aurait pas eu sa trempe aurait été embarrassée de son comportement de la veille et se serait précipitée en voiture tête basse.

— Bonjour, Lady Cynthia, la salua-t-il en s'inclinant.

Elle hocha la tête et ajusta ses gants.

— Thorne. Sommes-nous prêts à partir ?

— Absolument.

— Parfait. Mon cocher connaît le chemin. Suivez-nous, je vous prie.

Il avait eu l'intention de lui suggérer de prendre la route à sa suite, au cas où un incident ne se produise et qu'il puisse intervenir, mais ses manières impérieuses le hérissèrent. Il s'abstint de tout commentaire et l'aida à monter en voiture, ainsi que la femme de chambre, puis referma leur portière.

Son cocher prit place sur son siège perché. Marcus leva les yeux vers lui.

— Si vous rencontrez la moindre difficulté, rangez-vous sur le côté. Je ferai mon possible pour vous assister.

— Bien, milord, répondit-il.

Marcus monta dans son phaéton, et lorsque la voiture de Lady Cynthia quitta la cour, il la suivit.

Par chance, ils étaient assez matinaux pour éviter le gros de la circulation, et ils voyagèrent sans encombre, si ce n'étaient quelques ornières boueuses qu'ils traversèrent facilement.

Le cocher de Norton était habile et prenait soin que ses passagères voyagent le plus confortablement possible, remarqua Marcus.

Ils durent néanmoins attendre qu'un troupeau de moutons se déplace sur le côté de la route pour leur laisser le passage, et il fallut du temps pour dépasser une charrette qui débordait de ce qui semblait être le déménagement complet d'une maison, entassé à la va-vite, mais ils arrivèrent à Harrowglen peu après midi.

La maison était bâtie en blocs de grès couleur sable.

Deux ailes se déployaient de chaque côté du corps principal orné d'une élégante porte cochère.

On avait dû les voir arriver dans l'allée et avoir prévenu Norton car ce dernier était déjà devant la porte, rayonnant.

Un valet s'approcha de l'attelage de Marcus tandis qu'un autre aidait les dames à descendre.

— Si vous n'étiez pas arrivés dans les deux heures suivantes, j'avais décidé de venir à votre rencontre, dit Norton alors que les valets emportaient leurs bagages vers l'arrière de la maison.

Le majordome attendait de prendre leurs pardessus et capes.

— Comment allez-vous, Lock ? demanda Lady Cynthia quand celui-ci tendit sa cape à l'une des bonnes venues à l'entrée.

— Très bien, milady, répondit-il. Un repas dans la salle de petit déjeuner dans une demi-heure vous conviendrait-il ?

— Très certainement ! Je meurs de faim ! Vous joindrez-vous à moi, messieurs ? Ou êtes-vous très pressés d'aller aux écuries et vous contenterez de sandwichs au fromage à emporter ?

— Nous prendrons un vrai repas, Cynthia, dit Norton. Les chevaux ne vont pas s'envoler. Mais ne passe pas non plus des heures à te pomponner.

Il semblait un peu irritable.

Sa sœur lui sourit.

— Hum, tu as pris ton petit déjeuner très tôt, c'est cela ? Eh bien, je suis certaine que Lord Thorne ne te fera pas attendre plus longtemps que nécessaire. Ah, au fait, Lord Thorne a été des plus aimables en me cédant sa chambre hier soir ! Nous lui sommes redevables, ajouta-t-elle.

Norton prit un air moins renfrogné.

— Merci, Thorne. Je dois reconnaître que je me suis fait du souci avec cette tempête hier, sans nouvelles de ma sœur.

— Un message serait arrivé en même temps que nous, Thomas. Et tu sais fort bien que les mauvaises nouvelles voyagent plus vite que les bonnes.

— Eh bien, tu es là, alors hâte-toi.

Elle hocha la tête et prit l'escalier, suivie de la bonne qui tenait sa cape.

— Lock va vous montrer votre chambre, dit Norton. Un de nos serviteurs fera office de valet personnel et sera à votre disposition. Il vous conduira à la salle de petit déjeuner.

Harrowglen semblait être une maisonnée bien ordonnée, en dépit du fait que son propriétaire était célibataire. Était-ce là l'œuvre de Lady Cynthia ?

Le frère et la sœur l'attendaient lorsqu'il arriva dans la salle de petit déjeuner moins d'une demi-heure plus tard. C'était une pièce agréable, dominant un jardin formel qui à cette époque de l'année avait une apparence plutôt terne, même s'il était visiblement bien entretenu.

Ce lunch était conçu pour que l'on se serve soi-même, mais les plats étaient copieux, et délicieux.

Ils remplirent leurs assiettes.

— Thomas, as-tu fait envoyer par Styles les invitations à notre soirée, ou dois-je m'en occuper pendant que vous visitez les écuries ? demanda Lady Cynthia après que Norton avait dévoré une bonne partie des mets sur son assiette.

Ce dernier prit sa chope et avala une longue gorgée.

— De la bière brassée ici à la ferme, dit-il. Vous n'en trouverez pas meilleure dans toute la contrée.

Marcus la goûta. Elle était en effet très bonne.

— Tout est arrangé pour le dîner, reprit Norton. Styles pourra revoir la liste des invités avec toi, et Lock les préparatifs sur lesquels nous nous sommes accordés. Je crois qu'il a une ou deux questions de la part de la cuisinière pour lesquelles il aimerait tes réponses. Mais à part cela, tout est en place.

— Excellent, Thomas, merci.

Il fronça les sourcils.

— Il faut vraiment que tu te débarrasses de cette Paxton, cette femme est un vrai poids mort. Si elle ne t'avait pas fait faux bond au dernier moment, tu serais arrivée avant la tempête, comme moi.

— Mrs Paxton aurait du mal à survivre sans cette place auprès de moi. Et nous nous entendons très bien.

— Tu t'entends très bien avec elle parce qu'elle est totalement et éternellement inutile.

Elle lui sourit chaleureusement.

— Finis ton lunch, mon cher, tu seras moins grognon quand tu seras rassasié. Le rosbif est-il à votre goût, Lord Thorne ?

Elle jeta un coup d'œil au buffet et fit un signe discret au majordome, qui envoya un valet aux cuisines. Il en revint pour remplacer une tourte au gibier qui était presque terminée par une nouvelle. Une tourte délicieuse.

Cette femme était de toute évidence dans son élément à la direction de cette maisonnée. Un homme serait heureux d'avoir une épouse comme elle, même si elle était encore novice en la matière.

Un autre homme que lui.

Pour sa part, il cherchait une lady bien plus accommodante.

— Tout est délicieux, je vous remercie, dit Marcus. Combien attendez-vous d'invités à votre dîner ?

— La moitié du comté, geignit Norton d'un ton morose.

— Pas plus de dix, expliqua Lady Cynthia en dévisageant son frère avec un air de reproche. Ce sont de bons voisins, et ils méritent d'être traités comme tels.

Il semblait étrange qu'elle ait autant de considération pour ces gens après ce qu'elle avait fait à Bess. Il ne put s'empêcher de songer que la plupart du temps elle devait jouer la comédie. Mais quelle personne était-elle vraiment : la lady attentionnée ou la beauté au cœur de pierre ?

Il commençait à se demander s'il ne s'était pas complètement trompé dans son jugement à son égard.

Et si tel était le cas, pourquoi avait-elle blessé Bess si profondément ?

Ce baiser avait-il affecté sa capacité de raisonnement ? Voulait-il désormais la voir sous un angle différent, afin de pouvoir donner libre cours à sa passion, au lieu de se laisser gouverner par sa raison ?

Olga l'avait enflammé, et il avait agi en dépit du bon sens, au point de frôler la catastrophe dans sa carrière. Mais désormais, il n'était plus un blanc-bec crédule que l'on menait par le bout du nez.

On ne l'y reprendrait plus.

De toute évidence, Lady Cynthia jouait son propre jeu, et il ne serait pas son pion.

Cynthia attendait avec impatience que ce lunch se termine. Elle pouvait à peine se retenir de se tortiller sous le regard intense de Thorne qui la scrutait sans cesse. Elle avait l'impression d'être un insecte sous une loupe. Comme s'il essayait de déchiffrer ses pensées les plus profondes.

Elle n'aurait vraiment pas dû le laisser l'embrasser. Dieu du ciel, elle l'y avait même incité, de la manière la plus indécente !

Faisant une démonstration parfaite de son sens de l'honneur de gentleman, il avait mis cela sur le compte de la quantité de vin qu'elle avait ingurgitée. Mais elle avait l'impression qu'elle aurait fait exactement la même chose sans vin du tout. Et c'était cela qui était aussi mortifiant.

Elle s'était comportée exactement de la même manière avec Cornelius. Incontrôlable. Bourdonnante de passion. Incapable de penser à quoi que ce soit d'autre que lui.

Thomas reposa son couteau et sa fourchette avec le soupir d'un homme rassasié.

— Ma sœur, pourquoi ne nous rejoindrais-tu pas aux écuries lorsque tu auras fini de passer en revue ce que j'ai préparé avec Lock ? Tu en sais plus sur les lignées de nos chevaux que moi.

— Je ne vais pas vérifier derrière toi, encore moins derrière Lock.

— Alors laisse-le faire le travail et viens avec nous, grommela-t-il.

Elle appréhenda la situation. Thomas ne la regardait pas, il observait plutôt Thorne, comme s'il évaluait ce que ce dernier penserait de sa présence. Elle fit mine de ne rien remarquer. Thomas abandonnerait vite, du moment qu'elle montrait bien son désintérêt de la question.

Par malheur, elle jetait des coups d'œil à Thorne bien plus souvent qu'elle ne l'aurait dû. Peut-être son frère l'avait-il remarqué.

Elle devrait absolument se montrer plus prudente.

Thomas semblait récemment déployer de nombreux stratagèmes pour qu'elle ne soit pas sur ses bras, comme il avait coutume de le dire. Était-il possible qu'il ait choisi une épouse et désire que sa sœur soit installée chez elle avant de fixer une date pour son mariage ?

Lady Cynthia devait maintenant convaincre son frère d'approuver l'endroit où elle voulait vivre. Elle savait qu'elle pourrait y être heureuse, et être établie seule lui donnerait la liberté de s'engager dans les projets qu'elle considérait comme importants, sans interférence.

Entre-temps, mieux valait que son frère soit content.

— Si tu penses vraiment avoir besoin de moi, Thomas, je serai bien évidemment heureuse de vous accompagner, messieurs.

Ils revêtirent leurs pardessus et se dirigèrent vers les écuries situées à l'arrière de la maison, au bout de l'une des ailes. Le bâtiment bas en briques rouges était niché au creux d'un accident naturel du terrain, et quelques arbres judicieusement plantés le rendaient invisible depuis la maison.

— C'est inhabituel que les écuries soient bâties aussi loin d'une demeure, fit remarquer Thorne.

— C'est parfois un inconvénient quand le temps n'est pas clément, dit-elle. Mais c'est un avantage pour les chevaux d'être proches des pâturages, ainsi que pour faire manœuvrer les voitures. Pour être franche, j'ignore si c'était à dessein, ou si c'était une erreur. Car même si ces écuries sont récentes, elles ont été construites à l'emplacement de celles qui étaient là depuis plusieurs siècles.

Ils y pénétrèrent et passèrent l'heure suivante à examiner l'étalon, les juments et quelques poulains. Tandis que Thomas vantait leurs qualités, elle détaillait le pedigree et l'historique de chaque animal lorsqu'on l'en priait. Son frère aimait ses chevaux. Il avait un bon contact avec eux, et quant à elle, elle jouissait d'une excellente mémoire.

Chaque fois qu'elle prenait la parole, Thorne la dévisageait. Et elle en frissonnait immanquablement. Elle sentait ses lèvres se paralyser, et son corps bouillonner de vie. Elle en perdait le souffle, et éprouvait de plus en plus de difficultés d'élocution.

Elle était consciente de parler, mais la moitié du temps n'avait pas la moindre idée de ce qu'elle disait.

Par chance, Thomas semblait ne rien remarquer et avançait imperturbablement le long des box des juments avec une fierté non dissimulée, mais qu'il méritait.

Étaient-ce les réminiscences du passé dans ces écuries qui faisaient perdre son équilibre à Cynthia ? Des souvenirs de baisers volés hâtifs et peu agréables, de caresses maladroites ? C'était là qu'avec Cornelius ils avaient fauté, toutes ces années auparavant.

Ou était-ce Thorne, le coupable, le baiser qu'ils avaient partagé se montrant bien trop présent dans ses pensées ? Avec cette sensation délicieuse de deux bouches parfaitement accordées pendant un bref instant magique.

Stop !

— Il y a d'autres bêtes dans le pâturage au fond du domaine, dit Thomas quand ils arrivèrent au dernier box, avant de consulter sa montre. Je vous y conduirai demain.

Il est trop tard maintenant. Nous n'aurions plus assez de lumière. Voulez-vous que nous regardions la façon dont nous nourrissons les chevaux, et vous entretenir avec mon maître d'écurie à propos de l'entraînement ?

— Merci. Ce serait très précieux, admit Thorne.

— Si cela ne vous ennuie pas, je vais vous laisser maintenant, répliqua Cynthia. Il faut que j'aille vérifier les préparatifs pour le dîner de ce soir et que je m'entretienne avec l'intendante. À moins que tu n'aies besoin de moi pour autre chose, Thomas ?

— Non, non, vas-y. Je suis certain de pouvoir me débrouiller pour le reste. Mais ne t'inquiète pas pour le dîner. Je vais emmener Thorne à La Rose et la Couronne, nous y souperons. Il y a là-bas quelques jockeys que j'aimerais lui faire rencontrer.

— Alors je vous dis à demain, pour le petit déjeuner, Lord Thorne.

Elle fit une petite révérence et s'éclipsa avec un soupir de soulagement.

Elle inspira une grande bouffée de l'air frais de l'automne une fois dehors. Elle n'aurait à supporter que trois jours en sa compagnie, et par chance Thomas occuperait Thorne la plupart du temps. Elle n'aurait pu être plus reconnaissante quand son frère lui avait annoncé qu'ils ne dîneraient pas à la maison ce soir-là.

Et ce qu'elle avait ressenti à la nouvelle n'était absolument pas un pincement de déception.

Des coups impatients frappés à la porte de Cynthia la réveillèrent brutalement. Thorne ? Elle s'extirpa des brumes du sommeil. Mais non, pas Thorne, bien sûr ! Le feu ? Oh ! Dieu du ciel !

Elle sortit de son lit et passa sa robe de chambre.

— Cynthia, c'est moi, Thomas !

La porte s'ouvrit en grand. La lumière du couloir rendait difficile la lecture de son expression, mais le ton de sa voix trahissait l'urgence de la situation.

— Thomas, qu'y a-t-il ?

— La vache de Mallock est en train de vêler. Ils ont besoin de mon aide.

Elle écarquilla les yeux.

— Et moi qui croyais que la maison était en feu, pour le moins ! Je suis étonnée que Thorne n'arrive pas pour voir ce qu'il se passe.

Bien qu'il soit fort peu probable qu'il ait entendu quoi que ce soit dans l'autre aile de la maison.

— Il faut que j'y aille. Si je ne suis pas revenu à l'heure, conduiras-tu Thorne au pâturage de la rivière demain matin ? Il y a là-bas une pouliche que j'aimerais qu'il voie. Je décèle en elle une future championne, et je pensais réussir à le convaincre de l'acheter. Il est d'accord pour utiliser les services de Rufus pour son haras. Mais après notre conversation de ce soir au pub, j'ai l'impression que les juments qu'il possède ne valent pas grand-chose. Il lui faut investir pour l'avenir de son élevage s'il veut arriver à des résultats.

Les chevaux. Il ne pensait qu'à ça.

— Si elle va devenir une championne, pourquoi la vendre ?

Il fit une petite grimace.

— Souviens-toi que j'ai une dette à rembourser, et sur-le-champ.

Ah, les hommes et leurs dettes d'honneur !

— Si tu commences à jouer la fortune de la famille et à la dilapider…

— Tu me connais mieux que cela, ma sœur.

— En effet. C'est pour cela que je suis surprise.

— Le cheval aurait dû gagner avec un mile d'avance, mais il s'est pris le sabot dans un terrier de lapin. Un manque de chance. Et j'aurais eu l'argent nécessaire si je n'avais pas financé le nouveau toit du bâtiment communal du village, qui était extrêmement cher, si tu t'en souviens.

C'était elle qui avait insisté : c'était leur devoir civique de le faire.

— Bref, rien de tout cela n'importe, si ce n'est que je dois y aller, ou la vache de Mallock ne passera pas la nuit. J'ai donc besoin de savoir que tu emmèneras Thorne au pâturage si je ne suis pas rentré à temps.

— Très bien, Thomas. Je ferai de mon mieux pour te remplacer.

— Sois charmante comme à ton habitude, et convaincs-le d'acheter la pouliche, dit-il avant de partir en coup de vent.

Elle inspira un grand coup. Autant dire que c'en était fait de sa résolution d'éviter Thorne pendant son séjour.

Lorsque Marcus se rendit aux écuries le lendemain matin, il ne fut pas accueilli par son hôte, mais par Lady Cynthia, de toute évidence en tenue d'équitation. Elle portait un costume bleu foncé, très sobre, sur un chemisier blanc tout simple, avec un col montant froncé. Son couvre-chef dans le style des hauts-de-forme ressemblait au sien, sans la moindre plume pour l'agrémenter.

Mais en dépit de la sobriété de sa tenue, elle était splendide. Peut-être plus encore que d'ordinaire, puisque rien ne distrayait l'œil de contempler autre chose que son joli visage.

— Vous avez finalement décidé de vous joindre à nous, dit-il.

— Non, à vous seulement, je le crains. Thomas a été appelé au petit matin, et m'a priée de vous accompagner à sa place. C'était inattendu, et je vous prie d'accepter les excuses que je présente pour lui. J'espère que cela ne vous gêne pas.

Lorsqu'il s'était retrouvé seul pour le petit déjeuner, un valet l'avait informé que son hôte l'avait pris plus tôt, et que Lady Cynthia prenait toujours le sien dans sa chambre. Le premier repas de la journée étant d'ordinaire informel à la campagne, où chacun se débrouillait de son côté, il n'avait rien trouvé d'étrange à manger seul. Mais l'absence de son hôte à ce rendez-vous l'était, en revanche.

— Où a-t-il été appelé ?

Elle se renfrogna.

— Chez l'un de nos métayers. Une vache a du mal à vêler, et ils avaient besoin de Thomas pour tirer la corde attachée aux pattes du veau. Il est le seul à être assez fort pour cela. Il l'a déjà fait, et on l'appelle toujours s'il séjourne ici. Il est parti vers 4 heures du matin. Les veaux arrivent toujours aux moments les plus inattendus.

— Je vois.

— Ce serait une perte terrible pour notre métayer s'il perdait sa vache et le veau.

Elle donnait l'impression d'être sur la défensive et fit un geste d'impuissance.

— Thomas ne refuserait jamais son aide. Je suis désolée.

— Nul besoin de vous excuser. Cela me semble parfaitement logique. Il vous est donc échu la corvée de me montrer la surprise prévue par Norton.

— Ce ne sera pas une corvée, je vous l'assure.

Deux palefreniers amenèrent leurs chevaux. Le sien était un grand hongre gris robuste, et celui de Lady Cynthia une délicate petite jument avec des yeux bruns très doux et une robe baie lustrée.

Lady Cynthia jeta un coup d'œil au cheval gris.

— C'est un très bon choix pour vous. Hercule pourra tout à fait supporter votre poids.

Elle donna une carotte à sa jument et lui flatta les naseaux avant de la conduire vers le marchepied qui aidait à se mettre en selle.

— Que pensez-vous de Pepper ? demanda-t-elle, une fois montée.

— On dirait une vraie lady. Très jolie aussi.

Elle flatta l'encolure de l'animal.

— Les apparences peuvent être trompeuses, répliqua-t-elle.

N'était-ce pas là bien vrai ! pensa-t-il.

Ils descendirent l'allée côte à côte, puis s'engagèrent sur la route. Il remarqua qu'elle devait contrôler fortement la petite jument, ce qu'elle réussissait d'ailleurs sans difficulté.

— Elle est aussi piquante que son nom[1], on dirait.

— Elle n'a pas été montée depuis une éternité. Ils lui font prendre de l'exercice, bien sûr, mais ce n'est pas la même chose. C'est la raison pour laquelle je préfère vivre ici, plutôt qu'en ville.

— Je ne l'aurais jamais cru, avoua-t-il en la dévisageant.

— Eh bien, cela ne se fait pas, ce n'est pas à la mode, n'est-ce pas ? ironisa-t-elle. Préférer la campagne à la

1. *Pepper* signifie « poivre » en anglais.

ville. Maintenant que je vous l'ai avoué, tout le monde va sans doute jaser derrière mon dos sur mon étrange comportement.

Et elle semblait s'en soucier comme d'une guigne.

— Je ne suis pas du genre à colporter des ragots, dit-il d'un ton sec.

Elle éclata de rire, et il fit de même.

— Où allons-nous ? demanda-t-il.

— Vers l'est. À peu près à deux miles d'ici à vol d'oiseau. Nous pouvons nous y rendre par les chemins, ou à travers la campagne si vous préférez. Cela sera plus rapide.

— Par les champs, ça me va. J'imagine qu'il y aura des endroits où nous pourrons galoper ?

— Oh ! oui ! Et il y a aussi quelques obstacles, si cela vous tente.

Elle mit son cheval au trot, et ils prirent un sentier à travers un champ en jachère.

Il chevauchait à côté d'elle. C'était une excellente cavalière et elle était superbe sur un cheval.

Ils contournèrent un bosquet, traversèrent un petit pâturage où courait un ruisseau, par-dessus lequel ils sautèrent.

— Il y a une barrière assez haute devant nous, prévint-elle, et il remarqua qu'elle souriait.

Son cœur se serra à ce grand sourire franc et heureux. En cet instant il oublia toutes leurs différences.

— Voulez-vous que je l'ouvre ? s'enquit-il.

— Pas pour moi, répondit-elle, mais si vous préférez passer sans sauter, allez-y, je vous en prie.

— Montrez-moi le chemin, milady.

Elle lui jeta un coup d'œil où brilla un éclat malicieux.

— Soyez prudent à la réception au sol de l'autre côté, c'est très en pente, prévint-elle.

Espérait-elle se mettre en valeur, ou le faire passer pour un idiot ? Olga avait essayé, et avait échoué.

Lady Cynthia s'envola au-dessus de la barrière, et il la regarda, terrifié, lorsque la tête de son cheval se baissa bien trop de l'autre côté. En effet, la pente était raide. La jument se redressa vivement et partit au galop.

Marcus lâcha la bride à sa monture, pour la laisser négocier l'obstacle à sa guise. Mais au dernier moment, il lui offrit un petit encouragement et s'allégea sur sa selle en prenant un gros appui sur ses étriers pour faciliter son retour au sol. Le saut avait été exaltant. Pas étonnant que Lady Cynthia l'ait regardé avec cet air de défi !

Il remarqua qu'elle venait de jeter un coup d'œil derrière elle juste après qu'il avait sauté. Soulagement ? Déception ? Il n'aurait su le dire en raison de la distance.

Que ce soit l'un ou l'autre, cette femme était un défi ambulant. Et plutôt deux fois qu'une.

Dieu du ciel, qu'avait-il donc dans le crâne ?

Thorne était aussi bon cavalier qu'elle l'avait espéré. Son partenaire idéal. *Pas dans le sens implicite, bien sûr !* se morigéna-t-elle, stupéfaite de sentir de petits chatouillis dans son ventre. Simplement le genre d'homme qu'elle aurait aimé avoir comme ami. Il ne débitait pas des tirades extasiées sur sa beauté, ni n'écrivait de sonnets en l'honneur de ses beaux yeux ou de sa chevelure d'un blond irréel. Sa conversation était sensée, son talent de cavalier irréprochable.

Son père disait toujours qu'on pouvait beaucoup en

apprendre sur un homme d'après la façon dont il se tenait sur un cheval.

Elle ralentit Pepper au trot, puis au pas. Thorne la rattrapa.

Il la scruta en plissant les paupières.

— Joli saut, milady !

— Je pensais que cela vous plairait, dit-elle en lui souriant.

Pour une raison qui lui était inconnue, il semblait soulagé. Puis il secoua la tête.

— Pour être franc, n'êtes-vous pas un peu téméraire de sauter ainsi avec une selle en amazone ?

— Ah, voilà que vous parlez comme mon père !

Elle lui jeta un coup d'œil oblique et constata sa consternation. Oh ! il ne voulait vraiment pas qu'elle le compare à son père ! Un petit sourire dansa sur les lèvres de Cynthia.

— Ne vous inquiétez pas, j'ai sauté cette barrière de nombreuses fois.

Elle éclata de rire.

— Et avec quelques chutes en prime, ajouta-t-elle en riant. J'ai un grand respect pour cette barrière.

Il grommela comme s'il désapprouvait, mais ne dit mot.

Ils longèrent au pas plusieurs champs labourés, et arrivèrent à destination : une prairie qui descendait vers un petit ruisseau rapide.

Tout au fond, un groupe de chevaux broutait paisiblement. Ces derniers regardèrent dans leur direction et furent tout de suite en alerte, les oreilles pointées en avant.

— Nous allons laisser nos montures ici et descendre à pied, dit-elle avec un signe de tête résigné.

Elle s'esclaffa.

— Pourquoi ces satanés animaux ont-ils toujours le talent pour se regrouper le plus loin possible de la barrière ?

Il la lui ouvrit et lui offrit son bras, comme si elle était une fleur délicate incapable de faire un pas sans aide. Elle partit d'un pas résolu sans l'attendre.

Elle entendit son soupir de contrariété et l'ignora, exactement comme elle avait ignoré son bras.

Les juments commencèrent à s'agiter à leur approche, et au centre du groupe apparut la raison pour laquelle Thomas désirait faire venir Thorne dans cette prairie.

— Quelle petite beauté ! dit-elle. Une pouliche.

Elle examina la mère et se souvint de son pedigree.

— Si elle ressemble un tant soit peu à sa maman, ce sera une championne, et une excellente poulinière.

Elle s'assit dans l'herbe.

— Laissons-leur le temps de s'habituer à notre présence.

Thorne s'installa à côté d'elle, sans un mot sur d'éventuelles taches d'herbe ou l'humidité du sol.

Petit à petit, les juments se détendirent et la petite pouliche se mit à cabrioler en tous sens, sans jamais trop s'éloigner de sa mère. Soudain, elle replia ses pattes maigrelettes sous elle et entama une sieste.

— Pourquoi me montrez-vous cela ? Je n'ai pas prévu d'acheter d'autres chevaux que ceux que je possède déjà.

— Vous avez dit à Thomas que vous aviez des doutes concernant vos juments. Il voulait vous montrer celle-ci, au cas où vous seriez intéressé. Cependant je dois vous prévenir, elle ne sera pas bon marché.

Il prit un air sinistre.

— Je devrais peut-être suivre la recommandation de ma tante et abandonner l'idée de faire de l'élevage.

— Vous abandonneriez sans vous battre ?

Il l'aida à se relever et elle brossa ses jupes du revers de la main.

— Un homme avisé sait quand il doit modérer ses pertes financières, dit-il en se frottant le menton de sa main gantée. J'aimerais savoir si *vous* pensez que cette pouliche serait un bon investissement.

Surprise, elle le regarda fixement.

— Vous vous fieriez à mon opinion ?

— Je ne connais rien aux critères qui font un bon cheval de course. Ni comment on les décèle chez une pouliche toute jeune. J'ai l'impression en revanche que vous le savez. Si je me trompe, je m'en excuse par avance.

— Vous ne vous trompez pas. Mais la plupart des hommes s'en remettraient à Thomas. Enfin, puisqu'il n'est pas là, il vous faudra composer avec moi, faute de mieux.

— Je ne suis pas certain que je l'aurais formulé ainsi.

À ce compliment, elle fut envahie d'une vague de chaleur, et se retint de soupirer comme une écolière.

— Très bien. Je dirais qu'elle a un excellent potentiel, non seulement par sa lignée, qui est prestigieuse, mais aussi d'après sa silhouette et la vigueur que je sens en elle. Et vous avez raison, il n'est pas possible de déceler un défaut chez elle à première vue. Tout semble prometteur. Cependant on ne peut en être certain avant que les chevaux aient atteint l'âge de deux ans.

Elle hésita avant de continuer.

— C'est un engagement sur le long terme, et je ne devrais sans doute pas dire cela, mais vous seriez avisé de proposer à Thomas un acompte. Il le garderait en dépôt, en compensation de ne pas lui avoir acheté la pouliche tout de suite. Il serait judicieux de votre part également de la laisser grandir un peu ici chez nous. Lorsqu'elle sera sevrée, revenez la voir. Vous prendrez alors votre décision finale.

Il plissa les yeux.

— C'est ce que vous feriez ?

Elle plongea son regard dans le sien, curieuse, et soudain chaleureuse. L'atmosphère autour d'eux sembla se charger d'électricité. Elle sentit le duvet de ses bras se hérisser, et se força à ne pas quitter Thorne des yeux.

— C'est ce que ferait Thomas.

— Alors je suivrai votre conseil, dit-il en hochant brièvement la tête.

Il paraissait n'avoir rien remarqué de la chaleur qui les enveloppait. Elle regarda la pouliche, avec ses pattes encore trop longues pour le reste de son corps, et sourit.

— Si vous en avez vu assez, alors…

— Oui, coupa-t-il.

Elle aimait les hommes directs. Trop de choses lui plaisaient chez cet homme, en fait.

Ils remontèrent la pente, se remirent en selle, et prirent le chemin du retour.

Thorne pointa le doigt vers Bellavista Place, dont on voyait la cheminée au-dessus des arbres longeant la rivière.

— Qu'est-ce ? La maison douairière ?

Elle éclata de rire.

— Oh ! loin de là ! La maison douairière est bien plus majestueuse. Ma grand-mère s'en était assurée. Non, celle-ci est un sombre secret de famille. Mon grand-père y avait installé sa maîtresse.

— Un sombre secret ! s'exclama-t-il, l'air stupéfait.

— Apparemment, il détestait ma grand-mère, qu'il avait épousée sur commande. Il aimait désespérément une femme nommée Lucy Bedford. Il a dépensé des sommes folles pour elle, et passait plus de temps à Bellavista que chez lui. Mon père disait que c'était l'amour de sa vie. Notre famille la haïssait plus que tout. Cela vous dérangerait-il si nous y passions ? J'aimerais dire un mot à l'intendante. J'ai laissé des instructions pour que soient effectuées des réparations avant de me rendre à Londres. J'aimerais voir si elles ont été faites.

Pourquoi diable lui demandait-elle de l'accompagner ? Elle aurait facilement pu revenir à un autre moment.

Ou peut-être pas…

Thomas avait prévu de regagner Londres dès que Thorne serait parti, afin de mener à bien son travail pendant la session parlementaire, pour rentrer à temps à Harrowglen pour Noël.

Elle ne pourrait donc sans doute pas aller à Bellavista avant décembre. Il y avait quelque chose dans cette demeure qui l'apaisait. C'était pourquoi elle voulait convaincre Thomas de la laisser y vivre une fois qu'il serait marié.

Pour une raison qui lui échappait, elle avait envie de voir la réaction de Thorne à cette maison et son passé scabreux.

Il hésita.

— Norton va-t-il nous attendre ?

— Je pense qu'il sera épuisé et ira directement au lit quand il rentrera. De plus, c'est presque l'heure du déjeuner. Je suis certaine que l'intendante nous dénichera quelque chose à manger. Je ne sais pas en ce qui vous concerne, mais moi je suis affamée.

Il lui sourit, et elle sentit une pointe douloureuse dans sa poitrine face à cette douceur.

— Vous avez raison, dit-il gaiement. Je ne dirais

pas non à un bon repas. Et je dois avouer que je suis intrigué par votre façon de décrire la maison et son « sombre secret ».

Elle eut l'impression qu'il n'avait accepté que parce qu'elle avait déclaré avoir faim. Néanmoins il avait accepté, et elle se sentit heureuse comme elle ne l'avait pas été depuis longtemps.

Avec un peu de chance, l'intendante aurait quelques provisions sous la main pour sustenter ses visiteurs impromptus.

Ils descendirent le long du sentier qui bordait la rivière, et approchèrent de Bellavista. La demeure portait bien son nom, et disposait certainement de la plus belle vue sur le domaine. Son grand-père avait choisi l'emplacement avec soin.

La maison avait été bâtie pour l'amour de sa vie sur l'emplacement d'une folie[1] utilisée autrefois par les membres de la famille pour y pique-niquer en été.

1. Maison de villégiature que l'aristocratie ou la bourgeoisie aisée se faisait construire dans la campagne, en périphérie des villes.

Chapitre 9

Marcus ne savait trop à quoi s'attendre après l'explication de Cynthia sur l'historique de cette maison, mais il ne put retenir une exclamation de surprise.

— Mon Dieu, quel endroit charmant !

Il découvrit un château miniature de style palladien à deux étages, clos de murs de brique délimitant environ un hectare et demi à vue d'œil. Des colonnes doriques soutenaient le porche de l'entrée, entouré de chaque côté par de grandes fenêtres aériennes. Un balcon en fer forgé aux motifs raffinés embellissait chaque fenêtre de l'étage, et le rez-de-chaussée était entouré de jardins magnifiquement entretenus.

— Attendez de contempler la vue derrière la maison.

À leur approche, un jeune palefrenier accourut pour s'occuper de leurs chevaux.

— Jack, voici Lord Thorne, lui dit Lady Cynthia.

Le garçon porta un doigt à son front pour saluer.

— On a entendu dire qu'un lord allait se rendre dans le pâturage de la rivière pour voir la nouvelle pouliche. Allez-vous l'acheter ? demanda le garçon en coulant un regard de biais à Thorne, l'air inquiet.

Lady Cynthia lui fit un signe de tête.

— T'es-tu pris d'affection pour notre nouveau bébé ? Pourtant tu sais bien qu'il ne faut pas s'attacher.

— J'ai assisté à sa naissance, milady. Alors, milord ?

— C'est possible, répondit Marcus, surpris par la familiarité du garçon et son accent londonien.

Les épaules du palefrenier s'affaissèrent, mais il resta coi et emmena les chevaux aux écuries.

Lady Cynthia passa devant. La porte d'entrée s'ouvrit avant même qu'elle l'atteigne. Une dame assez âgée, petite et ronde avec des cheveux gris en désordre, portant un tablier très usagé, s'avança vers eux en boitant pour les saluer, lourdement appuyée sur sa canne.

— Milady, dit la femme, je ne vous attendais pas. J'espère que vous trouverez tout en ordre.

— Je n'avais pas prévu de venir aujourd'hui, mais nous sommes allés voir la pouliche et j'ai décidé de passer.

La femme dévisagea Marcus.

— Lord Norton n'est pas avec vous ?

— Non, malheureusement. Lord Norton est allé aider Mallock pour un vêlage, donc j'ai pris les commandes de notre expédition. Voici Lord Thorne, dit-elle en se tournant vers lui. Mrs Frost travaille à Bellavista depuis des années. Elle était fille de cuisine à l'époque de mon grand-père.

La femme esquissa une révérence et faillit perdre l'équilibre.

— Bonjour, madame, dit Marcus en souriant.

— Y a-t-il le moindre espoir que vous nous prépariez quelque chose pour le lunch ? demanda Cynthia. Tout nous conviendra. Nous ne voudrions pas vous déranger.

L'intendante se redressa de toute sa hauteur, afin de signifier sa réprobation muette.

— Vous ne dérangez absolument pas, milady. Je

serais ravie de vous préparer quelque chose. Prendrez-vous le lunch à la salle à manger, ou…

Cynthia renifla l'air de l'entrée.

— Ça sent un peu le renfermé, donc nous irons dans la véranda, si vous le voulez bien. La journée est tellement agréable et ensoleillée ! Et je voudrais montrer la vue à Lord Thorne. Même si elle est bien plus belle au printemps et en été.

— Certainement, milady. Je vais envoyer Annie installer les coussins.

— Ne vous donnez pas cette peine, Mrs Frost, nous le ferons.

— Oh ! non ! Que penserait Sa Seigneurie ? Annie va le faire.

L'intendante les précéda dans la maison.

— Pauvre vieille dame ! Elle ne veut pas admettre qu'elle devrait prendre sa retraite, murmura Cynthia.

— Ne fait-il pas un peu froid pour déjeuner dehors ? demanda Marcus.

— S'il ne fait pas trop froid pour s'asseoir dans un pré, ce sera parfait dans la véranda. Elle est très abritée.

Elle semblait avoir le cœur léger, presque excitée, ce qui la faisait paraître plus jeune.

Il lui proposa son bras et cette fois elle le prit. Elle lui fit traverser le hall d'entrée. Même s'il était bien plus petit que celui de Harrowglen, il trahissait le fait que quelqu'un avait dépensé énormément d'argent pour le rendre luxueux jusque dans les moindres détails. Un escalier au décor charmant déroulait sa courbe vers le premier étage.

Le hall séparait la maison en deux ailes. Des portes-fenêtres gigantesques de chaque côté de la porte d'entrée laissaient entrer la lueur du soleil et offraient une vue magnifique sur la campagne au loin.

Une jeune femme, avec tablier et bonnet, Annie sans doute, pensa Marcus, s'inclina devant eux et ouvrit une double porte.

Ils passèrent dans la véranda, qui lui rappela beaucoup les terrasses couvertes qu'il avait vues dans certaines demeures où il s'était rendu en Italie. Des colonnes soutenaient le toit, mais il n'y avait ni murs ni fenêtres pour gâcher ce qui était une vue réellement magnifique sur la vallée et les collines ondulant au-delà. Une balustrade en fer forgé très basse courait entre les piliers des colonnes, sauf au passage situé au centre, qui conduisait à la pelouse et aux jardins par quelques marches en marbre.

Lady Cynthia alla jusqu'à la rambarde, et contempla la vue tandis que la bonne disposait les coussins.

Marcus rejoignit Cynthia.

— Vous avez raison, l'arrière de la maison est à couper le souffle. J'ai rarement observé une vue aussi belle.

Elle leva les yeux vers lui, sincèrement ravie.

— Je suis heureuse que vous le pensiez. Thomas refuse de venir ici. Il dit que cette maison a causé assez d'ennuis à la famille, et qu'il la vendrait s'il le pouvait. Mais j'adore cet endroit. Il est si paisible.

— Cela me paraît plutôt onéreux de l'entretenir alors que personne n'y vit. Je suis surpris que vous ne la louiez pas. Vous en obtiendriez certainement un bon loyer.

C'était ce qu'elle avait dit à Thomas quand elle lui avait déclaré vouloir y vivre. Elle était prête à lui verser un loyer important. Mais son frère ne s'était pas encore résolu au fait qu'elle serait très heureuse de vivre seule.

— On n'a gardé que le personnel minimal pour

l'entretien de la maison et des jardins. Mais vous avez raison, cela représente un poids pour le domaine. Par chance, selon les conditions de l'héritage, elle est incluse dans la liste de nos biens indivisibles. Sans cela, je pense que notre père l'aurait vendue au moment où il a hérité. Lorsqu'il a compris qu'il était condamné à la garder, ajouta-t-elle en gloussant, il a décidé de l'utiliser. Tous nos poulains sont nés dans ses écuries, loin des étalons et des chevaux plus jeunes, jusqu'à leur sevrage. Il en est ainsi arrivé à la conclusion qu'il valait la peine de la garder à ces fins.

— Qu'est-il arrivé à cette Lucy après la mort de votre grand-père ?

Cynthia resta très réservée.

— Elle a été contrainte à partir. J'imagine que même si mon grand-père avait prévu cette éventualité, ma grand-mère a obtenu sa revanche pour ce qu'elle considérait comme une humiliation. Elle a contesté en justice de nombreuses dépenses, et la possession de nombreux objets qu'elle disait appartenir légitimement aux héritiers de mon grand-père. Lorsqu'elle a obtenu gain de cause, elle a fait expulser Lucy, sans rien d'autre que les vêtements qu'elle portait.

— Une vraie revanche, en effet.

— C'était d'une cruauté inutile. Ma grand-mère l'a fait par rancune envers mon grand-père, après sa mort. Ils se méprisaient littéralement, m'a rapporté ma tante. Alors qu'elle ne l'aurait jamais raconté à mon père, elle m'a dit que Lucy avait donné à mon grand-père ce qu'il n'avait jamais eu chez lui : de l'amour, et un soutien inconditionnel.

Elle eut un petit rire de dérision, comme si tout cela n'avait eu aucun sens.

— Oh ! regardez, le lunch est prêt !

Plutôt que le déjeuner sur le pouce qu'il attendait, c'est un repas qui le fit saliver qui apparut presque par magie. Des petits pains tout frais et croustillants, du jambon, des fromages et des fruits leur furent présentés.

Il installa Lady Cynthia et repéra la bouteille de champagne déjà débouchée.

— Puis-je vous verser un verre ?

— Oh ! oui, tout à fait ! répondit-elle. Merci. Je vous le recommande. Il avait été mis en cave par mon grand-père et n'a été retrouvé qu'après la mort de ma grand-mère. Heureusement ! Sans cela elle aurait sans doute fait vider les bouteilles dans la rivière, de rage.

Il les servit, et ils trinquèrent.

— Je bois à la santé de la pouliche, qu'elle grandisse bien et devienne aussi puissante et rapide que le vent ! dit-elle avec un grand sourire.

Marcus quant à lui aurait bien trinqué aux beaux yeux de Lady Cynthia.

— À la pouliche ! s'exclama-t-il.

Il se jeta sur les mets délicieux jusqu'à satiété. Lady Cynthia ne fut pas en reste.

Elle reposa enfin sa fourchette et son couteau pour prendre son verre. Elle s'adossa à sa chaise, l'air affamé. *Et si elle était affamée, cela ne pouvait être de nourriture.*

Il sentit qu'il s'échauffait.

Il devait se faire des idées, c'était certain. Et si tel était le cas, ne prenait-il pas ses désirs pour des réalités ? Certainement pas. Il refusait de tomber sous son charme comme les jeunes gens immatures qui la suivaient partout.

— Aimeriez-vous visiter la maison, si vous avez terminé votre repas ? lui proposa-t-elle.

Elle se leva, et il lui emboîta le pas.

— Il y a une chose ici qui a toujours mis mon père en rage, et que vous trouverez peut-être amusante, dit-elle d'un ton facétieux qui l'intrigua.

— Pourquoi pas ? Nous avons le temps, et nous serons toujours à l'heure pour le dîner.

Elle lui prit le bras et ils rentrèrent dans la maison.

— Les pièces de réception étaient situées dans l'aile est, et les appartements familiaux dans l'aile ouest, expliqua Lady Cynthia.

La différence était immédiatement perceptible. Les pièces de l'aile est regorgeaient d'œuvres d'art de qualité et étaient très décorées. Celles de l'aile ouest étaient encombrées de bibelots et de miniatures représentant les membres de la famille. Un panier à ouvrage était posé à côté d'une chaise confortable. Un échiquier avec ses pièces en ordre prêt à être utilisé et une table de bridge entre deux chaises à dossier droit formaient un tableau accueillant. Les murs étaient couverts de tapisseries brodées à la main.

— C'est elle qui a réalisé tous ces ouvrages, expliqua Lady Cynthia. Mon grand-père avait beau passer beaucoup de temps ici, il ne pouvait être présent en permanence, et s'absentait à Londres pour de longues périodes. Apparemment elle occupait ses journées à manier l'aiguille. Il reste de nombreux ouvrages non terminés au grenier.

Elle le conduisit à l'étage et ouvrit la première porte devant eux.

— C'était leur chambre.

Somptueuse. Il n'existait aucun autre mot pour la décrire. Les murs étaient tapissés d'une soie rehaussée d'oiseaux et de fleurs brodés. Le couvre-lit était assorti avec les mêmes broderies. Le tissu des profonds fauteuils et de la chaise longue était exquis, de toute évidence d'origine chinoise. Les portes-fenêtres donnaient sur le balcon, offrant la même vue que depuis la véranda.

— Ils passaient beaucoup de temps dans cette chambre, selon les journaux qui ont été retrouvés après la mort de mon grand-père. Du moins, c'est ce que m'a dit Thomas. Notre père les a brûlés, donc je n'ai jamais eu l'occasion de les lire.

Marcus avait visité des maisons closes dans sa jeunesse, décorées dans le même style, et il ne s'y était jamais senti à l'aise. Cette chambre, en revanche, faisait appel à tout ce que l'on avait d'hédoniste en soi.

Quelle sensation cela procurerait-il de s'enfoncer dans ce lit de plumes avec la magnifique Lady Cynthia nue entre ses bras ?

Il s'échauffa une fois de plus à cette vision que son esprit refoulait. Comme attirés par une force invisible, ils se regardèrent, face à face.

Elle avait les yeux agrandis, brillant d'une émotion dont il aurait aimé savoir plus. Ses lèvres s'entrouvrirent. Et sa poitrine se soulevait violemment, comme si elle respirait sous l'effet du stress.

Il mourait d'envie de poser les mains sur ses hanches et de l'attirer ensuite contre lui.

Elle s'écarta brusquement et ouvrit les portes-fenêtres pour sortir sur le balcon. Celui-ci se prolongeait après le coin de la maison, et elle se dirigea jusqu'à son extrémité. Puis elle tendit le bras et pointa le doigt.

— Là, regardez.

Il put distinguer clairement Harrowglen au loin.

— Voyez-vous la coupole ?

Il hocha la tête. Il y avait en effet un dôme au milieu

du toit. Il semblait se situer au-dessus du grand hall, mais il ne l'avait pas remarqué au moment où il avait levé la tête pour examiner les lieux à son arrivée.

Elle se tourna et lui montra une petite échelle fixée au mur derrière eux.

— Il y en a également une là-haut. C'est ainsi qu'ils s'envoyaient des messages quand il résidait à Harrowglen. Si Lucy voulait qu'il vienne, elle hissait un certain drapeau, ou allumait une lampe. Ils s'envoyaient des messages codés, en fait. Lorsqu'il quittait Harrowglen pour la rejoindre, selon ce que mon père a raconté à Thomas, ma grand-mère lui disait : « Elle a hissé ton drapeau, n'est-ce pas ? » Apparemment, elle ne parlait pas que d'une bannière.

Elle gloussa à l'indécence de cette allusion.

— Et mon grand-père répondait « Oui », puis partait, continua-t-elle. Après un certain temps, ma grand-mère a utilisé la même méthode pour lui demander de rentrer si une quelconque affaire nécessitait sa présence. À tel point que les deux maisons employaient des garçons en permanence pour surveiller les messages, ici et à Harrowglen. C'était un arrangement des plus inhabituels et mon père en était fou de rage parce que c'était lui qui devait grimper les marches pour ordonner au garçon de hisser le drapeau ou d'allumer la lampe, et quel message envoyer. Sans mentionner le fait qu'il aurait préféré ignorer ce que fabriquait son cher papa.

— Il n'appréciait pas le manque de respect envers sa mère.

— Exactement. Mais bizarrement, cela a plutôt bien fonctionné pour mon grand-père et ma grand-mère.

Son père avait brûlé tous les drapeaux et jeté les lanternes. Mais les coupoles ne pouvaient pas être démolies sans de coûteux travaux pour restaurer la structure principale du toit. Il avait donc été obligé de les laisser en place.

— Que pensez-vous de cet arrangement ?

— Je pense que votre grand-père aurait pu montrer un peu plus de considération envers votre grand-mère, et de discrétion.

— En faisant tout cela derrière son dos, voulez-vous dire, rétorqua-t-elle avec un ton dégoûté.

— Plutôt ne pas le lui brandir sous le nez, de sorte que tout le monde savait ce qu'il faisait.

Sa grand-mère avait dû être une forte femme. Qui se défendait bec et ongles dans une situation difficile. Même si cela avait déplu à Marcus d'apprendre qu'elle avait jeté la maîtresse à la rue.

— Est-ce ce que vous ferez plus tard, quand vous serez marié ? demanda-t-elle.

— Nous ne parlons pas de moi ici. Mais de ce que votre grand-père aurait dû faire.

— Peut-être avez-vous raison, concéda-t-elle en se frottant les bras de contrariété.

Le soleil avait dépassé son zénith et à cet endroit il n'y avait pas d'abri contre le vent.

— Vous avez froid. Rentrons.

Il la suivit dans la chambre.

— Encore une chose, dit-elle tout bas en écartant une des draperies placées à la tête du lit, révélant un tableau. C'est un portrait d'eux. Mon grand-père, et Lucy.

La représentation était très semblable à celles typiques du classicisme au XVIIIe siècle, avec ses sujets étrangement costumés en personnages mythiques, la peau très blanche, coiffés d'énormes perruques poudrées. Mais ce n'étaient ni les costumes sensuels ni la beauté de la scène qui attiraient l'œil, c'étaient les expressions sur les visages du couple, les yeux dans les yeux.

On ne pouvait se méprendre sur l'adoration qui se lisait sur leurs traits. Il eut soudain un pincement au cœur.

— On dirait des tourtereaux énamourés, dit-il.

Et cela lui apparut aussitôt dédaigneux.

Elle sembla ciller à la dureté de son ton, et lui adressa un sourire pincé.

— Oui. J'imagine que c'était le cas. Il y a là beaucoup de sentimentalité. Je me suis souvent demandé si ces expressions étaient réelles ou simplement l'artifice du peintre.

— C'est sans aucun doute la deuxième hypothèse, à moins que le tableau n'ait été réalisé aux tout premiers temps de leur relation, avança-t-il.

Elle pencha la tête en étudiant la toile.

— Il a été peint alors qu'ils étaient ensemble depuis vingt ans. Elle avait presque quarante ans, et lui soixante-dix. Sa jeunesse contrariait énormément ma grand-mère.

— Je veux bien le croire, dit-il en s'approchant pour mieux l'examiner. Il porte plus ou moins ses soixante-dix printemps, c'est exact, mais le peintre a considérablement rajeuni sa maîtresse. Je pense que leurs expressions devaient aussi être de l'invention de l'artiste.

Elle soupira et se détourna.

— Thomas allait le brûler. J'ai réussi à le sauver et l'ai caché ici.

À contempler cette image, déchiffrer ces expressions, si celles-ci reflétaient un tant soit peu ce que ces deux personnes avaient éprouvé l'une pour l'autre, il n'était pas surprenant que ses enfants en aient eu un profond ressentiment.

Mais ce qui l'étonnait le plus était l'admiration ouverte de Cynthia pour ce couple illicite.

Déçue qu'il ait si nettement désapprouvé ce portrait dont elle avait toujours pensé qu'il capturait un instant d'honnêteté dans un monde malhonnête, Cynthia dévisagea Thorne. Était-il réellement aussi insensible ? Et s'il l'était, ne serait-il pas le partenaire idéal d'une femme aussi froide qu'elle ?

Le regard qu'il lui retourna était également interrogateur. Une certaine chaleur illumina ses yeux sombres, en petits éclats dorés qui pétillaient telles des flammes dans de mystérieuses profondeurs.

Elle sentit l'excitation la gagner, et fut parcourue de petits frissons et de chatouillis au creux du ventre.

Qu'avait cet homme qu'elle trouvait si irrésistible pour qu'elle ait envie de caresser ses larges épaules, et passer les doigts dans les ondulations sombres de sa chevelure sur sa nuque ?

La question se transforma en action, au moment où la pensée se concrétisait dans son esprit. Sa main se posa sur la poitrine de Thorne et remonta le long de son épaule, comme mue par une volonté propre.

Il se figea. Elle n'était même pas certaine qu'il respirait encore. Lorsqu'il ne se recula pas, ni ne prononça un mot, elle passa son autre main sur sa nuque, et elle laissa courir ses doigts dans sa chevelure épaisse.

Ils se regardaient fixement, pétrifiés.

Lentement, il baissa la tête. Elle se haussa sur la pointe des pieds et lorsque leurs lèvres se rencontrèrent, elle ferma les yeux.

Tous ses sens se focalisèrent sur le contact de leurs lèvres, les violents battements de son cœur et le délicieux tremblement dans ses jambes.

Leurs lèvres se frôlèrent. Enivrée par la sensation, elle fut prise de vertige et se cramponna, tout en se plaquant contre lui.

Des mains puissantes mais douces se refermèrent sur sa taille et la soutinrent tandis que le baiser se faisait plus intense avec la rencontre de leurs langues, avides d'explorer.

Combien de temps dura leur étreinte ? Elle n'aurait su le dire. Le temps semblait ne plus avoir de sens tandis que son corps se réveillait à la vie, dans l'attente de la chaleur de Thorne et de ses caresses.

Le souffle court de ce dernier lui brûlait la joue. Ses larges mains lui caressaient le dos tout en la maintenant fermement contre son corps souple. Son cœur tambourinait contre ses côtes, en harmonie avec son propre pouls rapide. C'était le genre de baiser qui lui avait manqué. Cette sensation de fusion satisfaisait en elle un désir longtemps réprimé.

Avec un grognement étrange, il cessa le baiser et s'écarta légèrement. À peine. Mais bien trop pour le désir qui pulsait dans les veines de Cynthia.

Elle laissa retomber ses mains le long de son corps.

Il fit un pas en arrière.

— Lady Cynthia…

— Nous sommes au-delà de la formalité de nous donner du lord ou du lady en privé. Et si vous alliez vous excuser…

Elle inspira calmement pour se retenir d'en dire trop.

— N'ayez pas l'audace de vous excuser.

Un léger sourire se dessina sur les lèvres de Thorne. *Marcus.*

— Vous avez raison. Je ne suis absolument pas désolé.

Il laissa glisser un doigt le long de la courbe de son

visage, lui envoyant aussitôt des ondes délicieuses jusqu'au bas du dos.

— Je suis heureux de constater que vous êtes extrêmement loin d'être froide comme le suggèrent les apparences.

Froide ! Si les gens savaient ce qu'elle était sous son vernis de bonne éducation, elle serait exclue de la haute société sur-le-champ.

— Et moi que vous ne contrôlez pas tout, comme vous aimez qu'on le croie, répliqua-t-elle.

Il fronça les sourcils.

Avait-elle dit quelque chose d'inconvenant ? S'était-elle trompée avec cette remarque ? Ou ne connaissait-il pas ce trait de son caractère ?

— Nierez-vous que vous préférez prendre l'initiative ?

Il fit un lent signe d'acquiescement.

— C'est vrai. J'ai tendance à me préparer à toutes les éventualités. C'est un talent que l'on apprend à cultiver dans le corps diplomatique. Avoir l'esprit vif. S'attendre à l'inattendu. Je ne suis pas sûr que cela signifie pour autant que je préfère tout contrôler. Cependant…

Il se redressa avant de poursuivre.

— … alors que l'attirance entre nous signifie que je n'ai pas été surpris par notre baiser, nos réponses à celui-ci, aussi bien la mienne que la vôtre, ont allumé chez moi un brasier plus intense que je ne l'aurais cru.

Un brasier. Oui ! Les flammes avaient brûlé avec intensité durant ces quelques instants où leurs bouches s'étaient mêlées. Et maintenant, privée d'oxygène et étouffée par les rigidités de la société, cette chaleur devenait insupportable.

Incapable de résister, elle jeta un coup d'œil vers le lit. L'idée de l'embrasser, et plus encore, lui avait-elle trotté dans la tête lorsqu'elle l'avait fait monter ici ? C'était elle qui l'avait touché la première. L'avait embrassé.

Certes, il n'avait pas été passif, mais il s'était comporté en parfait gentleman. C'était lui qui avait empêché les choses d'aller trop loin.

Elle avait tenté de combattre l'attirance entre eux, et eut le sentiment qu'il avait éprouvé la même chose. L'idée l'amusa.

— Si les flammes sont vives, c'est bien ici l'endroit idéal pour les laisser brûler.

Il regarda le tableau, avant de se tourner vers elle.

— Cynthia, vous rendez-vous compte de ce que vous sous-entendez ? Vous ne pouvez pas… vous êtes une lady.

Elle fut envahie de frustration, après toutes ces années à s'être conformée à des règles complètement injustes, ce qui la poussa à exprimer ses pensées tout haut.

— Et pourquoi pas ? Je suis aussi une femme.

— Vous avez un devoir envers le nom de votre famille, votre frère…

— Le devoir ! Pourquoi un homme peut-il prendre une maîtresse sans que personne y trouve rien à redire, alors que ce n'est pas le cas si une femme voulait faire de même ?

Il eut l'air désorienté, et sembla aussi trahir une certaine pitié.

— Vous vous marierez un jour. Votre mari s'attendra que… non, *exigera* que vous veniez à lui intacte. C'est ainsi dans notre monde.

— J'imagine que vous exigeriez la même chose ? Et pourtant, vous avez eu des maîtresses. Des amantes. Vous me l'avez dit.

— Je ne le nie pas, répliqua-t-il avec raideur. Mais mes partenaires n'étaient pas…

Elle haussa le ton, agacée par sa soumission aux conventions.

— Ce n'étaient pas des femmes ?

— Bien sûr que c'étaient des femmes ! Des femmes qui avaient été mariées, ou d'une classe sociale différente de la nôtre, qui avaient choisi de ne pas se marier.

Elle voyait très exactement de quel genre de femmes il voulait parler. N'était-elle pas aussi l'une d'elles ?

— Je vous l'ai déjà dit, j'ai également choisi de ne pas me marier, rétorqua-t-elle.

Il commençait à être exaspéré.

— Cynthia, vous ignorez les tentations que vous offrez. Les conséquences de ce type de choses si nous les faisions seraient désastreuses. Vous vous marierez, évidemment. Vous êtes jeune. Belle. Titrée. Vous n'avez qu'à faire un signe de l'index pour que les prétendants accourent.

Elle s'approcha de lui, l'attrapa par les épaules et le secoua. C'était comme d'essayer de déplacer une montagne. Elle plaqua ses paumes sur le tissu raffiné de sa redingote, et puisa dans sa force le courage qu'il lui fallait rassembler.

— N'avez-vous pas entendu ce que j'ai dit ? J'ai choisi de ne pas me marier. Je ne me marierai pas.

Il la scrutait, comme s'il tentait de comprendre ses paroles.

— Pourquoi ?

L'image de Cornelius revint hanter ses pensées.

— Parce que l'homme qui aurait dû m'épouser en a épousé une autre.

Et elle avait appris auprès de lui que l'amour était une

chose fugace, qui se brisait facilement. Elle regarda de nouveau le portrait. Quel mensonge !

— C'était votre amant, dit-il, comprenant soudain.

Elle sentit un grand vide dans son estomac. La vérité exprimée si violemment transforma les émotions qu'elle avait ressenties en amour de pacotille. Elle haussa le menton pour défier son jugement.

Mais au lieu de la rejeter, il la considéra avec sympathie. Ce à quoi elle ne s'attendait pas.

Sans réfléchir, elle se pencha vers lui.

Il lui enserra la taille, puis écarta un peu les jambes pour ancrer son équilibre et la serra contre lui tandis qu'elle posait la tête sur sa poitrine avec une sensation de sécurité, en dépit de son terrible aveu.

— Oh ! ma chère, dit-il doucement. Aucun homme qui se respecte ne vous rejetterait pour une erreur de jeunesse.

— Ah bon ? se récria-t-elle d'un ton sec. Ne venez-vous pas de le déclarer à l'instant ? Un homme s'attend que son épouse soit pure la première fois qu'elle se donne à lui.

— Mais si les choses étaient expliquées avant…

Elle éclata d'un rire absolument sinistre.

— Ah, on vous a certainement raconté que je suis le genre de femme qui laisse tomber les gentlemen !

Un silence s'ensuivit.

Très inconfortable.

— Eh bien, en vérité, expliqua-t-elle, ce n'est pas moi qui ai mis un terme à mes fiançailles avec Drax. Lorsque je lui ai raconté la vérité sur mon passé, il a aussitôt demandé à être libéré de ses engagements. L'argent que j'apportais dans cette union n'était pas suffisant pour panser son orgueil blessé, apparemment. Donc Thomas l'a grassement payé pour qu'il garde le silence.

Peut-être aurait-elle été plus blessée si elle avait été très éprise de Drax. Il lui plaisait beaucoup. Elle l'avait respecté. Son rejet l'avait rendue un peu plus humble. Une expérience qu'elle n'avait pas envie de revivre.

— Je vois.

Elle tenta de se dégager de son étreinte, mais il resserra ses bras, sans la libérer.

— Donc vous avez décidé de ne jamais vous marier.

Elle avait décidé de ne plus *jamais* accepter une demande en mariage faite par un homme qui ne s'intéressait qu'à son argent. Ce qui signifiait probablement qu'elle ne se marierait jamais.

— Oui.

— D'après mes observations, la vie de vieille fille peut être très solitaire. Vous vous privez d'avoir des enfants. Une maison. Une place dans la société.

C'étaient là les arguments exacts de Thomas.

Mais si elle se mariait, et que son mari prenait ensuite une maîtresse, comme son grand-père ? Elle ne pourrait rien y redire, ayant été acceptée alors qu'elle n'était plus de la première fraîcheur.

À quel point cela serait-il humiliant ?

— J'ai des centres d'intérêt, qui vont bien m'occuper. Jusqu'à maintenant, je n'ai jamais eu l'impression que je me sentirais seule sans un mari.

— Jusqu'à maintenant ?

— J'imagine qu'un homme peut offrir certains avantages dans la vie.

Il écarquilla les yeux.

— Des avantages ? Vous voulez dire, ceux d'un amant.

Elle adora le fait qu'il comprenne immédiatement son allusion.

— Exactement.

— Et m'offririez-vous cette position, par hasard ? demanda-t-il d'un ton incrédule, mais intrigué également.

— Je pense que vous conviendriez aussi bien qu'un autre. Je vous tiens pour un homme honorable. Et vous seriez discret, j'en suis certaine, au moins dans l'intérêt de Thomas, si ce n'est le mien.

— J'aime bien votre frère. J'ai du respect pour lui. Quel honneur y aurait-il à prendre sa sœur pour…

Il hésita avant de terminer.

— Même si je ne peux nier l'attirance entre nous.

Essayait-il de ménager sa fierté, ou envisageait-il sa proposition ? Il s'inquiétait peut-être qu'elle exige plus tard de se faire épouser.

— Je ne veux pas vous épouser, Marcus. Nous ne nous entendrions pas du tout. Vous voudriez tout diriger, et je ne supporte pas les contraintes. J'ai vingt-quatre ans, je ne suis pas née de la dernière pluie. Sans mentionner le fait que je vis seule depuis bien trop longtemps pour trouver les liens du mariage à mon goût. Si cela ne vous intéresse pas de devenir mon amant, dites-le tout de suite, et continuons à nous fréquenter en tant qu'amis.

Un ultimatum ! À quoi pensait-elle donc ? Elle lui offrait la parfaite occasion de la rejeter et, sans le moindre doute, leur conversation ferait les gorges chaudes de la haute société en un éclair.

— Il semblerait que je me sois méprise concernant vos sentiments. Veuillez oublier cette conversation, ajouta-t-elle en se reculant.

Il la saisit par le bras et la tourna vers lui.

— Cynthia, ma chérie, dit-il en prenant son visage

entre ses mains, ses yeux au fond des siens. Vous ne vous êtes pas méprise, je peux vous l'assurer. Si vous êtes certaine que c'est ce que vous voulez.

Il prit son temps pour respirer plus calmement avant de poursuivre.

— Je serais honoré d'être votre amant, mais soyons clairs. Cet arrangement ne tiendrait que tant que je serais célibataire. Je suis tenu par mon titre à me marier, et je ne déshonorerai pas mon épouse en prenant une maîtresse.

Sa poitrine se serra. C'était un peu douloureux. De la jalousie ? De la peine ? Comme c'était stupide ! Elle fit un geste de la main pour chasser ces scrupules.

— Autant que cela me concerne, pour moi ce genre d'arrangement s'entend sans attachement particulier, affirma-t-elle.

Il sembla s'embraser aussitôt.

Comme mus de leur volonté propre, les doigts de Cynthia déboutonnèrent sa redingote, puis s'attaquèrent à son gilet.

Il baissa la tête vers elle et les délices de son baiser la firent frissonner de désir.

Voilà ! C'était ce qu'elle voulait ! Rien de plus.

De tout ce à quoi Marcus s'attendait en ce jour, faire l'amour à Cynthia n'en faisait pas partie.

Lorsque leurs lèvres se mêlèrent, son corps s'embrasa jusqu'à ce que son cerveau oublie toutes ses fonctions, si ce n'était celle de guider les mouvements de ses lèvres, de sa langue et de ses mains.

Néanmoins un reste de raison l'avertit qu'il s'engageait sur un chemin dangereux. Découvrirait-il qu'en dépit des revendications de Cynthia à rester célibataire, cela le conduirait directement dans le piège tendu par le pasteur ?

Et quand bien même, s'en souciait-il vraiment ?

Sa famille, certes. Bess et sa mère. Leurs objections seraient véhémentes.

Et d'autres hommes seraient envieux de sa bonne fortune.

Il se recula et défit le nœud de sa cravate. C'était le vêtement masculin qui donnait toujours le plus de mal aux femmes.

Cynthia sourit doucement, les lèvres gonflées et rosies après leur baiser, le regard consumé de désir. Conscient qu'il ne pourrait pas faire plus de mal que ce qui avait déjà été fait, pas s'il était précautionneux, il se moquait bien de l'avenir en cet instant précis.

Le désir bourdonnait dans la pièce. Il la prit dans ses bras et la porta jusqu'au lit. Le soupir de satisfaction de Cynthia quand il la déposa fut tel le chant des sirènes.

Il ôta sa chemise… Oh ! elle avait dû la déboutonner, en un moment où il ne l'avait pas remarqué ! Il se pencha pour couvrir son visage de baisers légers, savourant la sensation de sa peau veloutée contre ses lèvres. Il sentait son souffle tout contre son oreille, le faisant frissonner tandis qu'il lui embrassait le visage.

À son grand plaisir, il sentit les doigts de Cynthia s'insinuer à la ceinture de ses pantalons. Comprenant que cela était dû à l'expérience, il n'eut plus le moindre doute sur l'existence d'un amant dans son passé. Sa caresse délicate et ferme à la fois faillit lui faire perdre le contrôle sur lui-même. Il lui saisit la main et la porta à ses lèvres.

— Pas si vite, ma chérie, murmura-t-il. Ne nous précipitons pas.

Elle lui offrit un sourire languide et incroyablement mystérieux avant de lui ouvrir ses bras.

— Venez à moi, dit-elle.

Il s'allongea à ses côtés, en se calant avec son coude pour admirer son ravissant visage. Elle laissa échapper un petit soupir quand il pressa son genou contre son entrejambe. Elle se laissa aller à la caresse, en rythme, et ferma les yeux, avec une expression de désir sur le visage.

Un désir qu'il n'avait aucune intention d'ignorer.

Il écarta doucement les frous-frous devant sa veste d'équitation et repoussa la lourde étoffe, pour découvrir la fine chemise de batiste qu'elle recouvrait. À sa surprise, il constata que Cynthia ne portait aucun corset, seulement de fins dessous de mousseline qui dissimulaient à peine ses petits seins magnifiques et leurs tétons rosés.

Il en fut extrêmement excité, mais sa raison lui envoya un signal d'avertissement. Était-ce là une stratégie de séduction ? Et en ce cas, pourquoi ?

Olga avait usé de ses charmes envers lui autrefois, et il ne se laisserait pas prendre à ce genre de tours par Cynthia. C'était lui qui maîtrisait la situation cette fois. Il se leva et alla verrouiller la porte. Personne ne les surprendrait. Cynthia avait beau être l'une des plus belles femmes du monde, la famille de Marcus, Bess et sa mère seraient horrifiées s'il devait être contraint d'épouser celle qu'elles considéraient comme leur pire ennemie.

Sans même mentionner que ce n'était pas le style de femme avec qui il souhaitait se marier.

Il recherchait une vie paisible, et une épouse à l'avenant.

Allongée sur le lit, ses vêtements en désordre, elle le tentait comme cela ne lui était pas arrivé depuis longtemps. Avec ce corps délié, son teint diaphane, ses joues rosies et ses tétons érigés.

Il plongea son regard dans le sien et lui caressa la joue.

— Êtes-vous certaine, Cynthia, que c'est là ce que vous voulez ?

L'expression dans son regard répondait pour elle. Du désir. Elle lui prit la main et l'attira contre elle.

— Je ne pourrais en être plus certaine, murmura-t-elle.

Il s'allongea sur le lit à côté d'elle et l'embrassa. Sa bouche s'accordait parfaitement à la sienne, et leurs langues entremêlées augmentaient son désir de lui donner le plus de plaisir possible.

Il interrompit leur baiser pour se glisser contre elle. Il prit son petit sein dans sa bouche pour le mordiller jusqu'à ce qu'elle se mette à gémir de plaisir.

Ce qui l'encouragea à goûter l'autre. Elle s'arqua contre lui pour lui faciliter la tâche.

Avec un mouvement qui le surprit, elle le repoussa et le coucha sur le dos. Il éclata de rire en voyant son air triomphant.

— Que faites-vous, ma chérie ?

Un sourire énigmatique flotta sur les lèvres de Cynthia.

— J'apprécie que vous preniez votre temps, Marcus, mais…

Elle s'affaira sur les boutons de sa ceinture.

— … il est probable que nous n'en ayons pas beaucoup, précisa-t-elle.

Il se releva légèrement et l'aida à lui ôter ses pantalons.

Elle s'assit sur ses talons et contempla sa prise.

Il était dur comme de la pierre.

— Oh…, murmura-t-elle avant de positionner ses hanches et de s'enfoncer aussitôt autour de son membre.

Son intimité était brûlante et humide, la sensation délicieuse.

— La prochaine fois, nous préparerons mieux la chose. Mais aujourd'hui, je ne voudrais pas que Thomas se demande où nous sommes et envoie quelqu'un nous chercher.

— Mon Dieu, non !

Elle ferma les yeux et se pencha un instant en arrière. Il la guida pour s'accommoder de son poids entre ses jambes repliées.

Il ne put retenir un petit grognement. Elle se releva et s'enfonça de nouveau.

« La prochaine fois », venait-elle de dire.

Il avait quelques difficultés à comprendre. Il commença un va-et-vient partant de ses hanches, en variant le rythme et sa position jusqu'à ce que le visage de Cynthia reflète un plaisir extrême.

Il se cramponna à sa taille et s'enfonça profondément en elle, jusqu'à la faire crier.

Dans un brouillard de plaisir, il se contraignit à attendre son soulagement. La laissant dicter leur rythme, il glissa sa main sur son clitoris et le caressa du pouce.

Elle cria de plus belle et il la sentit se serrer contre son membre en un paroxysme de plaisir.

Il continua son mouvement, se retenant d'abandonner tout contrôle et de dériver avec elle. Elle recommença son va-et-vient. Cette fois il ne put se retenir et se retira. Elle s'écroula sur sa poitrine tandis qu'il frémissait dans une jouissance insensée.

Il retrouva ses esprits quelques instants plus tard. Le poids languide de Cynthia sur sa poitrine offrait une chaleur délicieuse. Et le souffle irrégulier de celle-ci semblait musique à ses oreilles. Il lui caressa le dos, à travers l'étoffe épaisse de sa veste d'équitation.

Ce genre d'étreinte rapide était là bien moins que ce qu'elle méritait, mais bien plus que ce à quoi il s'était attendu en se levant ce matin-là.

On frappa à la porte.

Il se redressa aussitôt, et posa une main dans le dos de Cynthia pour qu'elle ne bouge pas.

La poignée tourna.

Mais la porte resta fermée.

Il se souvint qu'il l'avait verrouillée. Il soupira de soulagement.

— Milady ?

On frappa de nouveau.

Cynthia s'écarta de lui.

— Qu'y a-t-il ? demanda-t-elle. Je montre à Sa Seigneurie quelques-uns des trésors de mon grand-père.

Dieu du ciel, quelle espèce d'euphémisme était-ce là encore ? Il était stupéfait du calme dont elle faisait preuve.

— Milady, Lord Norton a envoyé un message.

— Très bien. Je descends dans un instant.

Elle se leva. Il enfila ses pantalons, prit une taie d'oreiller, sécha Cynthia où il le fallait et l'aida à se rhabiller. Un instant plus tard, il remettait sa redingote.

Elle se regarda dans le miroir, arrangea sa coiffure avec quelques épingles judicieusement replacées. Elle était incroyablement calme. Combien de fois avait-elle vécu ce genre de situation avec son amant précédent ?

Il ne s'attarda pas sur cette pensée peu charitable. Cela n'avait pas d'importance. Le point positif était que l'intendante avait cru ses explications. Il entendit les pas de cette dernière s'éloigner dans l'escalier.

Ils finirent de se rhabiller.

Elle le regarda de haut en bas et hocha la tête.

— Avant que nous partions…, dit-elle.

Elle ouvrit le tiroir d'une table de toilette avec une clé qu'elle prit dans une petite boîte à babioles posée dessus.

Elle en sortit un coffret en bois sculpté et souleva le couvercle. Il était rempli de bijoux de toutes sortes.

— Le trésor de grand-père. Seules Mrs Frost et moi en avons connaissance. Ainsi que vous, maintenant. Lucy les avait cachés et n'a pu les récupérer avant d'être jetée dehors. Si ma grand-mère les avait trouvés, elle les aurait fait fondre.

— Ils appartiennent désormais à votre frère.

— Non. Mon grand-père les a légués à Lucy. Mrs Frost m'a dit que celle-ci avait une fille d'un amant précédent, qui venait de temps à autre lui rendre visite. Donc si je peux retrouver Lucy, ou peut-être même sa fille, je les leur remettrai. Ne parlez de cela à personne, je vous prie.

Marcus regarda l'amas scintillant qui devait bien valoir la rançon d'un roi. Comptait-elle vraiment s'en défaire ? Aux yeux de la loi, ils appartenaient bel et bien à son frère. Mais cela ne le regardait pas. Et il n'en parlerait certainement pas avec Norton.

Il se figea, retenant son souffle. Elle lui confiait un secret. Était-ce parce qu'elle lui faisait confiance ? Ou parce qu'elle pensait qu'il était tombé sous son charme et avait perdu tout raisonnement ?

Ou bien encore, était-ce une sorte de test ?

— Êtes-vous prête ? demanda-t-il.

— Dès que j'aurai rangé cela, oui, je le serai.

Il la regarda replacer avec révérence les bijoux dans leur coffret et verrouiller le tiroir, puis l'accompagna dans l'escalier.

Chapitre 10

En descendant les marches, Cynthia avait envie de rire. Elle se sentait jeune, vaguement prise de vertige. Elle s'imaginait la tête qu'aurait faite Mrs Frost si elle les avait surpris. Dieu merci, Marcus avait eu la présence d'esprit de fermer la porte à clé !

Ce qui prouvait qu'il avait bien plus d'expérience qu'elle de ce genre de situation. Et chaque fois qu'elle le regardait, ce qui était d'ailleurs bien trop fréquent, son cœur cessait de battre.

Cela n'avait aucun sens, bien sûr. Elle lui avait confié ses plus grands secrets, et désormais se fiait à lui pour qu'il les garde. Qu'est-ce qui la poussait donc à s'imaginer qu'il était différent de tous les hommes qui l'avaient abandonnée et déçue ?

Elle s'en moquait. Ce sentiment d'intrépidité ne serait pas étouffé dans l'œuf. De plus, il était trop tard pour avoir des regrets. Quelle différence cela ferait-il dans sa vie s'il divulguait son comportement indécent à tous vents ?

En fait, son cher Thomas cesserait peut-être finalement de tenter de la marier à un quelconque malheureux lord acculé à la ruine.

Mrs Frost arpentait le hall quand Cynthia arriva. Elle

se précipita vers eux. Puis scruta Marcus avec un peu trop d'insistance. Il était évident qu'elle soupçonnait quelque chose. Cynthia haussa le menton et Mrs Frost lissa son tablier de ses grosses mains.

— Milady, bredouilla-t-elle. Un messager est venu de la part de Sa Seigneurie. Il y a eu un accident.

— Que s'est-il passé ? demanda Cynthia, l'estomac instantanément serré.

— Le messager a dit qu'il était allé au pâturage de la rivière, où vous deviez vous rendre, et comme il ne vous y a pas trouvée il est venu ici pour demander si l'on vous y avait vue. Il est aux cuisines, où il prend un rafraîchissement.

— Je vais lui parler tout de suite, dit Cynthia.

— Je vais faire préparer les chevaux entre-temps, dit Marcus sur un ton calme qui l'apaisa quelque peu.

Elle apprécia son tact de la laisser seule découvrir quel genre de problème il avait pu arriver et lui adressa un sourire reconnaissant.

— Je vais voir si le messager peut me fournir plus d'informations, et j'arrive tout de suite.

— Je vais lui dire de venir, milady, indiqua Mrs Frost en se hâtant vers les cuisines.

Marcus sortit après avoir récupéré son pardessus et son chapeau, qui l'attendaient sur une chaise.

Un jeune fermier que Cynthia ne connaissait pas se présenta. Comme c'était étrange !

— On me dit que vous avez un message pour moi de la part de Lord Norton ?

Le jeune homme la salua en portant le doigt à son front.

— C'est le docteur qui m'a envoyé, milady. Ma mère dit qu'il va peut-être devoir amputer Sa Seigneurie.

Pendant un moment elle ne comprit rien. Soudain

la situation s'imposa à son esprit. Elle s'effondra sur la chaise la plus proche.

— Que s'est-il passé ?

— Notre Petal lui a donné un coup de sabot.

— Petal ?

— Notre vache, milady. Elle lui a écrasé l'os au-dessus du genou. Sa Seigneurie n'a pas voulu que le docteur lui scie la jambe.

Elle se sentit mal. Alors qu'elle batifolait avec Marcus, Thomas avait été blessé et avait besoin d'elle.

— Je pars tout de suite pour Harrowglen.

— Sa Seigneurie est à la ferme de mon père, Mallock. On ne peut pas le déplacer.

Dieu du ciel, c'était un désastre !

— Je vois.

La ferme de Mallock était au nord, plus proche de Bellavista que de Harrowglen.

— Le docteur m'y attend ?

— Oui, milady.

— Comment vous appelez-vous ?

— Ted Mallock, milady.

Elle hocha la tête. Ainsi le fermier avait envoyé l'un de ses fils. Qui semblait vif d'esprit.

— Très bien, Ted Mallock. J'aurais besoin que vous vous rendiez tout de suite à Harrowglen. Expliquez à Lock, notre majordome, ce qui s'est passé. Dites-lui d'envoyer deux de nos garçons d'écurie à la ferme de votre père. Avez-vous compris le message ?

— Oui, milady, répondit le garçon en hochant la tête.

— Bien. Après cela, rentrez immédiatement chez vous. J'aurai peut-être d'autres messages à vous faire porter.

Elle rassembla ses jupes et sortit en trombe.

Les chevaux étaient prêts, auprès de Marcus, qui resserra les sous-ventrières et l'aida à monter en selle.

— On m'a informé que votre frère n'était pas chez vous, mais toujours à la ferme où il s'est rendu la nuit dernière.

— En effet.

— Quelle est la direction ?

— Le nord-ouest. Nous reprendrons la route principale et tournerons à la prochaine intersection. Ce n'est pas loin à vol d'oiseau, mais on ne peut pas traverser la rivière ailleurs que sur le pont de la route. Il nous faudra une bonne demi-heure pour arriver.

Ils partirent au petit trot, alors qu'elle aurait eu envie de galoper comme le vent. Mais cela aurait épuisé les chevaux, et de fait rallongé leur trajet.

Pepper sembla sentir son impatience et Cynthia garda un contrôle ferme sur ses rênes.

Elle eut l'impression que cela prit une éternité, mais ils atteignirent le pont sans encombre. Cynthia fit appel à tout son contrôle sur elle-même alors qu'ils se mettaient au pas pour ménager leurs montures.

Ce qui ne fit qu'augmenter son inquiétude. Et si Thomas était mort ?

— Je n'arrive pas à croire que mon frère a été assez stupide pour laisser une vache lui donner un coup de sabot !

— Eh bien, moi non plus, dit Marcus en lui lançant un regard intrigué. Il va se remettre.

Son ton grave la calma. Elle respira l'air frais de l'automne à pleins poumons et pria pour que Marcus ait raison. Dès que leurs chevaux furent suffisamment reposés, ils les lancèrent au galop et ils arrivèrent bien vite dans la cour de la ferme de Mallock, où était garée une petite voiture attelée à un poney, le nez plongé dans un sac à avoine.

La ferme était ancienne mais bien entretenue, son toit de chaume plutôt récent, et ses dépendances formant un quadrilatère à l'arrière, aussi propres qu'il était possible. Des poules s'égaillèrent dans un frou-frou de plumes et de pépiements tandis que les chevaux se précipitaient vers l'abreuvoir. Un tout jeune garçon de ferme sortit de la grange pour voir d'où provenait ce vacarme.

— Allez-y, dit Marcus, je m'occupe des chevaux.

Elle eut une terrible envie de le prier de l'accompagner, mais serra les dents. Elle pouvait le faire seule.

La demi-porte du bas s'ouvrit quand elle s'approcha. Une femme au visage rougeaud, vêtue d'un tablier et les cheveux coiffés d'une charlotte, lui fit une révérence et la pria d'entrer.

— Mrs Mallock ? demanda Cynthia.

La femme s'illumina aussitôt.

— Oui, milady. Sa Seigneurie est dans le salon.

Thomas était allongé par terre dans la pièce minuscule qui donnait sur la route. Tout comme les abords de la ferme, elle était d'une propreté impeccable.

— Baskin ? s'enquit Cynthia en découvrant l'homme au chevet de son frère.

Le jeune vétérinaire leva les yeux avec un air de soulagement.

— Lady Cynthia ?

— On m'a dit qu'un chirurgien était sur place, dit-elle avec une expression horrifiée.

Thomas répondit d'une voix étouffée.

— Baskin est aussi compétent qu'un autre, répliqua-t-il.

— Pour les chevaux, certes. Quel est le diagnostic ? ajouta-t-elle.

— Il y a une fracture. Si elle est simple, je peux m'en occuper. Et si elle guérit bien, avec un repos total, vous pourrez remarcher dans six mois, dit le vétérinaire à Thomas.

— *Six mois ?* Impossible ! Je ne peux pas rester invalide pendant six mois. De plus, qu'en savez-vous ? Vous êtes vétérinaire, pas médecin !

— J'en sais assez pour vous affirmer que si vous ne suivez pas ces conseils, vous perdrez votre jambe.

Ce constat sans appel coupa le souffle de Cynthia.

— Bon sang ! s'écria Thomas. Je me moque bien de ce qui peut se passer, mais vous n'allez pas m'ôter ma jambe !

Si Baskin s'imaginait qu'elle pourrait changer l'opinion de son frère quand il était braqué sur une idée, alors il ne connaissait pas ce dernier !

— Eh bien, Thomas, je pense qu'il vaut mieux être mort que de perdre une jambe, dit-elle d'un ton glacial.

Le visage grisâtre et la respiration rauque trahissant sa souffrance, il la foudroya du regard.

— Je ne vais pas mourir.

— Ce n'est pas parce que tu l'affirmes que cela ne va pas t'arriver, répliqua-t-elle.

— Si vous étiez un cheval, milord, je sortirais mon pistolet, dit Baskin en tripotant sa lèvre inférieure.

— Moi aussi, dit Thomas en ricanant faiblement.

— Ne sois pas ridicule ! s'exclama Cynthia.

Elle tourna la tête en entendant quelqu'un arriver. C'était Marcus.

— Essayez de ramener mon frère à la raison, Lord Thorne !

Marcus eut un sourire forcé.

— Laissez-le faire son travail, Norton. Et priez

pour une amputation bien nette. Si tel n'est pas le cas, demandez un second avis.

Thomas le dévisagea d'un œil torve.

— Et de qui ?

— Je connais un chirurgien qui a sauvé plus d'un bras ou une jambe dans les circonstances les plus difficiles pendant la guerre.

Baskin se releva, l'air préoccupé.

— Nous n'avons pas le temps d'attendre qu'un chirurgien arrive de Londres. La blessure…

— Il n'est pas à Londres, coupa Marcus. Il vient d'arriver dans la région, et m'a écrit tout récemment. Il peut être ici ce soir, dirais-je.

— Alors je serais heureux d'avoir un deuxième avis, si les choses se compliquent, dit Baskin. Si vous entendez le même avis de deux médecins, milord, vous serez peut-être convaincu. Entre-temps, j'aurai besoin de deux garçons vigoureux pour maintenir Sa Seigneurie pendant que j'essaye de remettre l'os en place.

Mrs Mallock s'éclipsa aussitôt, sans doute pour aller chercher l'aide requise.

Baskin dévisagea Cynthia avec sympathie.

— Tout se présente bien, milady, tant qu'il évite de s'appuyer sur cette jambe le temps nécessaire.

— Je ferai de mon mieux pour qu'il obéisse.

— Bien.

Deux garçons de ferme bien bâtis entrèrent dans la pièce. Si la situation n'avait pas été aussi critique, elle aurait trouvé cela comique.

— Et que diriez-vous d'une bonne tasse de thé, milady ? proposa Mrs Mallock à Cynthia depuis le seuil.

Marcus lui lança un coup d'œil signifiant qu'il ferait

tout son possible pour que tout aille bien, et elle fit tout son possible pour s'en convaincre.

La pièce étant trop encombrée, et puisqu'elle ne pouvait en rien se rendre utile, elle suivit la fermière à la cuisine.

Mrs Mallock déposa une tasse de thé devant Marcus, assis à la table de la cuisine.

— Vous avez l'air complètement épuisé, milord. Buvez cela, cela vous fera du bien.

Il avala une gorgée du breuvage réconfortant. Épuisé n'était encore qu'un euphémisme. C'était sa troisième nuit de veille à prendre des tours avec Cynthia pour soigner Norton, qui avait contracté une fièvre deux jours après son accident.

Ils n'avaient pas quitté la ferme depuis leur arrivée.

La porte du salon s'entrouvrit. Cynthia entra à pas de velours et la referma doucement derrière elle. Si lui était épuisé, elle le semblait plus encore. De grands cernes sous ses yeux trahissaient son manque de sommeil. Et pour une fois, ses cheveux étaient en désordre. Une longue boucle descendait le long de son visage, son chignon était de guingois sur le haut de sa nuque.

Elle ne s'était pas épargnée pour veiller son frère, et avait volé quelques instants de sommeil sur la chaise à son chevet.

Ce dévouement était des plus visibles. Marcus commençait à se faire du souci pour sa santé.

Il se leva et lui offrit sa chaise devant la table de bois rustique. Elle lui adressa un regard reconnaissant. Elle entoura de ses mains la tasse que lui servit Mrs Mallock, comme si elle avait besoin de cette chaleur.

— La fièvre est descendue. Il dort, ajouta-t-elle sur un ton où le soulagement était perceptible.

— Alors, allez donc dormir vous aussi, dit Mrs Mallock. Rentrez chez vous.

— Comment pourrais-je le laisser ?

— Vous ne lui serez d'aucune utilité si vous ne prenez pas soin de vous-même, répliqua la femme, compatissante.

Elle avait raison. Marcus avait pensé la même chose, mais ne s'était pas senti le droit de le dire. Cependant il y avait toujours plusieurs manières d'arriver à ses fins.

— Allez-y. Je ferai porter un message à Bellavista si l'on a besoin de vous, insista Mrs Mallock. J'enverrai un de mes garçons sur l'un de ces coursiers de l'enfer de Sa Seigneurie, je vous le promets.

Cynthia avait demandé que ses effets soient transférés à Bellavista, car il était devenu évident que l'on ne pouvait déplacer Norton, et Marcus avait fait de même, parce qu'il était le seul assez fort et précautionneux pour pouvoir déplacer Norton lorsqu'il le fallait. Les enfants Mallock étaient certes serviables mais plutôt brutaux, et en dépit de leurs efforts l'avaient plutôt rudoyé. Et par malheur, le valet de Norton, malgré toute sa bonne volonté, était trop âgé et chétif pour être efficace.

— Mrs Mallock a raison, dit Marcus. Vous vous retrouverez vite alitée comme votre frère si vous ne vous reposez pas.

Mrs Mallock acquiesça d'un vigoureux hochement de tête.

— Mais lorsqu'il se réveillera il aura besoin de faire sa toilette et…

Marcus ne la laissa pas terminer et décida qu'il était

temps de lui dire ce qu'il avait organisé avec Mrs Mallock et Baskin la veille.

— Baskin nous a chaudement recommandé une femme qui va pouvoir s'occuper de votre frère pendant que vous vous reposez. C'est une infirmière expérimentée, qui sait soigner ce genre de blessures.

Cynthia sembla dubitative.

Marcus la dévisagea en fronçant les sourcils.

— Vous avez remis la santé de votre frère entre les mains de Baskin jusqu'ici, et n'avez pas sollicité un second avis. Pourquoi ne pas continuer à lui faire confiance ?

— Mais s'il arrivait quoi que ce soit…

Son air extrêmement angoissé lui donna envie de la serrer dans ses bras et de la protéger de tous les soucis du monde. Seulement il ne le pouvait pas. Pas ici.

— Comme vient de le dire Mrs Mallock, elle enverra chercher Baskin s'il le faut et vous informera s'il y a le moindre changement dans l'état de votre frère. Nous avons beau croire que nous sommes indispensables ici, d'autres sont tout aussi efficaces. Si vous vous épuisez au point de ne plus pouvoir aligner une idée après l'autre, en quoi cela aidera-t-il votre frère ?

Elle termina son thé, puis posa son menton dans sa paume.

— Difficile de résister à l'idée de dormir dans un lit, avoua-t-elle.

Dieu soit loué ! Elle avait cédé.

— Alors laissez-moi vous présenter l'infirmière Jolly.

Il fit un signe de tête à Mrs Mallock, qui avec un sourire de conspiratrice alla chercher l'infirmière, installée dans une petite chambre dans la soupente.

— Est-elle déjà là ? demanda Cynthia en se redressant,

dans un effort pour se montrer vaillante. Avez-vous engagé quelqu'un sans me consulter ?

— Je ne l'ai pas engagée. Baskin lui a demandé de venir, afin que vous puissiez lui faire passer un entretien.

Une jeune femme bien bâtie entra dans la cuisine. Elle avait les joues roses, un giron imposant couvert d'un tablier blanc immaculé, et l'air martial.

Lorsqu'elle vit Cynthia, son expression s'adoucit aussitôt. Elle esquissa une révérence maladroite.

— Milady.

Cynthia sembla désespérée.

— Mais elle est trop jeune !

L'infirmière Jolly croisa les bras sur son ample poitrine.

— Je suis certainement plus âgée que vous, je le parierais sans hésiter, milady ! J'ai six frères, de vrais démons qui cassaient tout, dont je me suis occupée avec ma mère, comme Mr Baskin le sait bien. C'est lui qui a suggéré que je devienne infirmière quand mon père est devenu trop souffrant pour travailler, et que je n'avais pas de perspectives de me marier.

— Je vois, dit Cynthia d'un ton las, de toute évidence impressionnée par la forte personnalité de la jeune femme.

— Ne vous inquiétez pas, milady, dit celle-ci d'une voix douce. Je prendrai soin de Sa Seigneurie comme s'il était de ma propre famille.

— Baskin m'a précisé qu'elle est chaudement recommandée par un chirurgien de ses connaissances, ajouta Marcus.

Cynthia le dévisagea, de toute évidence très partagée.

— Je pense qu'elle fera fort bien l'affaire, insista-t-il.

Cynthia se leva et vacilla, promptement prise en main par l'infirmière Jolly.

— Allons, allons, mon petit. Votre frère sera entre de bonnes mains avec moi. Ne vous inquiétez pas.

Cynthia se recroquevilla et ne réussit plus à dissimuler son épuisement.

— Je vais aller dormir, je reviendrai plus tard, dit-elle.

— Si vous avez deux sous de bon sens, milady, vous allez prendre une journée pour vous remettre. S'il y a le moindre changement dans l'état de votre frère, vous serez la première à en être informée.

Elle se tourna vers Mrs Mallock.

— Bien, j'ai apporté des herbes médicinales pour une tisane fortifiante, et il me faudrait de l'eau chaude. Et cet homme aura besoin d'un bon bain chaud quand il va se réveiller.

L'infirmière Jolly venait de prendre les choses en main, en un clin d'œil.

— Je pense que vous devriez rentrer chez vous, suggéra Marcus à Cynthia.

L'infirmière Jolly lui confia une fiole.

— Si elle a du mal à s'endormir, mettez une goutte de ceci dans son thé. Ordre de Mr Baskin.

Cynthia acquiesça.

— Oui. Retournons à Bellavista.

— Notre moyen de transport nous attend.

Il avait pris soin de demander qu'il soit préparé.

— Un moyen de transport ? s'étonna-t-elle.

— Les Mallock nous prêtent leur carriole. Je pense que ni vous ni moi ne sommes en état de monter à cheval ce soir.

— Marcus, dit-elle d'une voix déjà ensommeillée, comme c'est attentionné de votre part. C'est parfait.

Il fut enchanté de ce compliment.

Et également qu'elle lui fasse assez confiance pour somnoler contre son épaule durant le trajet du retour.

En arrivant à Bellavista, Cynthia descendit péniblement de la carriole avec l'aide de Jack, le garçon d'écurie, qui prêta ensuite assistance à Marcus pour dételer les chevaux.

Un valet ouvrit la porte, et elle fut accueillie par une Mrs Frost hors d'elle-même.

— Milady, ça ne va pas ! Les deux vauriens qu'ils ont fait venir de Harrowglen apportent plus d'ennuis que d'aide ! J'aurais préféré qu'ils envoient une bonne ! Ils n'aident ni à allumer les cheminées ni à faire les lits. Ils restent plantés là à me dévisager ainsi qu'Annie, et ils dévorent toutes nos provisions.

À la fin de chaque phrase, elle martelait le sol avec sa canne, comme si elle écrasait les pieds des deux valets récalcitrants.

Cynthia, qui avait envoyé un message à Harrowglen pour informer que Mrs Frost aurait besoin d'aide supplémentaire, puisque Marcus et elle résideraient à Bellavista jusqu'à ce que Thomas soit assez rétabli pour être déplacé, se sentait bien trop épuisée pour écouter ce genre de récriminations.

— Je vais leur demander d'envoyer une bonne demain. Les valets sont ici pour ôter les housses de protection des meubles, nettoyer et s'assurer que vous avez assez de bois pour les cheminées de chaque pièce. Lord Thorne et moi-même dînerons dans la salle de petit déjeuner, ensuite je souhaite me retirer. Nous en reparlerons demain.

— Oui, milady, dit Mrs Frost, qui repartit en boitillant.

Le valet, qui avait écouté en silence la diatribe, s'inclina et lui prit sa cape.

— Ce n'est pas que nous ne voulons pas aider, milady ! Mais elle nous fait tout le temps ôter nos bottines dès que nous rentrons et…

Cynthia leva la main pour l'arrêter.

— Nous reparlerons de cela demain.

— Oui, milady.

— Merci, James. Vous conduirez Lord Thorne à la chambre bleue, qui devrait avoir été préparée, et l'assisterez pour qu'il se prépare au dîner.

Elle se rendit dans la chambre de son grand-père et de Lucy. Elle s'était toujours senti une connexion particulière avec celle-ci.

Et maintenant, après y avoir fait l'amour avec Marcus, la pièce semblait résonner de la chaleur de ses caresses autant que de l'amour partagé par son grand-père et Lucy. Par-dessus tout, elle voulait s'approprier ces lieux.

Thomas lui louerait-il cette maison ? Elle en aurait sans doute le cœur brisé s'il refusait. *Brisé ?* Non. Elle n'avait pas de cœur, même si parfois elle avait l'impression qu'il lui en restait un fragment lorsqu'elle se trouvait en compagnie de Marcus.

Pendant longtemps elle ne s'était pas souciée que sa vie soit dépourvue des choix qu'elle aurait pu faire autrefois. Mais depuis qu'elle avait rencontré Marcus, ils étaient revenus à son esprit, tels des rêves inaccessibles. Devenir une épouse. Devenir mère.

Ce qui lui avait été refusé par Cornelius, et par sa propre inconséquence.

Elle repoussa ces pensées sinistres. Elle avait bien plus important à faire.

La fille de cuisine l'attendait pour l'aider à ôter sa robe.

Elle lui avait monté de l'eau chaude pour sa toilette, et Cynthia se prépara pour descendre dîner.

Marcus était déjà dans la salle du petit déjeuner quand elle arriva. Lui aussi s'était changé et comme toujours était incroyablement séduisant dans un costume sur mesure taillé à la perfection, certes bien trop informel pour un dîner en ville, mais parfait pour la campagne.

Il sourit à son entrée.

— J'ai pris la liberté de vous servir un sherry, dit-il en lui tendant un verre.

Elle en prit une gorgée et soupira d'aise.

— Merci.

Cet homme était bourré de charme, c'était indéniable, mais il y avait plus que cela. Il était honorable, à cent pour cent. Son aide ces derniers jours avait été un cadeau du ciel.

— Je suis affamée, avoua-t-elle. Dois-je sonner ?

— Voir apparaître de la nourriture serait une vision agréable, je ne le nie pas.

Cynthia tira sur le cordon.

Aidée des deux valets qu'elle avait vilipendés, Mrs Frost avait réussi comme à son habitude à préparer un repas correct, même s'il était très simple.

Il était composé d'un ragoût de gibier bien épais, d'une volaille rôtie et d'un assortiment de légumes d'hiver accompagnés de pain croustillant et d'une tarte aux pommes pour le dessert.

— Vous voudrez bien m'excuser pour ce modeste repas, dit Cynthia en s'installant. Les choses vont s'améliorer progressivement.

— Tout est parfait, croyez-moi, lui assura Marcus en prenant place à son tour.

Elle se tourna vers le premier valet.

— Nous n'avons pas besoin de service de table, James. Allez souper.

Le valet s'inclina et fit signe à son compagnon de sortir.

— Je suis tellement fatiguée, dit-elle. Je veux simplement dîner et aller me coucher.

— Votre frère a de la chance d'avoir une sœur telle que vous, dit Marcus de sa voix grave et enveloppante.

Elle le dévisagea, surprise.

— En fait, je pense que Thomas me considère un peu comme un fardeau, objecta-t-elle. Une responsabilité dont il aurait bien voulu se libérer depuis longtemps. Un fardeau qu'il aimerait voir repris par un autre homme.

— Allons donc, quelle idée ! Même si je ne le connais que depuis peu, j'ai bien vu qu'il se repose énormément sur vous. Peut-être même un peu trop.

— À un certain moment, en effet. Mais depuis quelque temps, il nourrit ses propres projets et reconsidère ses priorités. J'en suis ravie, d'ailleurs.

Certes, elle l'était. Et même si sous certains aspects sa vie d'aujourd'hui lui manquerait, elle était impatiente de s'établir seule. De diriger sa propre maisonnée, qu'importait sa taille.

N'était-ce pas ce qu'elle s'était toujours dit ?

Elle avait une tâche à accomplir. Elle serait occupée. Et ni les soirées de la haute société ni les querelles politiques ne lui manqueraient.

Pour le moment, ce qu'il lui fallait réellement, c'était dormir. Elle avait veillé toute la nuit précédente au chevet de Thomas pour faire baisser sa fièvre, lui apporter autant de confort qu'il était possible. De même qu'aujourd'hui, en somnolant de temps à autre quand elle était certaine qu'il était endormi.

— C'était très gentil de la part du vétérinaire de recruter l'infirmière Jolly. Elle m'a fait une très bonne impression.

— Cette femme est impressionnante, en effet, dans tous les sens du terme, ajouterais-je, dit Marcus en riant tout bas.

— Oh ! mon Dieu ! s'esclaffa-t-elle à son tour. Quel gabarit ! Je n'en ai pas cru mes yeux quand je l'ai vue. Mais elle fera des merveilles avec Thomas, j'en suis sûre.

— Et vous pourrez enfin savourer un repos bien mérité.

Marcus reposa ses couverts.

— Mes compliments à la cuisinière. Je n'ai pas fait ce genre de repas réconfortant depuis le temps où ma mère était encore en vie. C'était une fille de fermier, voyez-vous. Elle nous préparait les meilleurs dîners qui soient.

Elle releva brusquement la tête. S'était-elle assoupie ?

— Voudriez-vous un morceau de tarte ? s'enquit-elle.

— Certainement. Laissez-moi vous en servir une part.

Chapitre 11

Marcus se rendit compte qu'il parlait tout seul. Le menton de Cynthia reposait contre sa poitrine, et elle n'était pas loin de tomber de sa chaise.

Elle semblait si jeune et vulnérable dans son sommeil !

Qu'allait-il faire d'elle ? Il ne pouvait pas la laisser ainsi. Il se leva et la prit doucement dans ses bras. Elle ouvrit les yeux, mais ses paupières étaient lourdes.

— Chut, murmura-t-il. Il faut aller vous coucher.

— Je sais, dit-elle en refermant les yeux.

Il n'y avait rien à faire pour la réveiller. Il pouvait soit appeler un valet, soit se charger lui-même de la mettre au lit. Il la monta jusqu'à sa chambre. Nul signe d'une quelconque domestique dans la pièce. Personne dans la petite chambre de bonne attenante. Elle avait dû demander à une fille de cuisine de l'aider à s'habiller.

Il l'assit sur le lit, et elle réussit à lever la tête vers lui.

— Que faites-vous ?

Sa voix était douce, rauque et hésitante, comme si elle était toujours prise dans les volutes du sommeil.

Lorsqu'il la lâcha, elle tomba sur le côté et sa tête plongea sur son oreiller.

Il songea à déployer une couverture sur elle et à la laisser dormir, mais passer la nuit tout habillée lui serait inconfortable. Il fouilla dans les tiroirs et trouva une chemise de nuit. Ce n'était pas du tout le genre auquel il s'attendait. Au lieu d'un vêtement élégant regorgeant de frous-frous, c'était le style de chemise de nuit sans apprêt que portaient les jeunes filles innocentes. Une robe blanche en coton, avec des fronces au col montant et aux poignets.

Virginale.

Il se pencha sur elle et perçut une bouffée de son parfum. Du muguet. Une fragrance campagnarde toute simple qui lui rappelait toujours immanquablement sa jeunesse.

Il en cueillait pour sa mère quand il était tout petit.

Quels contrastes étranges offrait cette femme ! Froide, douce, forte, au cœur tendre, volontaire et égocentrique.

Où était la vérité ? Où était le mensonge ?

Il défit doucement sa robe, la laissant en corset et en chemise. Il faudrait aussi ôter le corset. Il inspira profondément et essaya de ne pas regarder ses jolis seins ou les courbes de son corps sous la fine étoffe de sa chemise. Il était difficile de ne pas avoir envie de lui enserrer la taille, de poser la main sur sa toison que le tissu ne dissimulait pas.

Au lieu de cela, il lui ôta ses pantoufles, ses jarretières et roula avec précaution ses bas de soie pour les lui enlever. Il lui caressa les mollets et les chevilles au passage. Quels membres déliés et si frêles !

Comment avait-elle réussi à tenir aussi longtemps sans dormir ? Par la détermination. Celle-ci se lisait sans cesse dans son expression, l'angle de ses mâchoires et son menton pointé en permanence.

Il fit passer la chemise de nuit par sa tête.

Et il n'eut pas grand effort à faire pour glisser Cynthia entre ses draps.

Mais il lui fallut toute la force de sa volonté pour ne pas s'allonger à côté d'elle et la prendre dans ses bras jusqu'à ce qu'elle se réveille.

Tirer avantage de sa vulnérabilité aurait été déroger à l'honneur, parce qu'il était certain que s'il restait avec elle, le réconfort qu'il lui offrirait les conduirait à coucher ensemble. Ils étaient trop attirés l'un par l'autre.

En dépit des apparences, Cynthia était une femme extraordinairement passionnée. Il mourait d'envie de refaire l'amour avec elle.

Incapable de résister, il se pencha et lui embrassa la commissure des lèvres, puis l'endroit où ses cils dessinaient une ombre sur ses pommettes, et l'arc parfait de ses sourcils.

Elle bougea et se mit sur le dos.

Il serra les dents devant tant de tentation, remonta les couvertures sur elle et, après avoir mouché les bougies, partit sur la pointe des pieds dans sa chambre pour retrouver ses draps glacés.

Détendue, Cynthia s'étira.

Puis s'assit tel un ressort et regarda autour d'elle. Elle ne se rappelait pas s'être préparée pour la nuit. Elle palpa son crâne, découvrit son chignon à moitié défait, alors que d'habitude elle était coiffée, avec une tresse.

Elle ôta le reste des épingles et se peigna avec les doigts.

Un vague souvenir d'avoir été portée dans des bras musclés, les battements réguliers d'un cœur contre son oreille… Il l'avait emmenée à l'étage et… Oh ! Dieu du ciel, était-ce lui qui lui avait mis sa chemise de nuit ?

Quelle heure était-il ? Elle plissa les yeux pour mieux voir l'horloge sur le manteau de la cheminée, mais elle ne distingua que la lueur du feu. Il n'y avait aucune lumière par la fenêtre, donc il devait être tard. À quelle heure s'était-elle endormie ? Très tôt. Sans doute avant 21 heures.

Et elle était tout à fait réveillée. Sans être complètement sous les couvertures.

De la tarte. La dernière chose dont elle se souvenait nettement était d'avoir proposé une part de tarte à Marcus. Elle avait dû s'endormir à table. Il l'avait mise au lit, et il était parti.

Pourquoi n'était-il pas resté ? Il aurait pu. Il avait certainement pensé qu'elle ne l'accueillerait pas. Ou il avait voulu se montrer aimable parce qu'elle était tellement épuisée ! Ou encore il se souciait de sa réputation.

Eh bien, cela semblait un peu exagéré.

Peut-être n'avait-il pas apprécié leur union autant qu'elle, et n'avait pas eu le goût de rester.

Elle passa ses bras autour de ses jambes repliées et posa son menton sur ses genoux, pour réfléchir.

Devait-elle se sentir insultée qu'il ne soit pas resté ? Ou… quoi d'autre ?

Elle se rallongea. Se tourna d'un côté. Puis de l'autre. Et s'assit.

Elle se leva et attrapa l'horloge près du feu. Trois heures du matin. Marcus devait dormir.

Elle remonta dans son lit et réfléchit encore. C'était sans espoir. Elle ne retrouverait jamais le sommeil.

Il fallait qu'elle lui pose la question.

Elle se crispa. Elle se souvint lorsque, jeune fille,

elle avait couru vers le cottage de Cornelius derrière les écuries en plein milieu de la nuit. Il l'avait taquinée et s'était moqué d'elle, jusqu'à ce qu'elle ne puisse résister au défi de lui prouver qu'elle n'était pas une écolière mais une vraie femme qui savait ce qu'elle voulait.

Il n'avait jamais désiré qu'une chose. *Son argent.* Il ne l'avait jamais aimée ; sans cela, il aurait attendu qu'elle soit plus âgée et libre de choisir un mari.

Mais ce qu'elle ressentait maintenant ne ressemblait en rien à ces désirs puérils. Elle était une femme. Libre de décider si elle voulait prendre un amant… à condition de rester discrète. Elle l'espérait, du moins.

Thomas ne s'en mêlerait pas tant qu'elle ne lui causait pas d'embarras.

Mrs Frost resterait muette comme une tombe, même si celle-ci remarquait quoi que ce soit. Les deux valets étaient logés dans la maison des domestiques, un petit cottage séparé de la demeure par un jardin clos de murs. Elle ne risquait donc pas de les croiser.

Elle se leva, alluma une bougie et enfila sa robe de chambre. Pour aller de ses appartements à ceux des invités, il lui fallait traverser le palier de l'aile sud. Le tapis étouffait ses pas et la lueur de la bougie vacillait sur les murs.

L'atmosphère était silencieuse, emplie d'une odeur de cire d'abeille et de citron. Mrs Frost avait fait un grand ménage et ciré les meubles pendant son absence. L'odeur de renfermé qu'elle avait remarquée lors de sa première visite avec Marcus avait complètement disparu.

Les pièces réservées aux invités occupaient toute l'aile sud. Son grand-père et sa maîtresse recevaient peu, par respect pour sa grand-mère. Cependant ils appréciaient les visites occasionnelles de leurs amis intimes, selon

Mrs Frost. Mais elle disait qu'ils n'étaient jamais plus heureux que lorsqu'ils étaient seuls. Quoique, à l'époque, étant encore fille de cuisine, elle n'ait pas dû en savoir tant que cela.

Cynthia hésita devant la porte. Allait-elle frapper, ou simplement entrer et voir ce qui se passerait ensuite ? Si la porte n'était pas fermée à clé, elle entrerait. Dans le cas contraire, alors… Elle tourna la poignée.

Elle pénétra dans le salon et le traversa jusqu'à la porte de la chambre, qui était grande ouverte.

Le rythme régulier de la respiration profonde d'un homme endormi la fit sourire. Lui aussi devait avoir été épuisé par ces derniers jours à la ferme des Mallock. Il avait été tellement serviable ! Et si patient avec Thomas, qui par moments se comportait plus comme un enfant de dix ans que comme un adulte.

Elle regarda Marcus dormir. Il avait rejeté ses couvertures, révélant ainsi qu'il dormait nu. La toison sombre sur sa poitrine la fit frissonner.

C'était vraiment un très bel homme.

Elle regretta soudain d'être aussi squelettique, comme certains hommes l'avaient parfois qualifiée. Peut-être Marcus préférait-il les femmes plus en chair.

Oh ! Dieu du ciel ! Sa respiration avait changé tandis qu'elle restait là à hésiter.

Il se tourna sur le côté et la dévisagea.

— Allez-vous vous décider à me rejoindre, ou pas ? demanda-t-il d'une voix ensommeillée avec des intonations taquines. Venez, ma douce.

Il lui fit un geste d'invite. Elle déposa sa bougie sur la table de chevet et se précipita à côté de lui en se serrant très fort contre son corps délicieusement chaud.

— Vous êtes gelée, dit-il en remontant les couvertures sur eux.

— Je ne voulais pas vous déranger.

— Je souffrirais ce genre de dérangement n'importe quand.

Elle éclata de rire, lui enlaça le cou et l'embrassa.

Il roula sur le dos et la jucha à demi sur son torse en la serrant très fort dans ses bras.

Leurs bouches se fondirent dans un baiser enivrant. Il la caressa doucement, partout. Elle se sentit chérie, aimée même. Et au moins pour cette nuit, elle tâcherait d'y croire.

Il la fit basculer sous lui et s'étendit sur elle. Tout en faisant attention de ne pas l'écraser de son poids, il lui procura la sensation plaisante d'être dominée tandis qu'elle s'enfonçait dans le creux du matelas.

Un homme qui ne craignait pas de prendre les choses en main, tout en étant respectueux. Comment n'avait-elle pas su auparavant que c'était possible ?

Cette pensée la quitta tandis qu'il la dévisageait avec un sourire juvénile.

— Ma beauté ! J'ai dû rêver de vous.

Il se déplaça légèrement, et son membre dur se pressa contre son ventre.

Elle esquissa un mouvement, mais il lui saisit la main et lui embrassa les extrémités des doigts.

— Laissez-moi vous aimer, chérie.

Ces paroles la firent vibrer d'une chaleur liquide dans toutes ses veines. Elle se sentit engourdie, et soudain très lourde. Elle se contenta de hocher la tête.

Il prit sa tête entre ses mains et l'embrassa avec tant de douceur qu'elle faillit éclater en sanglots, jusqu'à ce qu'il s'appuie sur un coude et se mette à lui caresser les seins, de ses mains et de ses lèvres, avec une pure magie.

Bientôt les regrets ou pleurs s'envolèrent, il ne resta que de délicieuses sensations, de l'excitation et de la chaleur. Son corps devint l'instrument de plaisirs presque insupportables. Elle se sentit telle une corde prête à se casser tant la tension était intense.

Elle explora aussi un peu de son côté, le long de son dos large, du creux de sa taille, ses fesses fermes. Elle enroula ses jambes et le serra contre elle. Puis le fit pénétrer en elle d'un coup, rudement, alors qu'il s'y serait pris avec douceur. Elle gémit son approbation.

Le souffle rauque de Marcus décupla son plaisir.

Il leva la tête.

— Vous me faites perdre le contrôle. Je ne peux pas me retenir, dit-il dans un gémissement.

Mais c'était ce qu'elle voulait. Qu'il ne se contrôle plus. Elle s'arqua contre lui pour mieux l'accueillir.

Il la pénétra alors profondément, sans ménagement, tandis qu'elle répondait à chacun de ses va-et-vient. Il accéléra son mouvement, en caressant ensuite son clitoris, qui lui procurait tant de plaisir. Elle se laissa aller, perdue dans une vague de sensations divines.

Il se retira un moment plus tard et répandit sa semence sur les draps. Puis il s'étendit à côté d'elle et l'attira contre lui.

Rassasiés, ils restèrent ainsi, les battements du cœur de Marcus résonnant contre les côtes de Cynthia.

C'était si bon d'être dans ses bras, protégée, chérie, dans leur petit monde. Elle s'imagina que cela avait dû en être de même pour Lucy.

C'était pour cela qu'elle avait toujours aimé cette maison. Elle avait admiré et respecté son père, et aimé sa mère, selon ce qu'elle se souvenait de celle-ci, mais leur foyer avait été empli de devoirs, pas d'amour.

Elle ignora le passé et se laissa dériver dans la félicité de l'instant présent.

Cela faisait un moment que Marcus ne s'était pas réveillé avec une femme blottie contre lui, le souffle de celle-ci rafraîchissant sa poitrine à chaque expiration. Le parfum du muguet lui emplissait les narines et lui donnait envie d'enfoncer son visage dans les mèches soyeuses de la chevelure de Cynthia lui encadrant les épaules.

Mais il ne voulait pas la déranger, elle dormait si paisiblement ! Et avec tant de confiance, entre ses bras.

Après ces délicieux ébats, il la désirait de nouveau. Et encore et encore.

Mais au-delà d'avoir découvert une partenaire aussi divine, il se sentait quelque peu coupable. D'avoir profité de la proposition de Cynthia.

C'était une lady. Célibataire, qui plus est. Épuisée après les événements de ces derniers jours. Un gentleman ne profitait pas de la faiblesse d'une femme. Aucun homme d'honneur ne le ferait.

Certes, il avait mis sous l'éteignoir ce qu'elle avait fait à Bess, mais il n'avait nul désir de se retrouver embringué dans le moindre scandale, même si leur liaison avait été de l'initiative de Cynthia.

Quoiqu'il n'ait pas beaucoup résisté. C'était une attirance mutuelle, sans aucun doute. Une compatibilité rare, spéciale. Du moins de son point de vue.

Elle soupira et se blottit contre lui.

Il sentit son cœur se serrer aussitôt. C'était douloureux

et agréable à la fois. Serait-ce temporaire ? Il lui fallait prendre une épouse. Et ne ferait-elle pas l'affaire aussi bien qu'une autre ?

C'était bien là la question, n'est-ce pas ? Elle ne serait en rien comme les autres. Elle était la préférée de la haute société. Le diamant de la première eau. Une femme avec une pléthore de prétendants. Qui, d'après son attitude glaciale et inaccessible, vivait dans un monde fermé.

Et avait réussi à s'en extraire.

Tout comme Olga.

Il ne pouvait oublier les mensonges, ni les personnes qui les avaient appuyés. Après cette expérience avec Olga, qui avait habilement dissimulé son identité, on ne l'y prendrait plus. Comment se fier à quelqu'un incapable de lui faire assez confiance pour lui révéler la vérité ?

Non, il avait certes extrêmement apprécié son intimité avec Cynthia, mais ce n'était pas le genre de femme qu'il pouvait envisager d'épouser. Hum… vraiment ?

Elle était dotée des nombreuses qualités qu'un homme apprécierait chez une épouse. Charmante, évidemment. Intelligente, fort compétente pour diriger une maisonnée, sans mentionner son expérience en ce qui concernait la gestion d'un haras, ce qui serait pour lui un avantage précieux. Sa loyauté et son affection envers son frère prouvaient bien plus de compassion chez elle qu'il n'avait imaginée, tout comme son engagement envers la cause des petits ramoneurs.

Était-il possible qu'il ne réagisse pas exagérément en ce qui concernait l'attitude de Cynthia à l'égard d'Elizabeth ? Et si elle détenait quelques secrets ? Tout le monde en avait ! Il ne pensait même pas à Olga.

Sans le moindre doute, avec assez de temps et de réflexion, il ferait changer d'avis Cynthia sur le fait de ne pas vouloir se marier, la convaincrait de l'épouser, ce qui résoudrait aussitôt le problème de Bess par la même occasion.

Il lui faudrait donc faire une cour assidue à Cynthia.

Elle émit un petit bruit et il se rendit compte qu'il l'avait serrée plus fort. Il la lâcha aussitôt, car il n'avait pas voulu la réveiller.

Néanmoins elle releva la tête.

— J'ai dû m'endormir, murmura-t-elle.

— Reposez-vous, répondit-il. La journée a été longue, et celle de demain le sera aussi.

Elle le caressa paresseusement du bout des doigts sur la poitrine.

Oh ! oui, il la désirait de nouveau !

— Je devrais y aller. Avec la chance que j'ai, Mrs Frost va envoyer quelqu'un s'occuper du feu aux aurores dans ma chambre et découvrir que je n'y suis pas.

Elle s'arracha de son étreinte et descendit du lit. À la lueur des flammes, ses courbes ravissantes dessinées par les ombres la faisaient paraître telle une nymphe éthérée.

Elle revêtit sa chemise de nuit, puis sa robe de chambre.

Il attrapa la sienne au bout du lit.

— Je vous raccompagne à votre chambre, dit-il.

— Non merci, je ne voudrais pas que l'on nous voie.

Elle semblait fort expérimentée en la matière. Combien d'amants avait-elle donc pris ? Il fut piqué par une petite flèche, de quoi… de jalousie ? Non, si ?

— Comme vous voulez. Mais soyez prudente.

Elle éclata de rire.

— Je vais m'y employer de mon mieux ! Ne vous inquiétez pas, je peux tout à fait marcher toute seule.

— Alors, bonne nuit. Faites de beaux rêves.

Elle lui souffla un baiser et referma doucement sa porte.

Bien, il allait devoir lui faire changer d'avis concernant le mariage. Une manœuvre délicate. Et qui l'amuserait grandement.

Enfin, s'il arrivait à ses fins.

Le lendemain fut l'une de ces journées d'automne qui s'annonçaient parfaites, avec les arbres rayonnant de nuances dorées et bronze sur un fond de ciel d'azur pâle.

Marcus sourit à Cynthia lorsqu'elle arriva dans la salle de petit déjeuner. Ses cernes s'étaient estompés, mais elle semblait encore très fatiguée.

— Je ne m'attendais pas à vous voir si tôt, dit-il.

— Je me suis réveillée en sursaut en pensant à Thomas. Je devrais aller le voir aussitôt après le petit déjeuner.

Qu'elle soit si loyale envers son frère était une qualité qu'il appréciait beaucoup. Elle était tellement attentionnée ! Il lui montra un message déposé à côté de son assiette.

— Mrs Frost m'a dit que cela provenait de la ferme des Mallock.

— Pourquoi n'êtes-vous pas venu me réveiller aussitôt ? s'exclama-t-elle en s'en saisissant vivement.

Elle le parcourut d'un coup d'œil et s'adossa à sa chaise.

— C'est de Mr Baskin. Tout va bien. Thomas a passé une bonne nuit. Mr Baskin s'est occupé de son pansement avec l'infirmière Jolly, donc nous n'avons pas besoin d'y aller. Il suggère que je me repose aujourd'hui et ne vienne que demain. Il promet de me faire savoir s'il y a le moindre changement.

— Pouvez-vous supporter de laisser votre frère aussi longtemps ?

— Oh ! mon Dieu, j'en ai trop fait, c'est cela ? s'écria-t-elle, gênée.

— Je pense que vous avez été merveilleuse. Votre frère a de la chance d'avoir une sœur si attentionnée.

Et il le pensait sincèrement.

— Maintenant, mangez, reprit-il. Reprenez des forces et soyez prête pour demain à affronter le monde de nouveau.

— Merci. Ce que vous dites a beaucoup d'importance pour moi. Thomas a toujours été un frère très attentif. Et pour rien au monde je ne voudrais qu'il se sente négligé.

— Il ne voudrait pas non plus vous voir complètement épuisée après vous être occupée de lui.

— Vous avez raison, bien sûr.

— Puis-je suggérer une promenade après le petit déjeuner ? Vous pourrez me faire découvrir les lieux. J'ai longuement contemplé la rivière depuis ma fenêtre, et je me demandais si la pêche y était bonne.

— Elle est excellente. Si vous le voulez, nous pourrons emporter des cannes à pêche et voir si nous pouvons attraper une truite ou deux. Je suis certaine que Thomas serait enchanté d'en manger aussi.

— Vous pêchez ? s'exclama-t-il, surpris.

— Mais oui.

Il était probable qu'il passerait la matinée à lui accrocher ses appâts sur l'hameçon et l'entendrait pousser de petits cris aigus si quelque chose mordait à sa ligne. Cependant cela empêcherait Cynthia de penser sans cesse à son frère, donc il était partant.

— Très bien. Après le petit déjeuner nous irons donc à la pêche.

— Je pense que vous pourrez emprunter le matériel qui vous conviendra. Le mien sera bien trop petit, mais celui de mon grand-père sera parfait, même s'il est un peu ancien.

Elle avait donc ses propres cannes à pêche ?

— Les voilà ! s'exclama Cynthia d'un ton triomphant en extirpant ses bottes d'un boisseau de râteaux et de pelles dans la remise du jardinier située derrière les fils pour étendre le linge.

Elle les lança dans la cour, puis fit de même avec celles de Thomas, énormes, et celles de son grand-père.

— Voyons si une paire de ces deux-là vous irait, *Lord Thorne*.

Mrs Frost, dans les parages de la remise, s'approcha et les considéra d'un air suspicieux.

— Elles sont très poussiéreuses, milady.

— Et bientôt elles seront très boueuses, répliqua-t-elle.

Elle sortit un assortiment de cannes, un filet et autre matériel nécessaire.

Marcus examina les bottes.

— Celles de Thomas sont trop grandes, mais celles de votre grand-père pourraient me convenir.

Il s'assit sur un banc et les essaya.

— C'est parfait, dit-il.

— Excellent ! Thomas et moi allions pêcher quand nous étions enfants, expliqua-t-elle. Notre père n'approuvait pas, mais ce coin de pêche a toujours été bien meilleur que Harrowglen, et c'est une agréable promenade.

Elle sourit à la vieille intendante.

— Et Mrs Frost était toujours prête à nous fournir un sandwich et un pichet de limonade pour en faire une journée parfaite.

L'intendante se rengorgea sous le compliment.

— Prenez Leonard pour vous aider à porter le matériel, suggéra celle-ci. J'ai mis de quoi vous restaurer dans ce sac, ajouta-t-elle en lui tendant une besace.

Elle était remplie de sandwichs enveloppés dans des serviettes, accompagnés de deux bouteilles de bière.

Leonard, le valet qui était venu sans conviction aider à chercher les bottes et après un coup d'œil avait déclaré qu'il n'y avait là qu'outils de jardinage, releva la tête.

Cynthia regarda Marcus, et ils firent tous deux des signes de dénégation en même temps.

— Je suis certaine que vous avez des choses plus importantes à faire ici, qui requièrent de l'assistance, dit-elle à Mrs Frost. Et lorsque Lord Norton sera rentré à Harrowglen, vous ne pourrez plus utiliser le service des deux valets que l'on vous a envoyés. Profitez donc de James et Lenny tant qu'ils sont ici. Les fenêtres ont grand besoin d'être nettoyées.

— Je m'assurerai qu'il n'arrive rien de fâcheux à Lady Cynthia, renchérit Marcus.

Mrs Frost fut tout sourire.

— Allons, Leonard, je vais vous montrer où sont les chiffons et les seaux.

Les épaules du jeune garçon s'affaissèrent. Il suivit Mrs Frost, image même de la déception.

— Oh ! mon Dieu ! s'exclama Cynthia. J'espère qu'il ne m'en voudra pas.

Marcus étouffa un rire, très amusé.

— Je suis certain qu'il ne vous le pardonnera jamais. Mais moi, je ne vous aurais jamais pardonné si vous aviez accepté sa présence.

— Exactement ! s'écria-t-elle, hilare. Allons-y.

Il prit son panier en bandoulière, et lorsqu'il voulut saisir le sien elle le fit passer comme lui sur son épaule.

— Je peux le porter moi-même, dit-elle, ayant toujours eu l'habitude de se charger de son matériel seule.

Après un instant d'hésitation, il attrapa une canne et lui laissa l'autre. Et il coinça un morceau de toile cirée sous son bras, au cas où ils auraient besoin de s'asseoir.

Ils s'engagèrent sur le chemin sinueux qui menait des dépendances jusqu'à la rivière au creux de la vallée.

Le sentier était envahi d'herbes folles et de branches. L'herbe était humide, et parfois ils pataugeaient dans des flaques de boue. Alors qu'autrefois le chemin était très bien entretenu, les branches encombraient aujourd'hui le passage et par endroits les ronces s'accrochaient à leurs vêtements.

Marcus ouvrait la route et dégageait les branches pour elle. Elle l'en remerciait chaque fois d'un sourire.

Après tout, l'indépendance était une chose, certes, mais le bon sens en était une autre, donc elle appréciait son aide.

Un ponton en bois délabré s'avançait au-dessus du cours de la rivière qui coulait dans un coin de la propriété. Une rivière semblable à celle qui traversait Harrowglen la rejoignait plus loin, pour former un cours d'eau plus large.

— Je pense qu'il vaut mieux nous installer sur la rive, dit Marcus en découvrant les planches branlantes du ponton.

— Je vais demander à notre régisseur d'y faire des réparations dès notre retour. Je pense qu'il a été oublié dans la liste des travaux de rénovation.

Ils choisirent un endroit sur la rive à une petite distance du ponton et s'installèrent. Ce serait agréable de pêcher un poisson pour Thomas, ainsi que pour eux, s'il y en avait assez.

Seuls les bruits du courant et les croassements des corneilles dans leur colonie perchée haut dans les arbres alentour brisaient le silence.

— Avez-vous assez chaud ? demanda Marcus, tout en creusant un trou au pied d'un saule pleureur avec la petite pelle apportée à cet effet.

— Tout à fait, je vous remercie.

Elle ramassa l'un des vers exposés à l'air libre par sa pelle et l'enfila sur son hameçon.

— Et vous ?

Elle éclata de rire devant son air abasourdi.

— Marcus, j'ai l'habitude de pêcher. Je ne couine pas en voyant un ver, et j'ôte moi-même les hameçons de mes prises. Thomas ne m'aurait jamais laissée venir avec lui si j'avais fait la délicate.

— Thomas est donc bien responsable de votre caractère, grommela-t-il, mais il sourit aussitôt, comme s'il n'avait fait que plaisanter.

Elle eut le sentiment qu'il y avait quelque chose derrière ces propos légers mais décida de ne pas approfondir. Elle voulait profiter de ce petit moment de détente avant de se consacrer de nouveau à ses devoirs de garde-malade.

Il mit un appât sur son hameçon, et ils restèrent un moment à observer leurs lignes.

Le vent commençait à sentir l'hiver. Il lui picotait les joues et lui glaçait les mains en dépit de ses gants. Mais elle n'allait pas se plaindre. Elle était trop heureuse de profiter de ce répit.

Marcus se crispa sur sa ligne, et commença à enrouler le fil. Il réussit à attraper une truite de belle taille. Elle lui tendit le filet, qu'ils plongèrent ensuite dans l'eau.

— Encore deux comme cela et nous aurons tout ce qu'il faut pour le dîner, dit-il.

— Cela changera agréablement du bœuf et du poulet, ajouta-t-elle.

On leur avait livré des provisions de Harrowglen, apportées par les deux valets venus prêter main-forte, mais du poisson frais était rare, et serait un délice bienvenu.

Au bout d'une heure, Marcus attrapa un second poisson de taille suffisante pour être mangé. Quant à elle, tout ce qu'elle avait pêché était trop petit et avait été remis à l'eau.

— Je n'ai vraiment pas beaucoup de chance aujourd'hui, dit-elle d'un air dépité. Êtes-vous prêt à grignoter un morceau ?

— Je suis affamé !

Il déposa sa canne et déroula la toile cirée. Il s'y installa de manière à abriter Cynthia du vent en faisant paravent de son corps. Une attitude révélatrice du gentleman, d'autant plus qu'il n'avait rien fait pour qu'elle remarque son geste attentionné. Il lui manquerait vraiment, lorsqu'ils retourneraient à leurs vies respectives !

Elle avait le sentiment qu'elle chérirait cette matinée comme un trésor à préserver parmi ses meilleurs souvenirs.

Ils dégustèrent leurs sandwichs au jambon, arrosés de bière.

— J'espère que vous allez bientôt nous attraper quelque chose, dit Marcus.

— Ça n'a pas d'importance. Vraiment. Tant que nous rentrons avec quelque chose à cuisiner, j'en serai tout à fait satisfaite.

— Vous semblez être une personne très différente à la campagne.

— Différente ?

— J'imagine que c'est notre lot à tous, en fait, répondit-il en riant. C'est tout simplement que je ne vous imaginais pas comme une personne heureuse de patauger dans la boue avec le bas de ses jupes trempé, dans le but d'attraper son dîner.

Elle s'allongea à demi sur ses coudes et leva son visage vers le soleil pour profiter de cette dernière chaleur.

— J'ai grandi à la campagne. Je pense que j'ai ça dans le sang, dit-elle.

— Et la ville ? Les bals, les danses, la mode ?

— N'oubliez pas la politique, ajouta-t-elle avec un sourire. C'est aussi dans mon sang. Et je vois la même chose chez vous. Un homme élégant dans une salle de bal, qui monte bien à cheval aussi et peut déplacer des montagnes, comme mon frère, si besoin est. Nous avons tous plus d'une dimension.

— N'importe qui doté d'un minimum de jugeote en a plusieurs, répliqua-t-il.

Elle se redressa et le dévisagea d'un air indigné.

— Eh bien, voilà un joli compliment à offrir à une femme !

Il sourit franchement.

— Ma mère était la personne la plus intelligente que je connaisse. Mon père faisait exactement tout ce qu'elle lui disait. Il a été plutôt perdu quand elle est morte.

— Quel âge aviez-vous ?

— Douze ans. Ensuite, il s'est renfermé sur lui-même. Après cela, j'ai passé la majeure partie de mon temps chez les Durst à Thorne Manor. Je lui rappelais trop ce qu'il avait perdu.

— Oh ! c'est terrible !

— J'ai eu de la chance. J'aimais vivre avec mon oncle et mon cousin. Ils m'ont accueilli à bras ouverts. Francis était comme un frère.

Elle se sentit vaguement coupable, alors qu'elle n'avait aucune raison de l'être.

— Et Miss Elizabeth est comme une sœur pour vous.

L'expression de Marcus ne changea pas, mais ses yeux s'obscurcirent un instant.

— En effet.

— Fortescue n'est pas l'homme qu'il lui faut, voyez-vous.

— Je pense que ce n'est pas aux autres de décider, ne croyez-vous pas ?

Il pourrait très vite changer d'avis s'il connaissait la vérité… Mais devait-elle la lui révéler ? Elle en avait très envie. Parce qu'elle avait extrêmement besoin qu'il pense du bien d'elle. *Mais que lui passait-il donc par la tête ?* De toute manière, elle n'avait aucun moyen de prouver ce qu'elle savait, et désirait encore moins révéler où elle l'avait appris.

Elle haussa les épaules.

— Certes, mais il semblerait que Lord Fortescue ait déjà effectué son propre choix, rétorqua-t-elle.

L'atmosphère se transforma en un instant de chaleureuse à glaciale. Sa réponse lui avait déplu. Elle réprima un frisson.

— Allons-nous essayer d'avoir encore une prise avant de rentrer ? demanda-t-il en coupant court sur ce sujet.

Il l'aida à se lever et ils retournèrent à leur emplacement.

Elle finit par ajouter un poisson à leur butin, et il fut temps de rentrer.

Lorsque Marcus avait réalisé que l'on avait encore besoin de sa présence chez les Finch, et que cela prolongerait certainement son séjour de quelques jours, il avait écrit à sa tante pour l'en informer, ainsi qu'à Bess, au cas où elles auraient eu elles aussi besoin de lui. Elles devaient s'attendre qu'il revienne plus tard que prévu.

Deux jours après leur partie de pêche à la rivière, Marcus avait laissé Cynthia dormir le matin, et était en train de prendre son petit déjeuner lorsqu'une réponse était arrivée. Sa tante le remerciait de sa courtoisie et lui demandait de la prévenir de sa nouvelle date de retour.

Bess avait ajouté un mot de sa main.

Tu ne vaux pas mieux que les autres. Tu es tombé dans ses filets. N'aie pas l'audace de nous écrire pour nous informer que tu lui as demandé sa main. Je ne te le pardonnerais jamais.

Du drame, typique de Bess ! Quoiqu'elle n'ait pas entièrement tort. Il n'était pas « tombé dans les filets » de la favorite de la haute société, mais il en était venu à grandement admirer la femme qu'il avait appris à connaître ces derniers jours.

En observant son comportement depuis l'accident de Norton, il se demandait jusqu'où irait sa force de caractère. Elle avait été un roc pour son frère, malgré sa langue acérée – ou peut-être grâce à celle-ci. Norton en était diverti, en dépit de ses souffrances.

Et elle faisait également rire Marcus.

Il la regarda entrer dans la pièce et lui sourit chaleureusement.

— Il semblerait que j'aie fait la grasse matinée.

— Nous sommes rentrés tard hier, j'ai demandé que l'on ne vous dérange pas, dit-il.

Ils avaient dégusté le produit de leur pêche et Norton n'était désormais plus l'ombre de lui-même, en dépit de son irritation à ne pouvoir se lever et se déplacer à sa guise. Baskin était enchanté de ses progrès, et les préparatifs pour son retour à Harrowglen avaient commencé.

— On dirait bien qu'il va pleuvoir aujourd'hui, donc j'ai demandé que notre voiture et notre monture soient avancées dans une demi-heure, précisa-t-elle.

Il s'amusa de cette façon comique de qualifier leurs moyens de transport actuels. Leur « voiture » était la malheureuse carriole de ferme des Mallock et la « monture » une vieille jument grise qui cahotait à l'allure qui lui convenait.

— Je crois que je ne réussirai jamais à me débarrasser de l'odeur des navets et du fumier sur mon pardessus, dit-il.

— Et pourquoi le voudriez-vous ? C'est une odeur campagnarde si naturelle !

— Je vais peut-être me rendre chez un parfumeur de Londres pour lui faire copier la fragrance. Nous pourrons la porter pour aller aux bals et aux événements mondains.

— Si je la porte, elle sera à la pointe de la mode, sans le moindre doute, ironisa-t-elle.

Il rit tout bas à son ton moqueur.

— Par malheur, vous pourriez avoir raison, dit-il.

— Dieu du ciel, le croyez-vous ? Devrais-je oser tester votre théorie ?

— Non, je vous en prie.

Elle remplit son assiette au buffet et s'assit à côté de lui. Elle avait cessé de s'asseoir en bout de table dès leur second petit déjeuner pris en commun.

Il lui servit une tasse de thé.

— Avez-vous reçu du courrier de chez vous ? s'enquit-elle.

Il jeta un œil sur les feuilles à côté de lui.

— Oui. Tout le monde va bien. Aucune urgence ne requiert mon intervention. Ma tante envoie tous ses meilleurs souhaits de rétablissement rapide à votre frère.

Elle haussa un sourcil.

— Comme c'est… généreux. Et Miss Elizabeth, se porte-t-elle bien ?

— Autant que l'on puisse s'y attendre.

— Elle se remettra bien vite, dit-elle en sirotant son thé.

— Mais vous ne semblez pas vous être assez remise de votre premier chagrin d'amour pour envisager de vous marier, donc pourquoi imaginez-vous que ce serait différent pour elle ? Si je ne me trompe pas, votre frère aimerait vous voir mariée. Jouez-vous toujours les bonnes âmes pour lui, ou êtes-vous peut-être trop attachée à votre indépendance ?

Était-ce là une pique de jalousie à l'idée qu'elle aurait encore des sentiments pour l'homme qui l'avait déflorée, ou était-il jaloux qu'elle, à sa différence, ignore son devoir à l'égard de sa famille et vive sa vie à sa guise ? Ou l'incitait-il à vraiment revoir sa position ? Ce qui aurait sans doute plus de sens.

Ses épaules, qui se contractèrent légèrement, indiquèrent que quoi qu'elle déclarerait par la suite ne serait pas la vérité. Il avait appris à décrypter chez elle les signes de faux-fuyants avec une précision infaillible.

— Vous savez pourquoi je ne le peux pas, dit-elle.

Ce n'était pas un mensonge, mais il ne lui échappa pas qu'elle avait évité de lui répondre. Il joua avec l'idée d'insister.

Mais à quoi bon ? Si elle ne voulait pas révéler ses vérités les plus intimes, qu'elle garde ses secrets ! Le fait que cela amplifiait leur défiance mutuelle ne signifiait rien.

Ils étaient amants, et ne seraient jamais rien de plus.

Après le petit déjeuner, lorsqu'ils grimpèrent dans la carriole, les nuages se faisaient résolument menaçants. Il fit passer le cheval au trot.

Au croisement du sentier et de la route, ils virent un cabriolet tiré par un poney arriver dans l'autre sens. Le véhicule s'arrêta à leur niveau, bloquant intentionnellement la route. Il était conduit par un homme séduisant d'une quarantaine d'années, aux cheveux châtains tirés en arrière par une queue-de-cheval, arborant une superbe moustache. Il se montra instantanément enchanté.

— Lady Cynthia, quel plaisir de vous rencontrer !

Il y avait une sorte de familiarité déplaisante dans cette apostrophe qui agaça aussitôt Marcus.

— Mr Hart.

Le ton de Cynthia était aussi glacial que le vent qui faisait tournoyer les feuilles sur le sentier.

— Lord Thorne, reprit-elle, toujours aussi glaciale, permettez-moi de vous présenter Cornelius Hart. C'était le maître de manège de Harrowglen.

Le rire de Hart sonna faux, comme s'il n'était pas ravi qu'on le lui rappelle.

— Il y a de cela des années. Enchanté de faire votre connaissance, Thorne, dit-il en inclinant la tête. Les potins du village racontent que vous êtes revenue avec un gentleman qui fait grande impression dans votre sillage, milady, et je vois que c'est bien le cas. Est-il exact que vous vous êtes installée à Bellavista pour être plus proche de votre frère ? Comment va Thomas ? J'ai appris les détails de son terrible accident, et que ça le rend fou de ne pouvoir bouger.

— Thomas va très bien et pourra bientôt rentrer à Harrowglen.

— Je suis certain que vous en serez ravie, dit-il en lui jetant un regard sournois.

Marcus sentit ses cheveux se hérisser sur sa nuque en percevant la tension de Cynthia vis-à-vis de ce qui était clairement une allusion.

Il aurait eu envie d'éconduire cet homme en lui disant son fait, mais puisque Cynthia restait impassible, il opta pour une politesse distante et un petit signe de tête.

— Vous nous excuserez de continuer notre chemin, Hart. Avez-vous besoin d'aide pour dégager la route ?

Le sourire onctueux de celui-ci s'élargit.

— Eh bien, si vos affaires sont si urgentes, vous n'avez donc pas de temps pour un vieil ami…

Marcus serra les poings. Cet homme ne lui disait rien de bon, c'était certain.

Cynthia eut l'air simplement contrariée.

— Bien sûr que c'est urgent, Cornelius. Thomas a besoin de moi à son chevet.

— Bien sûr, bien sûr, répéta Hart en hochant la tête avec une expression attristée. Le pauvre Thomas a toujours été intrépide. Veuillez transmettre à Sa Seigneurie nos meilleurs vœux de rétablissement, et un retour chez lui sans encombre. Je suis impatient de vous revoir. Peut-être à un dîner, puisque celui qui était prévu a été annulé en raison des circonstances.

Hart plissa les yeux, comme s'il tentait d'évaluer la réaction de Cynthia.

— Il faudra très longtemps avant que Thomas soit en état de recevoir, répondit celle-ci avec un sourire pincé.

— C'est triste, vraiment triste, dit Hart en reprenant ses rênes pour diriger son cheval. Ma chère épouse était si impatiente de prendre de vos nouvelles, Lady Cynthia ! Nous ferez-vous l'honneur d'une visite en attendant ?

Une menace sous-jacente semblait résider sous ces paroles.

Cynthia pinça les lèvres.

— Je ferai de mon mieux. Saluez votre *chère épouse* de ma part.

Hart porta sa main à son chapeau lorsqu'ils passèrent, tout en regardant fixement Marcus, et ses lèvres se tordirent en un sourire moqueur.

Marcus eut envie de lui décocher un bon coup de poing en plein visage pour l'effacer.

Il jeta un coup d'œil à Cynthia. Elle restait impassible, mais ses yeux s'étaient voilés d'ombres. Quelque chose chez ce Hart la rendait malheureuse.

— Était-ce un bon instructeur ? demanda Marcus d'un ton léger tandis qu'ils reprenaient leur route.

Elle se plaqua un sourire sur le visage.

— Excellent. C'est lui qui m'a appris à sauter cette barrière qui vous a causé tant d'inquiétude.

— Et maintenant il prend en charge une nouvelle génération d'enfants.

Elle fit un signe de dénégation.

— Non, il a fait un beau mariage. Il gère désormais la propriété de son beau-père. Dont héritera sa femme.

Était-ce de l'amertume qu'il décela dans sa voix ? Cet homme était-il une autre de ses conquêtes ? Pourtant il n'avait pas paru épris le moins du monde lorsqu'il l'avait revue. En fait, c'était même tout le contraire. Il semblait… dominateur. Et il avait été son maître de manège, pas moins.

Lorsque Marcus se tourna pour la dévisager, elle le regardait, l'air accablé. Il ne put se retenir. Il prit ses rênes dans une main, et de l'autre couvrit celle de Cynthia qui reposait sur ses genoux. Même à travers son gant, il la sentit trembler.

— Qu'est-ce qui vous perturbe, ma chérie ?

Il avait dit « ma chérie » spontanément, sans réfléchir.

— C'est la créature la plus méprisable qui soit sur terre, murmura-t-elle, sur un ton d'un dédain incommensurable. Je ne comprends pas comment sa femme peut le supporter. Ou plutôt si, je le sais. J'ai simplement du mal à croire qu'elle soit si inconséquente.

Elle serra les lèvres et libéra sa main.

— Je ne veux vraiment pas parler de lui, ajouta-t-elle.

— Je peux peut-être faire quelque chose pour vous aider.

— Je n'ai pas besoin d'aide avec des personnes du genre de Cornelius Hart.

Encore un faux-fuyant. Il frissonna intérieurement. Si elle ne lui faisait pas assez confiance pour lui révéler la raison de son désarroi, que dire de plus ?

Pour Cynthia, les jours suivants filèrent en un éclair. Marcus et elle passaient leur temps avec Thomas, et lorsque l'infirmière Jolly prenait le relais, ils profitaient de leurs nuits pour savourer leur compagnie et les plaisirs de la chair.

À son grand soulagement, Marcus n'avait pas reparlé de Cornelius. En fait, ils n'avaient pas discuté de choses importantes. Certainement parce qu'ils étaient trop fatigués tous deux pour raisonner clairement.

Mais leurs ébats avaient été merveilleux.

Depuis leur première nuit dans la chambre de Marcus, il l'avait rejointe dans sa chambre. Elle s'était assurée de ne pas recevoir de visite intempestive, ayant expliqué à Mrs Frost qu'elle ne voulait pas que quiconque y pénètre en sa présence, car elle était épuisée après les journées passées auprès de son frère.

Mrs Frost l'avait très bien compris. Ou alors elle avait décidé de fermer les yeux sur Marcus et elle, en pensant sans doute qu'elle favorisait une romance qui conduirait au mariage.

Lorsqu'elle flottait dans la béatitude après leurs unions, Cynthia se laissait aller à rêver. Elle s'imaginait les enfants qu'ils auraient, et les moments de joie qu'ils partageraient.

Puis elle se forçait à redescendre sur terre, et à être réaliste.

C'était *impossible*. Elle ne serait jamais assez stupide pour tomber amoureuse. On en devenait trop vulnérable vis-à-vis du chagrin et de la souffrance.

Mais Marcus lui manquerait, c'était une évidence. Il allait rentrer chez lui le lendemain, car Thomas devait être transporté à Harrowglen. Elle se sentit le cœur lourd.

Marcus se retourna pour lui prendre la main.

— Vous êtes réveillée de si bonne heure ? demanda-t-il d'une voix ensommeillée.

Il sentait toujours quand elle ne dormait plus.

— Je pensais à mon retour à Harrowglen.

— Et vous organisiez mon départ, dit-il d'un ton taquin.

— Oui, cela aussi.

Elle se força à sourire en employant toutes ses forces à cacher ses regrets.

Il s'appuya sur un coude et la scruta. Comme souvent, son regard sombre était inquisiteur.

— Alors c'est la fin ? Pour nous ?

Avait-il aussi des regrets ? L'idée lui réchauffa le cœur, même si cela n'aurait pas dû être le cas. Ils n'avaient aucun avenir ensemble. Il avait besoin d'une épouse. Elle avait besoin de se retirer de la société. Elle en était arrivée à cette conclusion le lendemain de leur partie de pêche. La haute société ne l'intéressait absolument plus.

Elle continuerait son travail pour les enfants en l'étendant jusque dans les campagnes ici. L'influence de Thomas était encore plus grande dans la région qu'à Londres.

— J'espère que nous pourrons rester amis, hasarda-t-elle.

L'idée de le perdre complètement était douloureuse.

— Est-ce là ce que nous sommes ? Des *amis* ? s'exclama-t-il, visiblement désappointé.

— C'est ce que nous deviendrons, assura-t-elle avec fermeté. Si vous le souhaitez.

— Et le mariage ?

Elle se figea. Un profond désir la déchira intérieurement. Il n'était certainement pas sérieux ? Elle éclata de rire.

— Je crois que je vous ai mal compris.

Il fit une petite grimace.

— Pour être franc, je ne me sens pas à l'aise avec notre liaison. Nous avons profité de l'accident de votre frère. Il serait honorable de ma part de vous prendre pour épouse.

Un sentiment d'espoir gonfla la poitrine de Cynthia, et son cœur se mit à battre de façon irrégulière.

— Mais… vous pensez donc qu'il est de votre devoir de me demander en mariage ?

— Ce n'est pas la seule raison. Il me semble que nous sommes suffisamment compatibles, ne croyez-vous pas ? Et il y a d'autres avantages. Vous savez diriger une maisonnée, ce qui serait extrêmement pratique. Vous avez également une expérience en ce qui concerne la gestion d'un haras. Il subsiste le petit problème de la désapprobation probable de ma famille à surmonter. Mais je suis certain que ces dames se rangeront à mon avis et verront les avantages de cette union.

Un arrangement ! Il lui proposait un *arrangement*, crûment et froidement, même s'il savait qu'elle était déshonorée. Après les bouffées d'espoir, elle sentait des relents de bile amère remonter dans son estomac.

C'était le genre de mariage qu'avait contracté son grand-père. Et son père. Et ce que ferait certainement Thomas.

Un mariage de convenance, avec une maîtresse en prime.

Eh bien, c'était tout ce qu'elle pouvait espérer, en fait ? Aucun doute qu'il pense qu'elle devrait lui être reconnaissante d'envisager de demander en mariage une femme déchue. Elle commença à sentir la colère l'envahir.

Non. Elle avait tort d'être en colère. Rien de ce qui

lui était arrivé n'était la faute de Marcus. C'était *elle* qui s'était comportée comme une idiote avec Cornelius. Marcus lui offrait une issue honorable. Même si cela allait contre ses intérêts ou ses désirs.

Elle devait le respecter pour sa générosité. Mais en l'épousant par devoir, il se priverait de la chance d'épouser une femme dont il serait amoureux. Et s'il rencontrait cette femme un peu plus tard ? Que feraient-ils alors ?

Ils se retrouveraient dans la même situation que son grand-père, voilà tout.

Et elle pensa à autre chose.

— Si nous nous mariions, j'imagine que Bess serait ravie de renouer avec Fortescue.

— C'est possible.

— Ce n'est pas l'homme qu'il lui faut.

— Et l'est-il pour vous ?

Aucun homme n'était celui qu'il lui fallait.

— Je n'ai pas encore décidé, répliqua-t-elle.

Il la dévisagea longuement.

— N'êtes-vous pas un peu rabat-joie, Cynthia ? Vous proclamez ne pas vouloir de mari, cependant vous préféreriez faire miroiter votre main à ce Fortescue pour l'empêcher d'épouser qui que ce soit d'autre.

Eh bien, il avait vraiment une haute opinion de la femme dont il venait de demander la main…

Elle sourit avec douceur.

— Je vous remercie pour votre offre des plus flatteuses, mais je crains de devoir décliner.

Il se renfrogna. Il sortit du lit et lui offrit la vision de son corps superbe, athlétiquement découplé, avant d'enfiler sa robe de chambre en frissonnant.

— Alors il n'y a rien à dire de plus. Je ne pense

pas que nous pourrons être amis, ma chère. Mais nous serons des connaissances, dont les chemins se croiseront de temps à autre, ou pas du tout. Je partirai dès que votre frère sera bien rentré.

Pas des amis. Évidemment. Elle se sentit complètement vide. Lessivée. Parce que bien sûr, dans un petit coin de sa tête, elle avait désiré que cette idylle continue. Indéfiniment. Elle combattit les larmes brûlantes qu'elle sentait monter.

Elle hocha brusquement la tête.

— Je ne vous verrai pas au petit déjeuner ce matin. Je le prendrai dans ma chambre.

Au moins cela leur éviterait la situation pénible de tenter une conversation polie en mangeant leurs œufs brouillés.

De plus, il allait lui falloir au moins une heure, ou plus, pour cesser de pleurer et offrir une apparence normale. Posée, calme et réservée.

Il hocha lentement la tête.

— Je vous retrouverai dehors lorsque vous serez prête.

— Au cas où je n'en aurais pas l'occasion avant que vous quittiez Harrowglen, je tiens à vous exprimer ma sincère gratitude pour votre aide avec Thomas ces derniers jours, dit-elle en inclinant la tête. Je suis certaine que pour une large part, son rapide rétablissement s'est fait grâce à vous. Si lui ou moi pouvons vous être d'une aide quelconque à l'avenir, j'espère que vous n'hésiterez pas à faire appel à nous.

— Vous n'avez aucune dette envers moi, Cynthia, donc ne prétendez pas que c'est le cas. Je n'ai rien fait d'autre que mon devoir.

— Alors je vous en remercie. Et vous vous en

tiendrez à notre accord concernant les chevaux, les services de l'étalon et la pouliche ?

Il émit un petit sifflement d'impatience.

— Je ne reviens jamais sur ma parole, dit-il en quittant la chambre.

Chapitre 12

Réprimant son ennui, Marcus attendait que sa tante et sa cousine descendent de l'étage de leur maison de Londres.

Après la période des fêtes de Noël et un réveillon de la nouvelle année passé au calme en famille, la phase de deuil tirant à sa fin, ils avaient décidé de se mêler de nouveau à la haute société londonienne.

Février dans cette ville était d'ailleurs loin d'être plaisant. Le ciel gris augurait sans cesse de nouvelles chutes de neige. L'atmosphère chargée de fumée à cause des feux de cheminée était un changement pénible comparé à l'air frais de la campagne qu'il avait quittée il y avait quelques jours à peine.

Mais pour un homme en quête d'une épouse, comme l'était Marcus, il était impossible d'échapper à l'obligation d'assister au début de la Saison qui commençait après que le prince régent avait ouvert la session du Parlement, juste après les vacances de Noël. Il éprouvait un manque phénoménal d'enthousiasme à la tâche.

S'il n'avait pas eu des affaires à régler en ville, il aurait traîné jusqu'au printemps pour s'y atteler.

Et naturellement, Bess et sa mère avaient insisté pour

l'accompagner, parce que sa cousine était elle aussi en quête d'un époux.

Où chercher ailleurs qu'à Londres ?

Marcus leva les yeux en entendant leurs voix dans l'escalier. Bess avait mûri depuis l'arrivée de Marcus en Angleterre. Elle descendit les marches, suivie de sa mère.

Il leur sourit chaleureusement.

— Je vais être l'homme le plus envié du bal de l'Almack's avec deux ladys aussi éblouissantes en ma compagnie !

Bess gloussa à sa remarque, et il retrouva un instant l'écolière qu'il avait tant aimée. Mais elle lui offrit aussitôt un vrai sourire de lady.

— Merci, Marcus. Puis-je te dire que tu es quant à toi tout à fait fringant ce soir ?

L'Almack's était l'un des rares endroits où les hommes étaient encore tenus de porter des culottes s'arrêtant au genou et des bas, comme à la réception annuelle de la reine. Cette tenue, certes de plus en plus désuète, ne manquait néanmoins pas de charme et d'élégance.

Il escorta les dames à sa voiture et ils partirent « majestueusement », comme aimait à le dire Bess.

Comme d'habitude, une longue file de voitures s'étirait devant l'Almack's et ils attendirent patiemment leur tour devant l'entrée. Cela n'avait pas de sens d'y aller à pied, même sur une courte distance comme celle-ci, car les robes des dames auraient été souillées de boue et de neige fondue en un instant.

— Je suis tellement impatiente de revoir mes amis ! s'exclama Bess. Mary Wilson sera là, ainsi que les sœurs Carey.

Sa mère hocha la tête.

— Oui, je suis heureuse que tu ne sois pas la seule jeune fille à entamer sa seconde Saison.

— Allons, maman, à vous entendre je suis déjà une vieille fille bonne à faire tapisserie !

— Certainement pas, ma chérie.

— Non, c'est vrai, j'exagère, dit-elle en souriant timidement à Marcus. J'espère que tu viendras à mon secours si personne ne m'invite à danser.

— Pour chaque danse, s'il le faut, promit Marcus.

— Allons, Bess, ce sont des fariboles. Tu n'as jamais manqué de partenaires de danse la Saison dernière, et cela ne changera pas ce soir.

La voiture s'arrêta et Marcus descendit, puis accompagna les deux femmes dans l'entrée, où elles enfilèrent leurs chaussons de danse avant de confier leurs chaussures de ville aux employés, puis ils s'engagèrent dans l'escalier.

Comme prévu, les salles de réception étaient bondées. Mais sa tante et sa cousine retrouvèrent vite des connaissances, et se mirent à bavarder gaiement pour s'échanger les nouvelles. Libéré de son devoir de chevalier servant, Marcus prit le temps d'observer la foule.

L'Almack's. Une salle de bal, certes, mais surtout un endroit réputé pour étudier, planifier, organiser et sceller les futures unions des enfants des membres de la haute société. Un vrai marché du mariage. Il sentait déjà ses cheveux se hérisser sur sa nuque lorsque des mères avec des filles à marier remarquèrent son arrivée sans cacher leur intérêt.

Et au centre de la salle, au milieu de sa cour, il trouva la personne qu'il cherchait. *Lady Cynthia.* Une apparition en robe d'un bleu céleste dont il ne se souvenait que trop bien.

Il avait correspondu avec son frère à propos de l'étalon, et une fois l'affaire conclue il n'avait plus eu de raison de poursuivre leurs échanges.

Elle était aussi belle que dans sa mémoire, même si parfois il se demandait si celle-ci ne lui jouait pas des tours. Et c'était douloureux de constater que tel n'était pas le cas, au contraire. Parmi sa cour d'admirateurs, un sourire distant sur les lèvres, Cynthia semblait intouchable.

Alors qu'il savait que ce n'était là qu'un mensonge.

Il se détourna résolument.

Elle avait très clairement exprimé ses sentiments avant leur départ de Bellavista. Et il avait été soulagé quand elle avait décliné son offre. Hum… vraiment ?

En quelque sorte, voilà tout.

Un petit hoquet de Bess lui fit baisser les yeux vers celle-ci.

Elle aussi regardait le même groupe dans la salle.

— Mes amies m'ont dit qu'elle n'était pas venue en ville depuis des mois.

Il n'eut nul besoin de demander à Bess qui était ce « elle » auquel elle se référait.

Sa cousine leva les yeux vers lui.

— Fortescue est loin d'être aussi séduisant que dans mes souvenirs, sais-tu ? Il a aussi l'air plus vieux, et je crois qu'il perd ses cheveux. Qu'elle le prenne donc, je le lui laisse !

Et devant ses yeux, Bess sembla instantanément gagner quelques centimètres, ainsi qu'une bonne dose de confiance en elle.

— Tant mieux pour toi, dit-il.

Elle rayonna en rosissant.

Un jeune homme à côté d'une femme qui bavardait

avec la mère de Bess la contempla avec un air d'épagneul énamouré. Celle-ci agita son éventail dans sa direction. La tante de Marcus avait dû remarquer cet échange parce qu'elle fit signe à sa fille de les rejoindre, et la présenta à la femme et au jeune homme.

Les deux jeunes gens se dirigèrent vers la piste de danse à peine un instant plus tard.

— C'est un Maxwell, lui chuchota sa tante de derrière son éventail. Très bonne famille. Et des poches pleines.

Elle s'éloigna pour rejoindre une dame en turban toute proche et engagea la conversation avec elle.

La scène qu'il avait redoutée, lorsque Bess reverrait Fortescue, s'était déroulée sans larmes ni drame.

À sa surprise, il se rendit compte que Cynthia observait Bess attentivement et, pour une raison qui lui échappa, qu'elle avait l'air satisfaite.

Il remarqua aussi qu'elle semblait étrangement solitaire, en dépit de sa foule d'admirateurs.

Et il ne put s'empêcher de penser à son frère. S'était-il remis de son accident ? Marcus regarda autour de lui, mais ne vit nulle trace de la haute silhouette de Norton.

Exactement comme la première fois qu'il avait vu Cynthia, il mourut d'envie de lui demander une danse.

S'il l'en priait pour la prochaine, refuserait-elle ?

Et pourquoi l'inviterait-il ?

Pour se prouver à lui-même qu'il pouvait être amical et ne pas se laisser submerger par des émotions du passé, comme elle, très certainement, ou simplement pour savourer sa compagnie ?

Peut-être un peu des deux. De plus, il n'était pas très satisfait de la façon désagréable dont ils s'étaient quittés. Il avait perdu son calme lors de leur ultime conversation, ce qui lui arrivait rarement. Il voulait qu'elle sache que si elle avait besoin d'aide elle pourrait s'appuyer sur lui – du moins, en tant qu'ami.

Thomas avait insisté pour que Cynthia joue le rôle de maîtresse de maison pour lui cette Saison. Elle avait tenté de le convaincre qu'il pourrait parfaitement bien tout gérer sans elle, et de la laisser se retirer à Bellavista. Mais il était resté intraitable sur le fait qu'il avait besoin de son aide jusqu'à ce qu'il trouve une épouse.

Et comme il avait aussi insisté sur son manque de mobilité, elle avait fini par l'accompagner à Londres avec réticence. Il y avait plusieurs jeunes ladys éligibles dans cette nouvelle moisson de débutantes, qu'elle avait portées à son attention. À sa grande joie, il semblait que l'une d'elles avait particulièrement éveillé son intérêt.

Peut-être Thomas n'aurait-il plus besoin d'elle plus tôt que prévu.

Naturellement, lorsqu'elle avait accepté de venir en ville, elle s'était préparée à la présence éventuelle de Marcus. Lui aussi cherchait une épouse. Il ne s'était pas montré à la première session du Parlement ou au bal d'ouverture de la Saison ; elle s'en était réjouie.

Mais maintenant il était là, et comme elle s'en était doutée, le voir dans la salle de bal, si séduisant et athlétique, était douloureux à l'extrême.

Ainsi qu'un plaisir secret. Le fait qu'il n'était pas encore marié n'avait rien à voir avec son euphorie et la chaleur qui l'envahissait, bien sûr.

Elle n'allait pas prétendre qu'elle ne l'appréciait plus. Mais ses sentiments n'entraient pas en ligne de compte.

Et surtout, comme elle l'avait espéré en œuvrant pour sauver Bess le printemps précédent, cette dernière avait toisé Fortescue comme l'on regarde un béguin qui s'est terminé. Par chance, la charmante jeune fille n'avait pas souffert outre mesure dans l'histoire. Heureusement celle-ci ignorait tout des turpitudes de cet homme, et l'ignorerait sans doute toujours.

Cynthia réprima un soupir. Si seulement elle avait eu la même chance en ce qui concernait Cornelius !

Mais les regrets ne menaient à rien.

Elle se sentait simplement heureuse que sa propre expérience ait rendu service à une autre jeune lady, et que son plan ait fonctionné.

— Au cas où vous l'auriez oublié, annonça Fortescue à son petit groupe, vous devez votre prochaine danse à Lamb, Lady Cynthia. Quant à moi, je vous emmène demain en promenade en voiture à Hyde Park. Lamb et moi avons échangé.

— Vraiment ? s'exclama-t-elle sur un ton ironique.

— Absolument. J'ai une question importante à vous poser, dit-il en se caressant la moustache. Je pense que vous vous y attendez. En fait, je crois même que c'est ce que vous espérez entendre.

Son expression de satisfaction arrogante lui donna la chair de poule sur-le-champ. Elle lui adressa son sourire le plus glacial.

— Je ne pars pas en promenade en voiture demain, répliqua-t-elle.

Il la dévisagea et consulta son petit carnet.

— C'est écrit ici, précisément. Laissez-moi vous montrer.

— Ce n'est pas la peine, dit-elle avant de se tourner vers son partenaire de danse qui l'attendait. Je suis désolée, Mr Lamb, mais je ne vais pas danser avec vous ni avec personne d'autre ce soir. Et vous pouvez détruire votre liste, Mr Fortescue. Elle n'a plus de raison d'exister. Je rentre immédiatement à Harrowglen. J'annule tous mes engagements. Bonsoir, messieurs. Venez, chère Mrs Paxton, nous rentrons.

Ce fut avec un plaisir non dissimulé qu'elle quitta la salle de bal de l'Almack's. Elle n'y remettrait jamais les pieds. Et elle ne put s'empêcher de ricaner doucement en revoyant l'air choqué de Fortescue.

Mrs Paxton trottait à côté d'elle.

— Harrowglen, ma chère Lady Cynthia ? En février ? Vous savez que je ne supporte pas bien la campagne en hiver. Vous ne le pensez pas sérieusement ?

— Mais si. Je partirai dans trois jours. Je ne reviendrai pas à Londres.

— Voulez-vous dire que vous allez rater le reste de la Saison ?

— Et toutes celles d'après.

Ces paroles étaient comme musique à ses oreilles, même si cela signifiait qu'elle ne reverrait jamais Marcus.

Elle avait réussi à convaincre Thomas, dans l'un des rares moments de faiblesse de celui-ci, de la laisser louer Bellavista. Elle n'avait pu s'y rendre avant parce qu'il restait encore des détails à régler, mais maintenant tout était conclu.

— Oh ! non ! gémit Mrs Paxton. Je ne pourrais pas vivre à Harrowglen toute l'année. Non, vraiment pas. Vous savez bien que je ne suis pas faite pour la campagne et le froid. Vous devez reconsidérer ce…

Elle prit la pauvre femme en pitié.

— Je ne vous demande pas de venir avec moi, rassurez-vous, expliqua-t-elle. Thomas va séjourner à Londres encore un mois ou deux. Il sera tout à fait ravi que vous restiez avec lui jusqu'à ce que la petite maison qu'il vous a achetée soit prête.

Cela faisait partie de son arrangement avec Thomas. Elle ne voulait plus de Mrs Paxton dans ses jambes, mais ne souhaitait pas non plus que celle-ci échoue chez un quelconque membre de leur famille qui ne serait peut-être pas bienveillant.

— Achetée ? Venez-vous de dire *achetée* ? bredouilla-t-elle, les larmes aux yeux. Je n'aurais jamais cru… en vérité, je ne me suis jamais attendue…

— Mais vous l'espériez. Voilà, maintenant la maison est à vous. Elle est très petite, mais située dans un quartier agréable de la ville.

— Vous êtes trop bonne, dit-elle. Je suis tellement reconnaissante ! Sincèrement ! Si jamais je peux faire quoi que ce soit…

— Dois-je faire appeler votre voiture, milady ? demanda le portier.

— S'il vous plaît, répondit-elle. Ma chère, pouvez-vous récupérer nos capes ? demanda-t-elle à Mrs Paxton.

Un laquais partit aussitôt chercher leur voiture, et Mrs Paxton, toujours empêtrée dans ses remerciements, s'en alla récupérer capes et chaussures.

Tandis que Cynthia attendait, elle fut surprise de voir Marcus descendre l'escalier.

Elle fit de son mieux pour ne pas le regarder. Que fabriquait donc Mrs Paxton ? La pauvre femme était si bouleversée qu'elle allait sans doute chercher en vain un quelconque accessoire qu'elle avait pensé apporter, et en fait laissé chez elles.

— Je ne pensais pas que vous étiez lâche, murmura une voix grave et familière tout contre son oreille.

Elle se retourna et haussa un sourcil.

— Lord Thorne, que voulez-vous donc dire par là ?

— En vous enfuyant dès l'instant où vous m'avez vu, dit-il tout bas.

— Ce n'est rien de la sorte ! se récria-t-elle avec indignation. J'ai un terrible mal de tête, et j'ai décidé de rentrer.

— Je n'en crois pas un mot, insista-t-il. Vous avez pensé que j'allais vous inviter à danser.

Son cœur fit des bonds désordonnés, et lorsqu'elle prit la parole ce fut avec plus de véhémence qu'elle n'en avait eu réellement l'intention.

— Et pourquoi ferais-je cela, Dieu du ciel ?

— Je croyais que nous devions être amis, rétorqua-t-il.

— Des connaissances, tout au plus, avez-vous précisé, toujours aussi blessée en prononçant ces mots. Certes, je vous ai vu, ainsi que Miss Elizabeth. Je dois dire qu'elle est ravissante.

— Vous le devez ?

Pourquoi était-il si… si… difficile ? Elle choisit de ne pas répondre.

— Ma voiture va arriver à tout moment, dit-elle en cherchant sa dame de compagnie du regard.

— Puis-je vous emmener en promenade en voiture demain ? demanda-t-il. Comme une simple connaissance.

— Non.

Il étouffa un rire, et la gorge de Cynthia se contracta aussitôt, tout comme son estomac, qui papillonna. Elle serra les poings dans les plis de sa robe en y enfonçant les ongles.

— Est-ce donc le tour de quelqu'un d'autre ? continua-t-il sans se démonter. Dois-je lui verser un pot-de-vin pour qu'il me laisse sa place ?

— Voilà que vous devenez ridicule. Personne ne me conduit demain en promenade. Je rentre à Harrowglen.

Mrs Paxton choisit cet instant pour arriver.

— Vous ne pouvez pas partir demain, Lady Cynthia, vous le savez fort bien. Il faudra au moins trois jours pour faire tous les bagages et vous avez commandé des robes à la modiste, sur lesquelles il y aura des essayages pour les retouches avant votre départ.

Eh bien, elle aurait pu rester confinée chez elle pour faire croire à tous qu'elle était partie ! Elle inspira un grand coup.

— Je n'ai pas le temps de me promener, rétorqua-t-elle. Comme me le rappelle Mrs Paxton, j'ai fort à faire avant notre départ.

— Oh ! ne vous inquiétez pas de cela, ma chère Lady Cynthia ! Je peux me charger des préparatifs pendant votre absence.

Et voilà qu'après toutes ces années d'indolence et d'inutilité, cette femme prenait des initiatives ! Exactement au moment où ce n'était pas opportun ! Cynthia la dévisagea, surprise, et reçut un sourire radieux pour toute réponse. Cette maison qu'on lui offrait lui avait fait tourner la tête !

De toute évidence, Cynthia allait devoir se montrer impolie envers Marcus pour refuser son invitation. Cependant elle ne voulait vraiment pas s'avouer vaincue non plus. Elle soupira.

— Très bien. Nous pourrons nous promener demain, si le temps le permet.

— Tandis que vous prierez pour qu'il pleuve, de mon côté je prierai pour que nous ayons du soleil, conclut-il en s'inclinant avant de remonter l'escalier.

— Comme c'est étrange, dit Mrs Paxton en le regardant s'éloigner.

Ou plutôt charmant, pensa Cynthia.

— Oui, en effet, c'était étrange, répéta-t-elle.

Mrs Paxton croisa les mains sur sa poitrine.

— Croyez-vous qu'il veuille vous faire sa demande ?

Ce qui était certain, c'était qu'il désirait lui parler seul à seul.

— J'en doute. Et je n'accepterais pas. Nous ne serions pas accordés.

Elle préférait vivre seule que de subir un mariage sans amour avec un homme qu'elle adorait. Rencontrer Marcus lui avait fait comprendre que c'était la seule manière pour elle d'être heureuse.

— Votre voiture est avancée, Lady Cynthia, annonça le portier.

Emmitouflée dans une couverture de voiture à côté de Marcus, Cynthia arborait un air austère ce matin-là. Comme si elle était contrainte d'exécuter une tâche déplaisante.

— J'espère que vous n'avez pas jugé ma demande trop impérieuse, dit-il lorsqu'ils se faufilèrent dans la circulation sur le pont de Londres.

— Thomas m'a dit que vous vouliez que j'examine une pouliche que vous songez à acquérir pour votre haras.

— Oui, si cela ne vous dérange pas. Mon maître d'écurie a loué un box de l'autre côté du fleuve afin que je puisse la voir. Il a entendu dire qu'un éleveur irlandais vendait ses bêtes, et a pensé que nous obtiendrions un meilleur prix si nous l'achetions avant qu'elle soit officiellement sur le marché.

— Pourquoi ne me l'avez-vous pas dit hier soir ?

— Je pensais que vous ne seriez pas d'accord. Vous n'aviez pas l'air particulièrement enchantée de me voir.

— Je n'étais ni contente ni mécontente, rétorqua-t-elle avec froideur.

Elle remettait les prétentions de Marcus en place, sans aucun doute. Elle avait des années de pratique, auprès des jeunes gens de sa cour. Mais il n'en faisait pas partie. Et ce genre de chose ne l'atteignait pas.

Il éclata de rire.

Elle lui lança un coup d'œil, lèvres pincées en signe de désapprobation. Il feignit de ne pas le remarquer.

— Combien de temps cela prendra-t-il d'étudier ce cheval ? demanda-t-elle. J'ai énormément de choses à faire avant de partir à Harrowglen.

Oh ! elle ne voulait vraiment pas être en sa compagnie ! Peut-être devrait-il abandonner son entreprise.

— Une heure pour y aller, et une autre pour revenir, dit-il. J'ai aussi pris la liberté de commander un déjeuner dans une auberge à proximité, donc, l'un dans l'autre, je dirais quatre heures.

— Je vois.

Le silence entre eux devint pesant.

— Si vous vous inquiétez que je réitère ma demande, rassurez-vous. Ce ne sont que des affaires et rien d'autre.

— Alors nous n'avons nul besoin de bavarder.

— Non, en effet. Cependant, assurez-moi que vous avez assez chaud. Nous avons de la chance d'avoir du soleil, mais l'air est froid à cette période de l'année. Quoique rien ne soit jamais aussi froid que la Russie en hiver.

— J'ai assez chaud, je vous remercie.

Après une courte pause, elle reprit la parole.

— Avez-vous aimé la Russie ?

— Cela ne ressemblait en rien à ce que je connaissais. C'était intéressant et exotique à l'extrême, mais je ne peux pas dire que cela m'a plu. Les hivers sont d'un froid inimaginable et le pouvoir absolu de la Couronne est exactement ce qui a causé tant d'ennuis à la France, avec la fin tragique que l'on sait.

— Vous pensez qu'il se passera en Russie la même chose qu'en France ? La révolution ? L'exécution du roi ?

— C'est difficile à dire. Les paysans acceptent leur sort, et cependant… il existe une nouvelle classe de jeunes gens éduqués qui dénoncent les abus et prônent le changement… J'imagine que l'avenir nous le dira.

Ils atteignirent un croisement.

— C'est ici que nous tournons, annonça-t-il.

Il engagea le phaéton sur une petite route coincée entre de hautes haies dépouillées de leurs feuilles, dans lesquelles il restait des fragments de nids d'oiseaux accrochés aux brindilles. Une carriole avec un chargement de fumier arrivant en face négocia le croisement, et le conducteur les salua en portant le doigt à son chapeau. Marcus répondit avec un signe de son fouet.

— Dans ce genre d'endroit bucolique il est difficile de s'imaginer que nous ne sommes qu'à quelques miles de la ville, dit-elle.

— En effet.

Ils tournèrent au niveau d'une grille en fer forgé où était gravé *Ivy House* au cœur des motifs, et remontèrent l'allée jusqu'à une jolie maison Tudor, aux poutres noircies par les ans supportant un toit de chaume tout neuf. Les couvreurs avaient tressé un coq en paille, qu'ils avaient juché sur le faîte, afin de célébrer la fin des travaux.

Marcus se dirigea vers l'arrière de la demeure, et s'arrêta devant la grange.

Un homme fringant en sortit. Il était encore assez jeune, avec de magnifiques moustaches noires lui couvrant le bas du visage.

— Milord !

— Parker, dit Marcus, j'ai amené Lady Cynthia pour examiner la pouliche.

Parker s'inclina très bas.

— Je suis honoré, Votre Seigneurie.

Cynthia répondit par un petit signe du menton, revenant à son attitude froide et réservée habituelle. Cet homme lui déplaisait-il, ou était-ce ainsi qu'elle se protégeait lorsqu'elle ne se sentait pas à l'aise ?

Marcus n'y avait jamais songé auparavant. Cependant il avait remarqué à plusieurs reprises par le passé qu'elle pouvait se sentir vulnérable. Elle n'avait aucune raison de se sentir ainsi alors qu'il était à ses côtés, pourtant.

Parker alla vers l'avant de la voiture pour conduire les chevaux aux écuries tandis que Marcus aidait Cynthia à descendre.

— Est-elle au paddock ? demanda-t-il.

— Comme vous l'avez demandé, milord, répondit Parker en se frottant les mains.

— Excellent.

Marcus tendit son bras, et Cynthia posa la main sur sa manche.

Parker partit devant.

La pouliche, avec de longues pattes graciles, pointa les oreilles quand elle les vit. Son licol était attaché à la clôture. Elle les regarda approcher en agitant ses oreilles et en fouettant l'air de sa queue.

Lorsqu'ils furent tout près, elle montra le blanc de ses yeux et fit un petit bond de côté.

— Quel est son pedigree ? demanda Cynthia.

— Son arrière-grand-père était Bartlett Childers, répondit Parker avec une fierté non dissimulée.

— Impressionnant, approuva Cynthia.

— C'est ce que j'ai dit à Sa Seigneurie.

— Et pour la poulinière ?

— On peut remonter sa lignée jusqu'à Darley Arabian.

— Une lignée enviable, dit sèchement Cynthia, de toute évidence dubitative.

Parker lui lança un curieux regard.

— J'ai les documents qui le prouvent, milady.

— Faites-la marcher, je vous prie, demanda Marcus.

Parker fit décrire un cercle à l'animal.

— Je trouve son garrot un peu raide, dit Cynthia. Cela mis à part, elle est très belle.

Parker reconduisit la pouliche à la clôture.

— Son père était bâti ainsi, et il a fait une belle carrière, milord. Ce qu'elle perd en longueur de foulée, elle le compense en force et en vigueur.

— Son pedigree est bon, mais les acheteurs aiment à voir quelques rubans de récompense sur les box des parents avant d'acheter leurs poulains et pouliches, répliqua Cynthia.

Parker lui lança un regard irrité.

— Je peux vous assurer, milord, que vous ne trouverez pas plus belle pouliche que celle-ci en Irlande.

Cynthia lui adressa un sourire charmeur qui le fit rougir.

— C'est là une assurance de poids, Mr Parker. Était-ce vous qui conseilliez Lord Francis Thorne pour ses achats de chevaux ? Il me semble. Dites-moi, qui était votre employeur avant Lord Thorne ? Je le connais peut-être. De nombreux amis de mon frère élèvent des chevaux.

Parker lui adressa un sourire triomphant.

— J'ai travaillé pour Lord Pettigrew, et avant cela aux écuries du duc de Beauville.

— Ils ont fourni d'excellentes références pour Parker, ajouta Marcus. Je les ai trouvées dans les documents de mon cousin.

Elle hocha la tête.

— Ces deux hommes avaient une grande renommée à l'époque de mon père. On n'entend plus beaucoup parler d'eux.

— Ils ne sont plus tout jeunes, dit Parker. Ils commencent à vendre leurs meilleures bêtes. C'est pour cela que j'ai changé d'employeur.

Thorne passa la main sur le garrot de la pouliche, qui fit un écart.

Parker raccourcit le licol.

— Elle est encore un peu agitée à cause du voyage, expliqua-t-il.

— Montrez-moi ses allures, demanda Marcus.

Parker la fit trotter, puis la mit au petit galop.

Cynthia plissa les yeux.

— Est-ce mon imagination, ou est-ce que sa patte arrière gauche part à l'intérieur ?

— En effet, dit Marcus en acquiesçant après avoir lui aussi bien regardé.

— C'est très léger. Cela pourrait disparaître avec sa croissance, dit-elle.

— Le pensez-vous ?

— C'est difficile à dire à cet âge, mais il est plus probable que cela va empirer. Nous avions un poulain qui avait le même problème lorsque j'étais enfant. Il était vif comme le vent, mais il trébuchait trop souvent car il se cognait au sabot de son autre patte avec celle qui portait ce défaut. Il était bien plus adapté en cheval d'attelage. Personnellement, je ne recommanderais pas d'acheter cet animal pour la reproduction.

— Parker n'aurait-il pas dû remarquer ce défaut ?

— C'est mineur. Mais oui... oui, je crois qu'un homme avec son expérience aurait dû le voir.

Marcus fronça les sourcils. Il n'aimait pas ce qu'il entendait.

— Vous semblez douter de ses qualifications. Mon cousin a acheté plusieurs chevaux d'après ses recommandations.

— Oh ! mon Dieu...

— Pensez-vous que Francis a été abusé ?

— Je vous suggérerais de contacter les employeurs précédents de Parker, parce que je ne peux vraiment pas croire que ces hommes auraient fourni de bonnes références s'il n'avait pas été qualifié.

Parker revint à la clôture.

— Alors, que pensez-vous, milord ?

Marcus secoua la tête.

— Pourquoi n'avez-vous pas mentionné le fait qu'elle a un problème à la patte arrière gauche ?

Parker fut un instant bouche bée.

— C'est une toute petite chose, milord, rien d'inquiétant. C'est dans la lignée du côté maternel, depuis le début.

Cynthia écarquilla les yeux.

— Qu'importe, vous auriez dû le préciser, à mon avis, objecta-t-elle. Et je n'ai jamais entendu dire qu'un étalon aussi célèbre que Darley Arabian avait ce genre de défaut, ou qu'on l'avait retrouvé dans cette lignée.

Parker se renfrogna.

— Milady, j'ai entraîné des chevaux de course pendant des années. Je sais de quoi je parle.

L'homme semblait sur la défensive. Marcus eut un mauvais pressentiment.

— Pour la somme que demande le vendeur, la pouliche devrait être quasiment parfaite, reprit Cynthia. Qui est le vendeur ? Je le connais peut-être.

Parker se dandina d'un pied sur l'autre, l'air embarrassé, et les soupçons de Marcus se confirmèrent. Quelque chose n'allait pas.

— C'est un gentleman irlandais qui se nomme O'Toole. Sir Seamus O'Toole.

Cynthia fit un signe de dénégation.

— Je n'ai jamais entendu parler de lui.

— Tout comme Sa Seigneurie, Sir Seamus a séjourné de nombreuses années à l'étranger, expliqua Parker. Il est rentré en Irlande récemment. Un de mes amis m'a informé qu'il vendait des bêtes. Je pense que vous le regretterez plus tard, milord, quand vous verrez cette jeune fille remporter des prix à Newmarket.

— Elle est plus destinée à se casser une patte en trébuchant sur le champ de courses, rétorqua Cynthia.

Horrifié, Parker regarda Marcus.

— Milord, des animaux avec ce genre de pedigree ne sont pas tous les jours sur le marché.

L'empressement de Parker trahissait son énervement.

— J'y réfléchirai, dit Marcus.

— Je vous conseillerais de faire une offre tout de suite, milord. Je…

— Vous aurez ma réponse à la fin de la semaine, Parker, le coupa Marcus. Lady Cynthia, je pense que nous devrions aller déjeuner, puis rentrer rapidement.

Il lui prit le bras et ils regagnèrent la voiture.

— Je doute beaucoup du pedigree de cette pouliche. Est-ce l'une de vos propriétés ? demanda-t-elle en montrant la maison.

— Non. Parker a entendu parler d'une pouliche à vendre à une foire aux chevaux des environs, et a organisé cette visite. Il a convaincu le propriétaire de louer un box ici pour elle, jusqu'à ce que j'aie l'occasion de la voir. Il m'a demandé de lui donner carte blanche pour l'achat, mais je voulais profiter de votre grande expérience.

Il se retourna et vit Parker, les mains sur les hanches, qui les regardait s'éloigner.

Il semblait extrêmement contrarié.

Assise à côté de Marcus, en chemin pour l'auberge où ils allaient déjeuner, Cynthia ne put s'empêcher d'être flattée qu'il ait souhaité son opinion sur la petite pouliche. Naturellement, si Thomas avait été pleinement rétabli, Marcus aurait pris conseil auprès de son frère. Mais il avait beau se déplacer désormais facilement avec l'aide d'une canne, Thomas redoutait les longs trajets en voiture. Le voyage à Londres avait été éprouvant pour tous, et il ne pouvait absolument pas monter à cheval.

Cependant elle était reconnaissante à Marcus d'avoir reconnu son expérience, en particulier devant un homme qui se targuait d'être un expert.

Elle se sentait plus heureuse que depuis des semaines. C'était là l'effet que Marcus avait sur elle.

Elle repoussa cette pensée bien vite.

— Votre homme semble désespérément tenir à ce que vous fassiez cet achat, avança-t-elle. On a presque l'impression qu'il a un intérêt personnel dans cette vente.

— C'est aussi ce que j'ai pensé. Je vais vérifier sa carrière avec ses employeurs précédents, comme vous l'avez suggéré.

— Et demandez en même temps autour de vous qui est ce O'Toole. S'il a une bonne écurie, quelqu'un le connaîtra certainement et vous parlera de son élevage.

— Tout à fait.

L'auberge où ils s'arrêtèrent était toute proche de la ferme d'où ils venaient, dans un petit village pittoresque avec une mare aux canards au centre du terrain communal.

L'aubergiste les conduisit dans un salon privé qui donnait sur celle-ci.

— Ce sera plutôt simple, je le crains, prévint Marcus. Il consulta la carte et commanda un assortiment de fromages, du pain, du jambon et une tarte aux pommes.

— Je prendrai une chope de votre meilleure bière, dit-il à l'aubergiste.

— Pour moi, un verre de vin chaud, demanda Cynthia en se frottant les mains avant d'aller devant la cheminée, pendant que l'aubergiste et son serveur s'affairaient à préparer la table et à apporter la nourriture.

— Vous êtes frigorifiée. J'aurais dû prendre la voiture fermée, s'excusa-t-il.

— Alors nous aurions dû endurer la présence de Mrs Paxton pour le trajet, puisque sans chaperon il m'est impossible de monter dans une voiture fermée. Vous auriez eu droit à l'inventaire de tous ses maux et petits bobos de ces cinquante dernières années. Cela ne vous aurait peut-être pas dérangé ; quant à moi, je les connais par cœur.

— Je n'ai donc pas raté quelque chose de plaisant. Cependant je vais leur demander de faire chauffer quelques briques pour le voyage de retour, et je vous prierai de garder vos mains sous la couverture. Vous n'avez pas besoin de vous tenir à la poignée, je ne vous ferai pas verser dans le fossé, je vous l'assure.

Le sourire de Cynthia lui échauffait les sangs d'une manière qu'il préférait ignorer.

Il l'aida à prendre place et fit signe au serveur de s'éclipser quand ce dernier vint servir le vin. Il avait la ferme intention de jouer cartes sur table avec elle pendant ce déjeuner, et ne voulait pas que des employés épient leur conversation.

Il lui servit du pain et du fromage.

— Cela me rappelle notre pique-nique au bord de la rivière.

— C'était une belle journée, approuva-t-elle, se détendant visiblement.

— Parlez-moi de votre Société. Comment les choses avancent-elles ?

Elle beurra une tranche de pain croustillant et y mordit à belles dents, tout en réfléchissant visiblement à sa réponse.

— Cela ne se passe pas aussi bien que nous l'espérions, pour être franche.

— Et pourquoi ?

— Beaucoup de ramoneurs prétendent que la brosse que nous préconisons ne nettoie pas aussi bien que le font les petits garçons. Et elle se coince très fréquemment dans le conduit. Elle ne peut se faufiler aussi bien dans les recoins que les enfants.

Il fronça les sourcils.

— Donc ils en sont revenus à se servir des enfants.

— Non, pas tous, mais bon nombre d'entre eux. Et si les propriétaires ont des doutes quant à l'usage des brosses pour bien nettoyer leurs cheminées, ils refuseront d'employer ceux qui n'ont pas d'enfants pour le travail. Cette cruauté me rend vraiment malade. Je n'ai rien dit lorsque nous étions à Bellavista, mais Jack, le garçon d'écurie, était l'employé d'un des pires ramoneurs de Londres. Il a été brûlé, battu et terrorisé pour qu'il ne se rebelle pas. Je l'ai trouvé un jour dans mon salon, affolé parce qu'il s'était trompé de conduit.

Sa voix vibrait d'une colère qu'elle ne réussissait pas à maîtriser.

C'était là la femme derrière le masque impassible. Cette même passion qu'elle avait exprimée dans leurs ébats charnels jaillissait de tous ses pores à chacun de ses mots. La profondeur de son engagement envers la cause de ces enfants lui fit honte d'avoir naguère considéré que les petits ramoneurs faisaient partie de la vie normale.

— Vous avez raison. Il faut faire quelque chose.

— Cela prendra des années pour que les gens acceptent les brosses et les hérissons métalliques, à moins qu'une loi ne soit votée pour empêcher l'emploi des enfants. Seul le Parlement peut venir à bout de ce problème, et il n'a pas un grand appétit de changement.

— Parce que les cheminées de ses membres ont besoin d'être nettoyées.

— Exactement, dit-elle avec un regard empreint de dureté.

— Et les brosses ne sont pas très efficaces, dites-vous.

— Elles conviennent, mais des améliorations ne seraient pas inutiles. Nous avons besoin d'un orateur au Parlement pour épouser cette cause et la défendre.

— Votre frère ?

— À cause de moi, Thomas n'engage que des

ramoneurs qui utilisent des brosses, mais il grommelle sans cesse à propos des risques d'incendie. Il est difficile de prendre parti pour une cause si vous n'êtes pas convaincu de sa nécessité.

— J'aimerais bien voir ces brosses en action, dit-il.

— Vraiment ? s'exclama-t-elle, surprise. Je peux organiser cela avant mon départ.

— Pour ne jamais revenir.

— En effet.

— Et vous abandonneriez votre croisade à Londres ?

— Certainement pas. Je développerai une antenne de notre Société dans notre région, et y serai tout aussi efficace.

Mais c'étaient Londres et le Parlement qui détenaient le pouvoir de changer les choses. Il ne voyait pas en quoi il était logique pour elle de quitter la ville à cet instant précis.

— Vous allez donc vivre à Harrowglen ?

— Non. J'ai loué Bellavista à Thomas. Il est temps qu'il prenne une épouse, et pendant que je lui ai facilité la vie, il a sans cesse retardé sa décision. C'est pour cela qu'il vaut mieux que je m'établisse seule.

Et y avait-il là-bas un amant qui l'attendait ?

— Parlez-moi de Hart, dit-il.

Cynthia se pétrifia, gorge serrée. Pourquoi lui posait-il cette question sur Cornelius ?

— Je ne vois pas ce que vous voulez dire.

— Eh bien, je me souviens de la façon dont il vous a parlé. De son allusion que vous avez intentionnellement ignorée. Il a une sorte d'emprise sur vous. J'aimerais savoir si je pourrais être d'une aide quelconque.

Elle se sentit mal. Et honteuse qu'il ait vu ce que personne d'autre n'avait vu. Lorsqu'il connaîtrait toute la vérité, il ne voudrait sans doute plus jamais lui adresser la parole. Et ceci, juste après qu'elle avait reçu de sa part la première promesse concrète d'un soutien de sa Société, lui qui était pair du royaume !

Il la mépriserait.

Peut-être le valait-il mieux, d'ailleurs. Elle n'aurait plus jamais à le revoir. Cela lui aurait rappelé ce qu'elle n'aurait jamais dans sa vie, parce qu'elle avait été une parfaite idiote quand elle était adolescente.

— Vous avez raison. Hart a été mon amant, avoua-t-elle en haussant le menton. Mon unique amant, à part vous, en fait.

Elle s'attendait presque qu'il quitte la table et tourne les talons. Et en fut presque sûre quand il changea de position. Mais ce ne fut que pour lui resservir du vin.

— Quand ?

— Quand, quoi ?

— Quand a-t-il été votre amant ?

— Quelle importance cela a-t-il ?

— Quel âge aviez-vous ? insista-t-il.

Elle haussa les épaules.

— J'avais dix-sept ans quand nous avons couché ensemble pour la première fois, mais il m'avait embrassée et caressée à de nombreuses reprises auparavant.

Il arbora un air sinistre.

— Dix-sept ans ! Mon Dieu ! À peine sortie de la salle de classe ! Il vous a débauchée.

— Je n'en suis pas si sûre. Je me suis jetée à sa tête. J'étais convaincue d'être éprise de lui. Lorsque j'ai été en âge de participer à ma première Saison à Londres, j'ai déclaré à mon père que je ne voulais pas y aller. Que je souhaitais l'épouser. Et que je n'épouserais personne d'autre, si je ne pouvais pas l'épouser lui.

— J'imagine que votre père l'a mal pris…

— Il était déjà souffrant à l'époque. Je crois que le choc a failli le tuer, même s'il n'a jamais su l'étendue réelle de notre liaison. Ni Cornelius ni moi n'avons eu le courage de lui avouer que nous avions eu des relations charnelles.

Elle soupira et resta un moment silencieuse avant de reprendre :

— Je me demande si les choses auraient pris une tournure différente s'il l'avait su. Après coup, je lui suis reconnaissante d'avoir refusé d'approuver cette union. À mon insu, il a acheté le silence de Cornelius. Et en contrepartie de l'arrangement passé avec mon père, Cornelius m'a convaincue d'aller à Londres pour la Saison. Afin de détourner les soupçons éventuels de mon père sur nous, avait-il assuré. Trois semaines plus tard, il avait épousé ma meilleure amie.

Elle secoua la tête, l'air désolé.

— Pauvre fille ! Lorsque je suis revenue de Londres pour les funérailles de papa, Cornelius m'a dit que puisque mon père avait oblitéré tous ses espoirs d'épouser une lady titrée, il s'assurerait que personne ne m'épouse. Tout homme envers qui je m'engagerais serait informé de mon statut de femme déchue. Je n'aurais pu être plus choquée. Ou plus blessée. Naturellement, je lui ai rétorqué que tout prétendant souhaitant m'épouser serait informé par moi-même de mes erreurs passées, parce que c'était ce que dictait l'honneur. Et non par sa délation. J'imagine que j'ai été assez naïve pour espérer que ce ne serait pas si important.

— Je suis surprise que votre frère n'ait pas provoqué ce vaurien en duel.

— Je n'ai jamais révélé à Thomas que c'était

Cornelius. Il a cru que c'était l'un des jeunes gens qui me tournaient autour lors de ma première Saison. Je le lui ai laissé croire, et refusé de décliner son identité. Que devais-je faire ? Je ne pouvais pas laisser Thomas devenir un meurtrier. Ainsi nous fréquentons Cornelius lorsque nous sommes à Harrowglen. Je serre les dents, je souris et prie pour qu'il continue à garder mon secret. Je crois que Cornelius voit l'affabilité de Thomas envers lui comme un signe de son ascension sociale, ce qu'il perdrait s'il parlait. Donc je ne dis rien.

— Du chantage.

— En quelque sorte.

— La canaille !

— On ne peut rien y faire. La vérité serait ma perte, et flétrirait le nom des Norton. Ce que je n'admets pas. Pire encore, Thomas m'a informée hier que Cornelius et son épouse Felicity se rendent à Londres. Il a reçu un message prévenant de leur arrivée. Il souhaite que Thomas l'emmène dîner au pub de Tattershall. Et Thomas voudra que je l'accompagne, évidemment. J'ai été tellement ravie lorsque j'ai constaté que Miss Elizabeth ne courait plus après Fortescue, et que je pouvais donc quitter Londres pour rentrer chez moi ! La dernière personne que je veux voir me regarder d'un air sournois lors d'un dîner, c'est bien Cornelius !

— Hart est un vrai porc !

Elle fut choquée de sa véhémence.

— Il s'est contenté de faire ce que font les hommes lorsqu'on leur présente un fruit mûr, et que l'ascension sociale s'ajoute à la récolte.

— Vous avez tort, Cynthia. Aucun gentleman ne profiterait d'une fille aussi jeune et impressionnable.

Marcus certainement pas ; de cela, elle en était certaine.

Elle fit un geste las.

— Il est trop tard pour les regrets. Je suis prête à payer le prix de ma conduite stupide, tant que cela n'expose pas le nom de ma famille à tous les regards et à la vindicte de la bonne société.

Elle espéra s'être montrée plus convaincante qu'elle ne se sentait l'être.

— Et Fortescue ? reprit-il avec un soupir.

— Pardon ?

— Pourquoi l'avez-vous écarté de Bess ?

— Je vous l'ai dit, je n'ai rien fait. Il a simplement changé l'objet de son affection.

— Ne mentez pas. Vous l'avez délibérément éloigné d'elle en l'attirant dans vos filets.

— Croyez ce que vous voulez.

— Cynthia, dès notre rencontre, vous ne m'avez servi que des demi-vérités et des mensonges éhontés. J'aimerais la vérité maintenant.

— Je doute que vous la croyiez.

— Essayez.

— Très bien, si vous voulez vraiment le savoir. J'ai tenté d'avertir Lady Elizabeth au sujet de Fortescue. Je lui ai révélé que cet homme n'avait pas la meilleure des réputations, sans trop lui fournir de détails. Elle a refusé de m'écouter, tout comme sa mère, lorsque j'ai glissé quelques allusions.

— Et pourquoi avez-vous fait cela ?

— Après ce que m'a fait Hart ? Je ne voulais pas qu'Elizabeth tombe dans le même piège, étant donné ce que j'avais appris sur Fortescue.

Marcus arbora un air de sombre satisfaction.

— Je suis heureux d'entendre que vous reconnaissez

que c'était Hart le responsable de ce qui s'est passé entre vous.

Stupéfaite, elle le dévisagea.

— Vous avez raison. Je le tiens pour responsable, mais au plus profond de moi je crains que cela n'ait été ma faute également.

— Non. Ce n'est pas vous. Il était bien plus âgé que vous, et avait l'expérience du monde. Il savait exactement ce qu'il faisait. Il vous a manipulée pour vous faire tomber amoureuse de lui.

Cette reconnaissance des faits lui gonfla le cœur de gratitude.

— Merci. Vous ne savez pas ce que cela signifie pour moi de vous entendre le dire.

Elle hésita un instant, mais continua :

— D'après ce que j'ai appris, Fortescue est pire que Hart. Un membre de ma Société, une femme de Cheapside, m'a raconté qu'il fréquente les femmes de mauvaise vie et les bat par pur plaisir, parfois presque à mort. D'ailleurs la rumeur court que l'une d'elles n'aurait pas survécu après avoir passé une nuit avec lui. Je ne veux pas cela pour Elizabeth. Elle était mon amie. Une fois mariée, qui aurait pu la sauver des griffes de cet homme ?

— Elle avait donc raison. Vous l'avez attiré en lui faisant du charme, pour l'éloigner d'elle.

— En effet, mais ne voyez-vous pas que…

Il se pencha vers elle et lui prit la main.

— Je vois très bien, Cynthia. Vous avez sacrifié votre amitié avec ma cousine pour la préserver d'un désastre. Vous avez ma gratitude.

Elle ferma brièvement les yeux, laissa la chaleur de

ses mains la réconforter, même si tout ce qu'elle aurait jamais ne serait en tout et pour tout que cette gratitude.

Une pendule sonna 2 heures de l'après-midi quelque part dans le restaurant.

— Il est temps de rentrer, dit-elle avec brusquerie. Les briques chaudes que vous avez proposées me semblent une excellente idée.

Il fronça un sourcil, mais hocha la tête et alla les récupérer. Quand il revint, elle était de nouveau égale à elle-même et entretint une conversation animée avec lui jusqu'à leur arrivée. Mais elle ne put se souvenir d'une seule de ses paroles lorsqu'elle s'installa dans son salon pour prendre son thé.

Elle se força à respirer calmement, plusieurs fois.

Demain serait un nouveau jour. Et celui d'une nouvelle vie.

Même si elle serait solitaire.

Assis à son bureau, Marcus tambourinait dessus du bout des doigts, et jeta un œil à la pendule en chrysocale sur le manteau de la cheminée.

Son visiteur devait arriver d'un instant à l'autre, et il espéra qu'un autre problème serait ainsi résolu.

Le premier avait été Parker. Cynthia avait eu raison sur ce maître d'écurie. L'homme était un escroc, qui avait disparu le jour même où Cynthia et lui avaient examiné la pouliche qu'il tentait de le convaincre d'acheter.

Après plus ample enquête, il apparut qu'aucun des deux hommes auprès de qui Parker avait prétendu avoir obtenu des références ne le connaissait. Il avait fourni des faux grossiers à Francis pour se faire engager, et celui-ci n'y avait vu que du feu. Marcus se retrouvait donc avec un haras rempli de bêtes dont le pedigree n'était pas fiable.

Dieu merci, Cynthia avait immédiatement percé l'homme à jour, songea Marcus. Sans cela, il aurait subi de grosses pertes financières, comme cela était arrivé à Francis.

Mais le problème le plus difficile était encore à régler. Tout d'abord, Hart.

S'il avait appris une chose dans le corps diplomatique, c'était d'utiliser rumeurs et commérages à son avantage. Et la rumeur selon laquelle il envisageait de faire une demande en mariage à Cynthia avait fait sortir le ver du fruit.

Son majordome gratta à la porte et l'ouvrit pour introduire l'homme en question.

— Mr Cornelius Hart, Votre Seigneurie.

Hart entra en se donnant des airs.

— Milord, nous nous sommes rencontrés il y a quelques mois, j'espère que vous vous en souvenez.

Marcus se leva et lui indiqua une chaise.

— Mais certainement, Mr Hart. Asseyez-vous, je vous en prie.

Hart dégagea les pans de sa redingote et prit place, en croisant les jambes avant de s'adosser d'une façon décontractée, tel un homme habitué à évoluer dans les cercles sélects.

Marcus reprit son siège.

— Et que puis-je pour vous aujourd'hui ? s'enquit-il.

— Oh ! Dieu du ciel, je ne viens pas pour moi, milord ! s'exclama Hart avec un sourire patelin. C'est moi qui vais faire quelque chose pour vous. C'est bien sûr un sujet hautement confidentiel. Certes, je ne refuserais pas une petite gratification, mais pour un homme dans votre position, ce ne serait qu'une simple bagatelle.

Marcus se contraignit à desserrer ses mâchoires crispées, et à respirer calmement. Il lui sourit.

— Et comment pouvez-vous me rendre un quelconque service, Mr Hart ?

Celui-ci se pencha en avant, avec un air de conspirateur.

— Un petit oiseau m'a confié que vous alliez bientôt vous marier.

Marcus feignit la contrariété.

— Quel petit oiseau ?

Hart fit un geste vague dans l'air.

— Peu importe. Cependant, je dois vous dire que la lady en question, cette femme…

Il s'arrêta pour prendre le temps de faire une grimace de dégoût appuyée.

— … n'est en fait pas du tout une lady, termina-t-il.

Marcus secoua la tête, comme s'il était stupéfait.

— Je ne vois vraiment pas de quoi vous voulez parler.

— Mais vous songez bien à vous marier ? se récria Hart.

— En quoi cela vous regarde-t-il ? demanda Marcus, ne voulant pas non plus rendre les choses trop faciles à Hart, ni éveiller ses soupçons.

Hart sembla légèrement démonté.

— Si la dame en question est Lady Cynthia, vous devriez être prudent, milord.

— Pourquoi ?

Hart parcourut la pièce du regard, avant de se tourner de nouveau vers Marcus.

— Il m'est difficile de le révéler. Je connais la famille depuis des années. Mais Lady Cynthia n'entrera pas dans le lit de noces pure comme neige.

Marcus bouillonna de rage.

— Et vous en êtes certain ?

Hart avait dû croire que ce mouvement de colère était dirigé contre Cynthia, parce qu'il se fit sournois.

— Oh ! absolument, milord ! Il suffit de jeter un coup d'œil aux lettres que j'ai en ma possession pour constater la véracité de mes propos.

Cynthia n'avait mentionné aucune lettre dans leur histoire.

— J'aimerais voir ces lettres, dit Marcus.

Hart sortit de sa poche poitrine trois ou quatre feuilles de papier rose pliées, où figurait une écriture ronde encore enfantine. Il les déposa soigneusement sur le bureau.

Marcus mourait d'envie de l'étrangler mais cela n'aurait pas aidé Cynthia. Il prit celle du dessus, examina la signature et la replia.

— Je vois, dit-il en la tapotant contre ses doigts. Vous avez évoqué une certaine gratification, laissée à ma discrétion.

Hart tritura sa moustache.

— Je ne demande pas grand-chose. Mon épouse aimerait beaucoup une introduction dans la haute société, et je sais que cela n'a pas de prix.

La porte de service à la droite du bureau de Marcus, déguisée en trompe-l'œil dans la tapisserie, s'ouvrit d'un coup. Norton fit irruption, lourdement appuyé sur une canne à pommeau d'argent.

— Mon père a déjà payé pour votre silence, il me semble, apostropha-t-il Hart.

— Je… euh…, bredouilla celui-ci, surpris de la présence de Norton. Il est criminel de laisser un gentleman épouser une marchandise abîmée sans intervenir !

Caulfield, le vieil ami de Marcus, pénétra à son tour dans la pièce.

Hart commençait à perdre sa belle prestance et son arrogance.

— En tant que juge de paix, je déclare que ce qui vient d'être déclaré ici est pure diffamation ! tonna Caulfield d'un ton martial. Qui est punie d'une lourde peine. Laissez-moi appeler un agent, Thorne, et le faire arrêter.

Hart était devenu verdâtre.

— Je n'ai rien fait de mal ! Est-ce un crime d'informer un homme qu'il va être piégé par une femme perverse ?

Marcus le foudroya du regard.

— Si vous répétez ces fausses accusations une fois, je vous arrache les tripes.

— Elles ne sont pas fausses, j'ai des preuves, protesta Hart en se tordant les mains.

— Vraiment ? demanda Caulfield.

Il prit les lettres et les jeta au feu sans même y jeter un coup d'œil. Elles se consumèrent instantanément.

— Quelles preuves ? répéta Caulfield.

Hart regarda les cendres dans la cheminée et secoua la tête, incrédule.

Caulfield le toisa sans la moindre aménité.

— Le chantage est un délit puni par la pendaison. Estimez-vous heureux que je ne vous en accuse pas.

Hart s'effondra comme un ballon crevé.

— Je…

Marcus leva la main pour le faire taire.

— Puis-je vous suggérer un voyage en Inde ? On m'a dit qu'on y recherche en permanence des gens qui travaillent dur, sans ménager leur peine. Un maître de manège ne devrait pas avoir trop de difficultés à y trouver une place. Je payerai votre billet.

— En Inde ? s'étrangla-t-il. Mais ma femme…

— Elle peut vous accompagner, si elle le souhaite, ou rester ici, coupa Norton. Vous devriez rentrer dans une vingtaine d'années. Ou peut-être préférez-vous partir sur un bateau de bagnards pour l'Australie ?

— L'Inde, répondit-il dans un souffle, en se tordant toujours les mains.

— Bien, conclut Caulfield. L'un de mes agents attend dehors. Il vous escortera à bord.

Marcus ne put retenir un sourire carnassier.

— Oh ! et je vous précise aussi qu'un autre gentleman va vous accompagner ! Un certain Lord Fortescue qui va, comme vous, chercher fortune à l'étranger. Il sera probablement un peu souffrant les premiers jours de la traversée. Trop de laudanum. Je suis certain que vous veillerez sur lui, le temps qu'il se remette.

— Fortescue ? croassa Hart.

— Oui. Informez-le qu'un mandat d'arrêt pour meurtre a été émis à son endroit.

— Pour meurtre ?

— Devez-vous répéter tout ce que je dis ? hurla Marcus.

Hart baissa la tête et resta muet.

— Ne vous inquiétez pas, mon vieux, intervint Norton. Je vais informer votre femme de votre sort. Si elle décide de vous rejoindre, je serai plus qu'heureux de lui offrir son billet pour un prochain passage.

— Et si un seul mot de ces fausses accusations se répand en ville avant votre départ, je vous retrouverai et vous viderai comme un poisson, ajouta Marcus.

Caulfield fit sortir Hart, laissant Marcus en compagnie de Norton.

— Quelle canaille ! s'exclama ce dernier. Je préférerais le voir se balancer au bout d'une corde.

— Mais cela demanderait un procès, et susciterait un vaste scandale, lui rappela Marcus.

Norton s'effondra sur la chaise laissée vacante par Hart.

— Pauvre petite Cynthia ! Je n'arrive pas à y croire. Pourquoi ne m'a-t-elle rien dit ? J'aurais…

— Vous auriez fait ce que j'ai été très tenté de faire, le coupa Marcus.

En fait, il aurait voulu étrangler ce vaurien à mains nues.

— Votre sœur le savait, et craignait que vous ne vous retrouviez avec une corde autour du cou. Donc nous ne dénigrerons pas toutes ses années de souffrance en allant contre la volonté de Lady Cynthia aujourd'hui. Nous avons traité cette affaire au mieux, dit Marcus en tisonnant le feu. C'est terminé. Il ne reste plus qu'à faire embarquer l'autre scélérat sur le bateau pour l'Inde.

— Fortescue ?

— Absolument.

Cynthia regarda par la fenêtre du salon. Elle s'était installée à Bellavista depuis deux mois, avec la bénédiction de Thomas. Sous la pluie, la vue sur la vallée revêtait une qualité presque mystique, mais cette scène paisible lui remontait à peine le moral. Ce n'était pas une bonne journée pour sa promenade habituelle.

Elle jeta un œil à sa table d'écriture. Elle n'avait pas encore répondu à la dernière missive de Thomas. Et remettait cette tâche depuis deux jours maintenant.

Par malheur, son frère ne pouvait pas envoyer une seule lettre sans y mentionner Marcus, l'informant sans ménagement qu'il le croisait à chaque bal et réception que Londres avait à offrir. Selon Thomas, Marcus accompagnait sa jeune cousine partout, et celle-ci avait séduit toute la bonne société. Elle était la coqueluche des gens de bon ton, et Cynthia n'aurait pu en être plus ravie.

Elle n'avait pas revu Marcus depuis leur excursion pour aller voir la pouliche qu'il voulait acheter. Avant son départ de Londres, il lui avait envoyé une courte lettre formelle pour la remercier de son assistance en la matière, et l'informer que ses soupçons envers Parker avaient été fondés. Elle était heureuse qu'il le lui ait fait savoir. C'était gentil de sa part, mais elle ne s'était pas attendue à autre chose.

C'était un vrai gentleman, comme toujours, et le ciel lui vienne en aide, il lui manquait terriblement !

Non. Elle ne devait pas se laisser aller à ce genre de pensées. Elle avait désormais tout ce qu'elle avait désiré. Son indépendance, la maison qu'elle aimait, son travail dans la Société. Qu'elle contribuait d'ailleurs à étendre.

Elle avait besoin de quelque chose qui l'empêche de penser à Marcus sans cesse, ce qui la déprimait immanquablement. Un repose-pieds tapissé de tissu brodé dans un coin lui accrocha l'œil. Oui. C'était exactement cela.

Elle sonna Mrs Frost.

— Milady ? s'enquit la vieille dame, de plus en plus appuyée sur sa canne.

— Je vais aller faire un tour au grenier.

Mrs Frost devint toute pâle.

— Souhaitez-vous que je vous accompagne ?

Cynthia se retint de sourire devant l'effroi visible de

l'intendante à l'idée de grimper jusque là-haut avec ses mauvaises jambes.

— Non, pas du tout. Je voudrais simplement la clé.

Mrs Frost parcourut son trousseau et lui tendit une grosse clé en fer un peu rouillée.

— J'espère qu'elle fonctionne encore. Personne n'est monté là-bas depuis longtemps.

— Je vous ferai savoir si j'ai un problème.

Cynthia se munit d'une lanterne et prit l'escalier de service jusqu'au quatrième étage. Après s'être un peu battue avec la serrure grippée, elle entrouvrit la petite porte du grenier. Des toiles d'araignées couvraient les étagères. Des boîtes, des coffres et des tapis roulés étaient proprement rangés dans un coin.

Cynthia souleva le couvercle d'une malle peinte en vert et s'agenouilla. Ah, voilà ce qu'elle cherchait ! Des chutes de tissu, des écheveaux de soie et des pièces de lin soigneusement enroulées tenues par des rubans. Elle déroula l'une des plus petites pièces.

Comme c'était charmant, et original ! La représentation d'un œil, à moitié terminée. Elle l'examina sous différents angles et essaya de se remémorer le portrait dans sa chambre. Il faudrait qu'elle compare les deux, mais elle était presque certaine que l'iris était de la même couleur que sur le tableau. Elle en déduisit qu'il s'agissait là de celui de son grand-père.

Elle fouilla dans les écheveaux, en tentant de retrouver celui que Lucy avait choisi pour l'iris, un bleu vif, très similaire à la couleur des siens. Elle s'imaginait Lucy à son ouvrage en l'absence de son grand-père. Peut-être avait-elle eu l'intention de le lui offrir. Comme il était triste qu'elle ne l'ait pas terminé !

Elle entendit des pas lourds dans l'escalier. Qui donc l'avait suivie ici ? Elle se leva quand on frappa à la porte.

Et sursauta aussitôt.

Marcus se tenait sur le seuil, les cheveux mouillés par la pluie.

— Marcus ?

Elle faillit se précipiter, mais au dernier moment se décida pour une révérence.

— Dieu du ciel, qu'avait donc Mrs Frost en tête ? Je serais descendue.

— C'est précisément Mrs Frost qui m'envoie, expliqua-t-il en entrant dans la pièce. Elle fait porter du thé dans le salon, si vous voulez bien descendre.

— Oh ! mon Dieu, je suis désolée qu'elle vous ait chargé de ce message ! Que devez-vous penser des manières dans cette maison ?

Il sembla un peu honteux.

— Pour être franc, je m'inquiétais que vous n'ayez pas envie de me voir, alors je me suis proposé pour aller vous trouver. Quels trésors avez-vous découverts ?

— Oh ! c'est un ouvrage commencé par Lucy ! dit-elle en le dépliant pour lui. Je pensais le terminer, en remerciement à mon grand-père et elle pour cette maison.

Elle éclata d'un rire gêné.

— C'est un peu stupide, à vrai dire, mais une bonne chose à faire un jour de pluie.

— Je vous présente mes excuses pour être venu sans prévenir. Je n'avais pas prévu cette visite. Je rentrais chez moi, et j'ai continué tout droit alors que j'aurais dû tourner à plusieurs miles d'ici pour regagner Thorne Manor.

— Je vois.

Non, elle ne voyait pas du tout, en fait !

— Peut-être devrions-nous redescendre, sans cela Mrs Frost va se demander où nous sommes passés.

Elle ne se demanderait rien du tout, évidemment, mais Cynthia ressentait le besoin urgent d'une tasse de thé réconfortante.

Pourquoi était-il venu ? Son cœur se mit à battre plus vite. Que voulait-il dire, quand il avait expliqué qu'il n'avait pas eu l'intention de venir ?

Il examina le grenier.

— Puisqu'il n'y a ici aucun endroit pour s'asseoir, je pense que nous serons plus à l'aise dans le salon, en effet.

— Si j'avais su que j'aurais de la visite au grenier, j'y aurais fait monter des chaises, rétorqua-t-elle en souriant.

Il éclata de rire. Et elle se sentit aussitôt à l'aise. C'était là du pur Marcus. Et elle était heureuse de le voir, quelles que soient les circonstances.

Elle enroula les écheveaux de soie dans la toile et passa devant lui pour redescendre.

Le thé dans un service en argent les attendait sur une table devant le sofa. Cynthia prit place, puis ajouta de l'eau chaude dans la théière.

— Je sais que votre frère a l'intention de vous écrire au sujet de Hart, mais je voulais vous le raconter de vive voix.

Le cœur de Cynthia s'arrêta un bref instant, et elle eut la sensation d'étouffer tant sa gorge se serra. *Il avait trahi ce qu'elle lui avait confié dans le plus grand secret.*

— Vous lui avez dit ? Comment…

Il leva la main pour la faire taire.

— Lorsque vous avez quitté Londres en hâte, il est venu me voir, en me demandant de manière très indiscrète pourquoi les choses s'étaient mal passées entre nous. Je lui ai simplement expliqué que vous ne vouliez pas vous marier. Il m'a répondu qu'il ne le croyait pas. Que vous feriez une parfaite épouse pour quelqu'un ; je pense qu'il voulait parler de moi. Je n'ai pas cru un mot de son petit discours. Puis il s'est fait menaçant, a entamé une tentative de chantage. Qui a complètement échoué, je vous le garantis.

Il prit la tasse de thé qu'elle lui tendait et vint s'asseoir à côté d'elle.

— Votre frère a une profonde affection pour vous, et se souciera toujours de votre bien-être. J'ai décidé qu'il n'était pas juste que Hart s'en sorte sans encombre après ce qu'il vous a fait.

— Vous n'avez aucun droit de…

— Je n'ai pas le droit d'interférer, certes, contrairement à votre frère. Jusqu'à ce que vous ayez vingt-cinq ans, il est encore votre tuteur.

Terrifiée pour Thomas, elle se leva d'un bond.

— L'eau a coulé sous les ponts. Je suis autant à blâmer que Cornelius…

— Pour terminer mon récit, Hart a été puni comme il se doit, coupa Thorne.

— Pardon ? Vous n'avez pas…, bredouilla-t-elle en suffoquant.

— Il est sur un bateau pour l'Inde, avec interdiction de remettre les pieds en Angleterre avant vingt ans et de colporter ses mensonges, à moins qu'il ne désire être incarcéré.

— Mais ce n'étaient pas des mensonges, dit-elle en ravalant sa gêne. Il a des lettres…

— En effet, il me les a montrées. Les lettres ont été brûlées, dans ma cheminée. Confronté à la perspective d'être traduit en justice pour chantage, Hart a décidé de chercher un emploi en Inde, où un homme qui travaille dur peut faire fortune.

Elle s'effondra sur le sofa.

— Vous voulez donc dire que c'est fini ? Il ne peut plus causer de scandale ?

Il prit sa main tremblante dans la sienne.

— C'est fini. Il est parti. Tout comme Fortescue. Ils sont partis par le même bateau.

— Fortescue aussi ? Je ne sais comment vous remercier.

Elle avait quelque difficulté à appréhender clairement toute la situation.

Il lui tendit une tasse de thé. Dès la première gorgée, elle se sentit l'esprit plus léger.

— Ce sont de merveilleuses nouvelles. Désormais Thomas peut trouver une épouse sans qu'un scandale dont j'aurais été responsable ruine toutes ses chances.

Il pencha la tête, l'air surpris.

— Je ne l'avais pas compris auparavant, mais je me rends compte aujourd'hui que vous faites toujours passer le bonheur des autres avant le vôtre.

Elle sentit ses joues devenir brûlantes.

— Non, pas toujours. Si je m'étais un peu plus souciée de celui de mon père, je ne me serais jamais comportée de cette façon avec Cornelius, et mon père ne serait pas mort aussi jeune.

— Vous n'êtes en aucun cas responsable du fait que Hart a jeté son dévolu sur une adolescente deux fois plus jeune que lui. Pour être honnête, votre père aurait dû remarquer ce qui se passait bien avant que cela devienne une liaison. Nous, les hommes, savons très bien comment sont nos semblables.

— C'est gentil de votre part de m'absoudre, mais je ne peux me résoudre à me considérer comme irréprochable.

— Eh bien, c'est terminé, et vous devriez penser à vos propres besoins.

Elle haussa le menton.

— Je crois que je suis très égoïste de m'être approprié cette maison. C'est ce que je voulais depuis très longtemps.

Marcus la scruta intensément.

— Cette maison représente-t-elle donc tout ce que vous désirez ?

C'était tout ce qu'elle pouvait avoir. Bien que débarrassée de Cornelius, elle n'en était pas moins déchue. Elle n'allait pas prétendre ne jamais avoir eu de liaison. En fait, puisqu'elle en avait vécu une seconde avec Marcus, elle était même au-delà des limites acceptables.

— Cela me suffit.

— Je suis désolé de l'entendre. Je pense que vous méritez bien plus.

— Nous n'obtenons pas toujours ce que nous méritons, rétorqua-t-elle.

Elle lui versa une nouvelle tasse de thé et la lui proposa.

Il la dévisageait avec une expression très curieuse. Pensait-il qu'ils devraient reprendre leur relation ? Elle se sentit rougir.

Et son cœur tambourina. Tout s'accéléra en elle.

Songeait-elle à accepter ?

Thomas ne serait pas enchanté.

— Je ne pense pas que ce soit une bonne idée de nous revoir, dit-elle.

— Et pourquoi pas ? demanda-t-il en fronçant les sourcils.

— Tout d'abord, Thomas serait extrêmement contrarié.

— Mais non. Je lui ai posé la question.

— Vous lui avez demandé si cela ne le dérangerait pas que je sois *votre maîtresse*, et il a été d'accord ?

— Oh ! mon Dieu ! Bien sûr que non, petite bécasse ! Je lui ai demandé s'il verrait une objection à ce que je vous demande votre main.

Elle se retrouva aussitôt bouche bée. Elle ne comprenait rien.

— Après tout ce qui s'est passé, vous voulez m'épouser ?

— Je vous aime. Et ce, depuis un bon moment.

— Ce n'est pas possible.

— Je vois, dit-il d'un air soudain impénétrable.

— Enfin, je veux dire que c'est très gentil de votre part, mais vous pourriez trouver tellement mieux !

— Laissez-moi en juger par moi-même. Je dois reconnaître que j'ai eu des doutes, en dépit de l'attirance que j'avais pour vous. Les mensonges que vous débitiez à toute occasion m'ont beaucoup troublé. Je pensais que vous ressembliez à une femme que j'ai connue il y a très longtemps. Une femme qui m'a menti, sur tout, afin de poursuivre ses propres intérêts.

— Une femme ?

Il sembla tout à coup empli de regrets.

— Une femme que je croyais aimer, quand j'étais très jeune et très naïf. Elle m'a rendu méfiant. Mais en dépit de vos mensonges, je ne pouvais m'empêcher de vous faire confiance. Et j'ai eu raison. Je comprends maintenant que vous tentiez de protéger tout votre entourage, plus que vous-même. Je trouve cela très charmant, même si c'était un peu maladroit.

— Je ne sais que dire, marmonna-t-elle, le cœur à l'envers.

— Vous pourriez dire oui, par exemple.

Cynthia avait l'impression de trembler des pieds à la tête. Elle tenta de rassembler ses pensées.

— Et si Hart rentre, et cause des problèmes ?

— Hart n'osera pas remettre les pieds en Angleterre. J'ai des témoins de ses actes répréhensibles.

— Mais quand même, si…

— Cynthia, nous l'affronterions ensemble. Les seules choses que je vous demande sont de me faire autant confiance que je vous fais confiance, et de toujours me dire la vérité. Est-ce trop demander ?

— Pas si vous me faites la même promesse.

— Je l'ai toujours fait, et le ferai toujours.

Elle eut une dernière bouffée d'incertitude.

— M'aimez-vous vraiment ?

— Oui. De tout mon cœur.

Après sa promesse, elle le crut.

— Je vous aime aussi. Tellement ! Mais je pensais que c'était impossible. Et après que vous avez parlé de faire votre devoir…

— Oui, je m'en excuse. Je n'étais pas entièrement honnête en cet instant. Mais je crois que je ne m'en étais pas rendu compte.

Il reposa sa tasse et se leva, puis lui prit la main. Il en embrassa chaque doigt, puis l'intérieur de son poignet. Elle en frissonna de la tête aux pieds.

Il mit un genou à terre avec un sourire.

— Cynthia Finch, me ferez-vous l'immense honneur de devenir ma femme ?

— Oui. Et gare à ceux qui voudront se mettre en travers de ma route avant !

Elle lui passa les bras autour du cou et l'embrassa.

Pendant leur baiser, il la souleva dans ses bras, s'assit sur le sofa et la prit sur ses genoux.

Ils s'embrassèrent, sans fin. La main de Marcus s'aventura sur sa cuisse et tripota l'ourlet de ses jupes. Elle se blottit contre lui et…

La porte s'ouvrit à la volée.

— Cynthia ! s'exclama Thomas avant de se taire et de les contempler, bouche bée.

Il se plaqua les mains sur les hanches et les foudroya du regard.

— J'ai fait tout ce chemin pour arriver avant le courrier afin de t'annoncer de vive voix que Thorne souhaite te faire sa demande, que j'insiste pour que tu le reçoives, et je découvre que ce sacripant m'a devancé !

Marcus ne sembla pas perturbé le moins du monde, et empêcha doucement Cynthia de se relever.

— Norton, vous serez le premier au courant. Votre sœur a accepté ma demande en mariage.

Thomas cilla un instant.

— Je l'espère bien, pour vous comporter de la sorte !

Cynthia éclata de rire.

— Mon cher Thomas, ne crois-tu pas plutôt que tu devrais nous féliciter ?

Son frère se précipita pour aller sonner au cordon.

Mrs Frost devait rôder derrière la porte, parce qu'elle surgit aussitôt.

— Mrs Frost, dit Thomas, ouvrez donc une bouteille de ce champagne que mon grand-père avait mis de côté. Nous avons des noces à célébrer.

Mrs Frost fut aux anges.

— Vous voyez, je le savais ! s'exclama-t-elle en s'éclipsant.

Épilogue

Alors que Cynthia et Marcus auraient préféré un mariage célébré dans le salon de Harrowglen, Thomas tenait à ce qu'ils le fassent en grand style à St. George, à Mayfair. Ils avaient trouvé un compromis avec une cérémonie intime dans la chapelle familiale de Harrowglen.

Marcus avait obtenu une licence spéciale pour qu'ils n'aient à attendre qu'une semaine avant l'échange des vœux. Ils avaient prévu ensuite de passer leur lune de miel à Bellavista.

Millie accrocha sur la robe de Cynthia une petite broche en perles et émeraudes représentant un brin de muguet. C'était l'un des bijoux de la collection de Lucy. Il faisait selon la tradition office de quelque chose d'emprunté, puisque Marcus était d'accord pour qu'une fois mariés ils fassent de leur mieux pour découvrir ce qui était arrivé à celle-ci, afin de lui rendre ses bijoux, ou à sa famille.

Millie se recula.

— Vous êtes magnifique, milady.

Cynthia avait choisi de porter une robe bleu pâle, de la couleur qu'elle aimait tant, et étant donné la période de l'année, elle avait ajouté une veste courte en velours à manches longues pour porter par-dessus.

— Elle est ravissante, approuva Bess, assise au bout du lit.

Elle était venue aider Cynthia à s'habiller, et comme la journée était belle, bien qu'un peu froide, Thomas et elles se rendraient à pied à la chapelle.

Cynthia sourit à Bess.

— Merci. J'espère seulement que Marcus pense la même chose.

Bess lui sourit en retour.

— Bien sûr ! Il épouse la plus jolie mariée d'Angleterre !

Cynthia sourit aussi à sa future cousine.

— Je suis tellement heureuse que ta mère et toi ayez accepté d'assister à notre mariage. Je sais que Marcus l'est aussi.

— J'aime Marcus comme un frère, dit Bess. Et tu as fait de lui le plus heureux des hommes. Il me l'a confié.

Elle sauta du lit.

— Je ne veux rien de plus pour lui que son bonheur.

Elle hésita un instant avant de poursuivre :

— Il m'a également expliqué que je devrais te remercier d'avoir évité une énorme erreur si j'avais épousé Algernon Fortescue. J'étais très en colère contre toi toute cette période. Mais lorsque je l'ai revu à Londres avec toi, j'ai compris que je m'étais trompée quant à mes sentiments envers lui. Et je t'en remercie, c'est grâce à toi.

Cynthia poussa un soupir de soulagement. Elle s'était inquiétée que Bess continue à nourrir un ressentiment envers elle, et elle ne voulait surtout pas que Marcus perde l'affection de sa famille.

Elle étreignit la jeune fille.

— Merci de me le dire. J'espère que nous serons plus

comme des sœurs que des cousines. Et je serai heureuse d'assister à ton mariage quand le temps sera venu. J'ai entendu dire qu'un certain jeune homme s'intéresse particulièrement à toi.

Bess devint écarlate.

— Je…

Cynthia la serra de nouveau dans ses bras.

— Je sais. Il est bien trop tôt pour parler d'engagements. Profite de ta Saison au maximum. Le reste se fera en temps et en heure. Descendons, je suis certaine que Thomas s'impatiente.

Ce dernier les rejoignit au pied de l'escalier, accompagné de l'un de ses amis. Ils les conduisirent jusqu'à la porte de la chapelle. Cynthia avait l'impression que cette journée était particulièrement lumineuse, et il avait beau faire froid, elle était réchauffée par le bonheur.

La petite chapelle était bondée. Famille, amis, voisins et villageois venus présenter leurs vœux, tous se tournèrent vers elle à son entrée. Mais elle n'avait d'yeux que pour Marcus, qui l'attendait devant l'autel en souriant, l'air admiratif.

Et Cynthia sut alors, sans le moindre doute, que c'était là le point culminant de tous ses espoirs et ses rêves. Elle aurait dans son mariage le même amour que celui que son grand-père et Lucy avaient partagé.

Lorsque Thomas lui prit la main pour la placer dans celle de Marcus et que leurs regards se trouvèrent, ce fut le moment le plus heureux de sa vie. Et il y en aurait bien d'autres pour Marcus et elle, elle en avait la certitude.

Vous avez aimé ce livre ?
Découvrez très bientôt
« Son Highlander pour une nuit »,
le nouveau roman de Terri Brisbin,
dans votre collection Les Historiques.

Retrouvez prochainement,
dans votre collection

Les Historiques

Les amants du drakkar, de Lucy Morris - N°988

En l'an de grâce 913, York

« La Lame ». Tel est le surnom de Valda sur le champ de bataille. Fière guerrière au bouclier, elle ôte sans pitié la vie de ceux qui ont la témérité de la défier. Pas question pour elle de laisser quiconque l'atteindre, et surtout pas les hommes ! Depuis que son premier amour, Halfdan Ulfsson, l'a cruellement trompée avec une autre, elle garde son cœur à l'abri. Or voilà que le traître qu'elle n'a jamais pu oublier resurgit aujourd'hui dans sa vie, prêt à lever les voiles du drakkar sur lequel elle doit embarquer ! Troublée malgré elle, Valda s'en fait la promesse : jamais plus elle n'accordera sa confiance à ce Viking au regard azur. Jamais plus elle ne s'abandonnera entre ses bras…

Son Highlander pour une nuit, de Terri Brisbin - N°989

Écosse, XIVe siècle

Plein de fougue et d'ardeur, Iain a vécu un premier amour passionné dans le village d'Achnacarry avec la belle Glynnis, du clan MacLachlan. Mais, alors que sa flamme semblait brûler d'une chaleur toujours plus forte, Glynnis lui est arrachée par son père pour contracter un mariage de son rang. Fou de douleur, Iain n'a plus qu'un objectif pour panser sa blessure : gravir les échelons du clan Mackenzie Cameron afin d'en devenir le chef. Et alors qu'il pensait ne jamais revoir son premier amour, il la reconnaît, sa soyeuse chevelure brune et ses yeux noisette brillant d'une fragilité nouvelle, dans la forêt d'Achnacarry. Veuve et rejetée par la famille de son ancien mari, elle ferait une épouse parfaite à présent… si Iain n'était pas promis à une autre. Mais Glynnis n'en démord pas : elle lui demande de lui accorder une seule nuit de plaisir à ses côtés…

La lady insoumise, de Meriel Fuller - N°990

Angleterre, XIIIe siècle

En arrivant au manoir de Sefanoc, le chevalier de Saint-Loup comprend qu'on s'est moqué de lui : la prétendue domestique qu'il a récemment sauvée des sbires du comte Jean n'est autre que la sœur de son ami Hugh, celle qu'il cherche désespérément. Mais, à en juger par son entêtement à cacher son identité et par la pluie de flèches avec laquelle on l'accueille, il aura du mal à convaincre la jeune femme de le suivre. Pourtant, il a juré à Hugh, gravement malade, de lui ramener sa sœur. Et il compte bien tenir sa promesse, au risque de heurter la fierté de cette diablesse...

Le silence d'une gouvernante, de Janice Preston - N°991

Angleterre, 1811

Pour connaître sa petite Clara, qu'elle n'a pas revue depuis qu'elle lui a donné le jour, Grace était prête à tout. Y compris à devenir sa gouvernante et à taire à jamais le terrible secret qui les lie. Mais rien ne l'avait préparée au maelström d'émotions qui la submergent, dès son arrivée au domaine retiré de Shiverstone Hall. Non seulement elle éprouve un bonheur intense à serrer son enfant dans ses bras, mais elle est infiniment troublée par le tuteur de Clara. Nathaniel Pembroke, le sombre marquis de Ravenwell, dégage en effet une aura mystérieuse. Et, si la noirceur d'âme de cet homme l'effraye, Grace ne peut nier longtemps l'attirance qu'elle ressent pour lui...

VOTRE COLLECTION PRÉFÉRÉE DIRECTEMENT CHEZ VOUS

Vous souhaitez découvrir nos collections ? Une fois votre 1er colis à prix mini reçu, si vous souhaitez continuer à recevoir nos livres, cela se fera automatiquement. Vous n'avez aucune obligation d'achat et cette offre est sans engagement de durée !

Dans votre 1er colis, 2 livres au prix d'un seul
+ en cadeau le 1er tome de la saga *La couronne de Santina*.
8 tomes sont à collectionner !

☛ COCHEZ la collection choisie et renvoyez cette page au
Service Lectrices Harlequin – CS 20008 – 59718 Lille Cedex 9 – France

Collections	Prix 1er colis	Réf.	Prix abonnement (frais de port compris)
❑ **AZUR**	4,75€	AZ1406	6 livres par mois 31,49€
❑ **BLANCHE**	7,40€	BL1603	3 livres par mois 25,15€
❑ **PASSIONS**	7,90€	PS0903	3 livres par mois 26,79€
❑ **BLACK ROSE**	8,00€	BR0013	3 livres par mois 27,09€
❑ **HARMONY***	5,99€	HA0513	3 livres par mois 20,76€
❑ **LES HISTORIQUES**	7,40€	LH2202	2 livres tous les deux mois 17,69€
❑ **SAGAS***	8,10€	SG2303	3 livres tous les 2 mois, 29,46€
❑ **VICTORIA**	7,90€	VI2115	5 livres tous les 2 mois 42,59€
❑ **GENTLEMEN***	7,50€	GT2022	2 livres tous les 2 mois 17,95€
❑ **NORA ROBERTS***	7,90€	NR2402	2 livres tous les 2 mois prix variable**
❑ **HORS-SÉRIE***	7,80€	HS2812	2 livres tous les 2 mois 18,65€

*livres réédités / **entre 18,75€ et 18,95€ suivant le prix des livres

F23PDFM

N° d'abonnée Harlequin (si vous en avez un) |_|_|_|_|_|_|_|

Mme ❒ Mlle ❒ Nom : ____________________

Prénom : ____________________ Adresse : ____________________

____

Code Postal : |_|_|_|_|_| Ville : ____________________

Pays : ____________________ Tél. : |_|_|_|_|_|_|_|_|_|_|

E-mail : ____________________

Date de naissance : ____________________

Date limite : 31 décembre 2023. Vous recevrez votre colis environ 20 jours après réception de ce bon. Offre soumise à acceptation et réservée aux personnes majeures, résidant en France métropolitaine, dans la limite des stocks disponibles. Prix susceptibles de modification en cours d'année. Vous pouvez demander à accéder à vos données personnelles, à les rectifier ou à les effacer. Il vous suffit de nous écrire en nous indiquant vos nom, prénom et adresse à : Service Lectrices Harlequin CS 20008 59718 LILLE Cedex 9. Service Lectrices disponible du lundi au vendredi de 9h à 17h : 01 45 82 47 47.